债权人

太极炜昌◎著

SPM
南方出版传媒
广东经济出版社
·广州·

图书在版编目（CIP）数据

债权人 / 太极炜昌著. — 广州:广东经济出版社，2017.6（2018.1重印）
ISBN 978-7-5454-5407-9

Ⅰ.①债… Ⅱ.①太… Ⅲ.①长篇小说－中国－当代 Ⅳ.①I247.5

中国版本图书馆CIP数据核字（2017）第091971号

出版发行	广东经济出版社（广州市环市东路水荫路11号11~12楼）
经销	全国新华书店
印刷	北京嘉业印刷厂
开本	787毫米×1092毫米 1/16
印张	21.5
字数	286 000
版次	2017年6月第1版
印次	2018年1月第2次
书号	ISBN 978-7-5454-5407-9
定价	58.00元

如发现印装质量问题，影响阅读，请与承印厂联系调换。
广东经济出版社常年法律顾问：何剑桥律师

序

人生没有长久的巅峰，也没有漫长的低谷。很多时候，我们不是找不到通往顶峰的路，而是缺乏逆行的勇气和智慧。

“公司资金链断裂”

“讨债公司封门”

“员工聚集公司门口索要工资”

“公司宣布破产，某某老板企图自杀”

……

对于每一个创业者来说，这些危机时刻存在。我从踏上创业之路的第一天起，警惕的神经就从未放松过。我随时做好了清场走人的准备，但逆行的步伐却越来越坚定。

在朋友的噩耗里，我看到了人性丑陋的一面，看到圈里人为了利益相互倾轧，也体会到了“人助自助者”的真谛！在低谷中艰难向上攀爬的人，是勇于面对绝境、不畏风雨履荆棘的人。那是我追逐的目标！

对我而言，同行从来都不是冤家，而是风雨同路人！在我面对与朋友相同的绝境时，没有等待幸运之神的眷顾，而是主动寻求摆脱困境的路径。在生意与情义之间权衡，在冲动与理智之间徘徊，后者给了我力量，让我找到属于自己的舞台。

有一句老话，我始终记在心间："生命不息，奋斗不止。"无论前路有多艰辛，我始终在路上……

太极炜昌

2016.8

目 录

第一章
正面交锋

星期六下午，S 城。

我独自走在熟悉的街上。

徒步，是我习惯的思考方式。可是今天，街上的繁闹却掩盖不住我内心的烦躁。我急需一场淋漓的雨，让自己冷却下来，至少是平静下来！然而，烦闷的天气中知了的鸣叫一唱一和，仿佛在提醒我："不要去，不要去！"

我知道，我必须在此刻说服自己——在被另一个强悍的声音说服之前，保持足够的清醒。

然而，在面对比自己强大的对手时，心静如止水，不过是自欺欺人。即使我早已熟悉了谈判的规则，即使我早已看穿了对方的用意，怯懦还是会找上我。

我忽然发现，恐惧不仅仅来自无知，也来自清醒。

街角吉利新款 SUV 汽车的巨幅广告赫然在目，身后传来歌手伍佰那一首《挪威的森林》,时光流露出一种交错感。我顺着广告牌向上望去,“煤炭酒店”的巨幅招牌闯入视线。

我到了。

“十天后,下午三点,煤炭酒店 508 房间见!”

现在是周六下午两点五十分,我翻看手机上这条十天前收到的短信,再次核对时间和地点。

时间总是能制造一种紧迫感。我径直走进酒店大厅,一个熟悉的身影正朝我走来。这个神色凝重的中年男子是我的银行贷款担保人——杨旭东。而他的身份是 S 城发展银行分行主管信贷业务的副行长。

“杨行,把您搅进来,实在抱歉!”

“说实话,我原本不想来。可是我不来,还有谁能来?客套话就别说了,我希望今天的事是最后一次。”

话音刚落,电梯已经抵达五楼。我的心跳也随之加剧。商海沉浮数载,谈判的场面我也见过不少,但同职业讨债公司谈判还是头一遭。来这里之前,我不止一次幻想 508 房间里那一场别开生面的谈判,甚至设定好了各种各样的结局,对方如何逼问,我如何作答,如何巧妙地避开纠缠,甚至想到了更糟糕的局面……

但是,无论什么,都不能阻止我的脚步。何况,连杨副行长这个完全可以作壁上观的人也挺身而出,我更加没有退缩的理由了。

三点整,我准时按下了 508 房间的门铃。此时,我的心不由自主地生出一丝犹疑。无论在影视作品中,还是新闻报道中,职业讨债人的形象都算不上正面,甚至是卑劣的。况且,能帮小贷公司讨要呆账死账的,必非等闲之辈。想到这里,我不禁再一次后悔,不该把杨副行长搅进来,但他的神色似乎比我还要坚定几分。

大概十秒钟后,房门打开,一位戴着黑框眼镜的斯文男子走出来。

“二位请进。”

他的声音清朗，言语简洁，完全不像从一个秀气的身体里发出的。

走进508室，房间里另有两人坐在沙发上悠然地品茶。左边的中年男子，一身正装，神色冷淡，正聚精会神地翻看资料。坐在正中的男子，年纪稍轻一些，一身休闲打扮，青色针织开衫，搭配一件白色衬衣，军绿色的卡其裤，棕色驾车鞋。从做派来看，像是这三人中的头目。此刻，他正在上下打量我和杨副行长。

"邢老板、杨副行长，请坐，喝杯茶吧！"

他的声音要低沉许多，甚至带着一丝清冷，连脸上的笑容也似蜡像一般，带着阴森的感觉。这个人想必就是小贷公司委托的讨债团伙头目——龙哥。我之前也多方打听过关于此人的背景，因而才生出诸多畏惧。

我和杨副行长刚刚坐下，两杯茶已递到面前。

"明前龙井？"杨副行长不禁低语。

"看来杨副行长也是爱茶之人，今天初次见面也没准备什么礼品，一会儿走时给您带些茶叶回去，一点薄礼，不成敬意，还望杨副行长千万要赏小弟这个脸啊！"

未等杨副行长开口，龙哥已经示意刚才开门的年轻男子去准备礼品。我这才留意到刚才的年轻男子不知何时已经站到他身边了。他行事滴水不漏，尽管看上去比我还要年轻几岁，但处事之老练却胜我许多。

"这不好，这不好……"

杨副行长略显羞赧地推辞，与龙哥盛情拳拳的笑脸，竟合成一副现代版的《官场现形记》。我请来的救兵瞬间就被对方转化为盟友了，至少杨副行长的心理天平向龙哥一方倾斜了一些。

"杨副行长不必客气，周末本该休息的，还把二位请来这里，我实在有些过意不去，不过是见面礼，二位不会嫌礼太轻吧！"

我还没缓过神来，一份精美的茶品已经递到手上。俗话说"宴无好宴"，我心中更添了几分疑虑。龙哥越是客气，反而越让我不安。

◎ 债权人

“其实今天请二位来，主要是为了前段时间我接的一项业务，关于鑫诚公司的一份借贷协议有点问题，想跟二位再核对一下，何律师！”

龙哥话锋一转，直入主题。我料到他身旁的狠角色该上场了。自从进屋到现在，这位一直埋头苦读的律师终于得到了发言权，恐怕接下来的时间里，我必须打起十二分精神应付才行。

“邢老板，我仔细研究过杨副行长为你做担保的这份协议，漏洞很多，有些条款存在虚假行为，从专业角度来说，这份协议不具备法律效力，也就是说，杨副行长对您债务的责任担保不具备法律效力。我不知道这样说，邢老板能听明白吗？”

这位何律师口气虽然和蔼，却绵里带针。即便我料到他们会揪住杨副行长担保身份的法律效力来大做文章，却没想到对方会如此直接地提出来，一时之间竟有些措手不及。但何律师似乎并没有偃旗息鼓的打算，反而步步紧逼，竭尽所能地展现一位律师的本色。

“邢老板没听明白吗？我再解释得浅显一些，你与债务方良泉公司的债权关系也是无效的。在你们签订的合同中，没有体现出你的股东身份，而你又不是良泉公司的法人代表，甚至从法律角度来说，你和良泉公司没有任何瓜葛，良泉公司对你的债权也不能抵押给小贷公司，用于偿还你对小贷公司的债务。况且，这个良泉公司资质不全，完全是个空壳公司，这样的公司根本不具备偿还能力，我现在倒怀疑邢老板编出一个空壳公司来骗龙哥，我们可以把这两份协议都交到公安机关去，后果嘛，邢老板自己明白。”

“你这是什么意思？我有必要骗你们吗？做生意不就是讲诚信吗，骗你们对我自己有什么好处？再说，欠了谁的钱不得还啊？”

我想到了律师会用严苛的态度来“审问”我，也反复劝自己要学会冷静，集中精力想办法。然而，此刻我的确冷静不下来了，委屈一股脑地涌上来，我的情绪似乎找到了决堤的缺口，还好在即将奔涌而出时生生被我压了下去。

我必须冷静！

“何律师这话是不是再斟酌一下，我既然敢为邢老板担保，也就是信得过他这个人，何况这份债务协议我曾经也找律师看过，里面的法律条款是没有问题，至于你说缺少邢老板与良泉公司债务关系的直接证明，也并不准确吧，良泉公司的债权人是赵大河，这个赵大河与邢老板是合作关系，赵大河把债务抵给了邢老板，这邢老板就是良泉公司的债权人了呀！”

杨副行长对我现在的处境最是了解，因而越说越激动。

“杨副行长，激动是解决不了问题的。今天我们请邢老板来，还有一个重要目的，离我们约定的还款时间还有不到半个月的时间，我们想了解一下邢老板筹款的进度如何了？说得直白些，邢老板打算怎么还钱，拿什么还钱。自从我们接手这笔业务，已经一个多月了，邢老板一直没有给我们一个交代，今天还是把话说清楚吧，何况龙哥也需要看到邢老板的诚意。”

何律师的表情照旧不温不火，照旧是一个字一个字地把话说得一清二楚，声音不高不低、语气不威不怒，却叫听话的人感到无比的压力。没想到一轮谈判还没结束，我和杨副行长就双双败下阵来。

我知道，这个时候再后悔当初不该接那个项目为时已晚，但即使我真的做错了，落到这步田地，也必须错着走下去！况且，在这些职业讨债人的眼中，除了钱，没有什么是值得信任的。所谓人品，是按期如数偿还欠债赢得的，在那之前，债务双方是没有任何诚信可言的。

“诚意？你们想要什么诚意？”

“邢老板也是纵横商场的老江湖了，这还不明白吗？既然今天我们把二位请来，就不能没个说法，我们也是拿人钱财，替人办事，咱们还需要相互谅解，我们体谅邢老板手头不宽裕的难处，但邢老板也总不能把烂摊子甩给我们吧？大家都是爱面子的人，撕破脸就不好了，文明社会嘛，咱们还是文明地解决问题。”

◎ 债权人

此刻的我，最怕见龙哥那张蜡像脸，阴森森的，连笑容都透着寒意。看来，今天我和杨副行长此行，是无论如何也无法全身而退了。

“首先，我不是赖账的人，既然是我借了钱，总归还是要由我来还，我今天敢来，也敢把杨副行长请来，就说明了我还钱的诚意；第二，工程项目是我没做好，陷入债务纠纷也是我事先没料想到的，现在既然走到了这一步，我也不想再多解释。还有半个月的时间，我会想方设法去筹钱的，再去找县政府催一催工程款，保证到期还钱。至于今天，我手上确实没有钱，你们可以先放我回去筹钱，三日后，我先还一部分债，算是我今天的承诺吧！”

“邢老板这个承诺，让我有点害怕啊！工程我也做过，政府的难处我也了解一些，结款慢是出了名的，账期一拖再拖，早就司空见惯了，邢老板接项目之初，没把这些事儿考虑清楚吗？照现在的局面，我们也不好轻易相信邢老板的承诺，否则今天也不会把二位请到这里来了。我看，还是邢老板当场写一份授权书，我们也好去帮你筹钱，邢老板总得给别人留条活路吧？”

“活路？龙哥，你说要我给你们留活路，可我自己已经没活路了！良泉公司的资料是真是假，这位律师自己心里有数，你有你的职责，我理解，但不能睁眼说瞎话吧？我骗没骗你们，你们自己心里明镜一样，今天无非是想逼我赶紧还钱，这一点我也理解，但是我现在真的拿不出那么多钱来，这也是事实。这些天我不停地在筹钱，你们的人不是也都看在眼里吗？我哪一点偷奸耍滑了？我欠的债，我不会赖，做生意这么多年了，这点骨气品性，我还是有的！”

我的声音越说越大，情绪也越来越激动。这一刻，我终于体会到为什么恐惧之人反而高声了。即便是杨副行长坐镇，我仍旧免不了恐惧。一则是方才龙哥欲言又止的话——不知道他心里盘算对我们采取什么手段；二则我确实到了山穷水尽的地步，欠小贷公司的100万元债务，如今像一座大山压在我身上，可我脚下却是沙子……

其实，龙哥的疑虑我能体谅，但眼下我确实无力偿还债务。即便是拿良泉公司的债权去抵偿小贷公司的债务，我依旧是于心不忍的。至少我不会逼良泉公司太紧，但落到小贷公司手里，落到眼前这位龙哥手里，只怕会凶多吉少了。

我的激动没有给对方以震慑，反而使他们的态度更加决绝。何律师不急不躁，照旧摆出那张冷漠的脸，阴沉地瞥了我一眼。

“邢老板，会说漂亮话，可解决不了问题。今天，我们必须看到你还债的诚意！”

“那你们想怎样？”

龙哥见我站起身，情绪分外激动，便沏了一杯茶，递过来。

“邢老板，激动可不是解决问题的好方法，先坐下，喝杯茶，缓一缓。何律师，你也喝杯茶，休息休息吧！”

杨副行长也借机安抚我，打圆场。然而，龙哥见逼我未果，又将矛头指向了杨副行长。

“杨行可是银行界的老人儿了，银行有银行的制度，可我们也有我们的规矩，杨行雷厉风行，小弟也是见识过的，今天既然杨行来了，总得给小弟一个交代吧！关于我刚才的提议，不知道杨行有什么想法？”

杨副行长是银行人员，叱咤风云也多少年了，大小场面见过不少，龙哥这点恫吓伎俩还吓不倒他。况且，杨副行长在S城金融界也有一定的影响力，像龙哥这样的讨债公司，也不止一次与他打过交道，他们在杨副行长这里也从未占到过便宜。这也是我今天一定要把杨副行长请来的原因，至少从心理上势均力敌。

“龙哥，咱们认识也有些年头了，虽说立场不同，但相处还算融洽。我这位朋友遇到了点麻烦，我一向谨慎行事，这次出手帮忙，也是看中邢老板的人品。不瞒你说，邢老板的外债不止你这一处，但唯独你这里逼得最紧，其他人那里，也有立马到期的债务，大家见邢老板有难，都能放缓一步。龙哥向来为人仗义，总不想被人说三道四吧？何况谁都有走窄的时候，盼的是相互扶持，攒下点人情，也为自己留条后路。说来惭愧，这些话我还是从龙哥这儿学的，今天算是班门弄斧了。”

杨副行长边说边笑，神态自若，房间里紧张的气氛也一下子缓和了不少。龙哥本身是极看重道义之人，加上被杨副行长一番明夸暗讽，他也不好再强逼下去。况且，我方才态度坚决坦诚，虽说情绪激动，但也是真情流露，龙哥知道再逼下去也是无果，也只好迂回行事了。

“杨行过奖了，我哪有您的高度呀！不过，我也看得出邢老板确实很难，有心想放邢老板一马，但我们也不能两手空空，对事主总得有个交代吧，既然要相互理解，邢老板也该体谅我们的难处吧！”

“你们到底想怎样？”

“那就看邢老板的了，你该冷静下来，考虑一下自己的处境，提条件可是债权人才有的资格。”

我那只插进裤袋里的左手，此时正紧紧握着跟随我三年的劳力士手表，虽然我一直觉得戴上它有一种暴发户的气质，但一朝落难却派上用场了。只是这表我不能直接抵给他们，否则他们会以为我还有家底，而事实上除了这块表还拿得出手，我真是到山穷水尽了。

“好吧，周一我想办法凑到10万块钱给你们，算是表明我的态度，至于其他款项请容我一点时间去凑，今天杨行在这里，可以帮我做个见证，但事先说好，我拖延还债时间的事，不能算到杨行头上。”

见我态度缓和又坚决，龙哥和何律师相互对视了一眼，似乎拿定了主意。

“我喜欢有情有义的人，邢老板放心，既然今天杨行来了，我自然要给这个面子。不过，邢老板最好守信，不然下次杨行没空来，咱们也就不会喝茶了事了。”

龙哥透着寒意的笑声再次响起，我的心一阵揪痛。不知道这次会不会害了杨副行长，纵使逃过今天这一劫，不知道日后龙哥还会使出什么手段来，越想越怕，我脸上的表情也跟着僵住了。

"依我看，邢老板最成功的地方是识人，交上杨行这样的朋友，邢老板可是赚大了。"

龙哥的话虽是表扬，但却如同鞭子抽在我身上一样。我若会识人，也不会落到今日这般田地了……

第二章
邂逅知音

从煤炭酒店出来，我和杨副行长都心有余悸。鑫诚公司找来龙哥这样的狠角色虽在我们意料之中，却又在意料之外。如今讨债公司的专业化程度令我们震惊，所有谈判环节都在律师的监督下进行，我几乎毫无招架之力。尽管在此之前，杨副行长一再提醒我，龙哥是一位不好对付的人物，但交锋过后，我才真正意识到这句话的分量……想到这里，我不禁后怕，对未来也愈加迷茫，和鑫诚公司的合作初衷也是为了解燃眉之急，却被迫走到了如此僵持的局面，兰芝的一片好心竟被我的倔强辜负了。

兰芝与我，不仅是惺惺相惜的感觉，更有一点相见恨晚的遗憾。我们在不该相遇的年华遇见，唯有感叹迟来的邂逅，可是心底却又留有一丝被命运捉弄的感激。

那也是一个周末，天气也是这样雾蒙蒙的，雨，将下未下。我依照预定的行程，坐上高铁，直奔首都。那时的我正急于找到事业的突破点，终日忙于做市场分析、找项目、拉关系，四处“寻亲访友”。已有两个多月未出远门的我，意外收到老友聚会的邀请，可谓久旱恰逢甘露。我自然而然地把事业转折的赌注压在了这次聚会上。对于经商的人来讲，没有十拿九稳的生意，赌，是必备的意识。虽然我不是赌徒，但我必须遵循这个职业角色的特性。

直通首都的高铁似乎察觉了我迫切的心情，还未到中午，我已经站在首都繁华的街上了。看看表，午间十一点四十分，距离聚会开始还有三个多小时的时间，并不擅长消磨时光的我还是决定速战速决，在聚会地点附近的小吃街找到一家专卖梅州米粉的小吃店。这是我为生计闯荡四川的岁月里常伴的食物，也承载了我奋斗的足迹。今天再次回味，味道虽然经过改良，但当时艰苦奋斗的感觉又回来了，整个人仿佛年轻了好几岁，精神抖擞地准备迎接下午的聚会。

聚会的地点设在首都望京区一座颇有名气的建筑内，由知名开发商开发，国内数一数二的设计师操刀，三个椭圆形的建筑连成一体，在高楼林立的首都也是不多见的建筑。能支付这里昂贵租金的公司，其经济实力可见一斑。

下午三点，我准时到达了聚会地点。守时，是我经商以来养成的好习惯。但显然不止我一个人有这种好习惯。我刚刚走进大厅，主办方的引导人员就主动迎上来，周到而简洁地接洽后，引我到会客厅。已经有十余位贵宾先我到来。刚一落座，未待寒暄，服务人员就端上了早已备好的普洱茶和茶点。

大家浅尝轻咂，相谈甚欢。所谈话题，大至国内外经济形势，小到行业趣闻，却是三句话离不开融资、众筹这些时下流行的金融术语。我入行较晚，与在座的金融大咖相比，算是小字辈，所以极少发言，大多时候都在点头微笑，与这些大咖相比，我仅仅只是一位初级觅食者。

我和兰芝的邂逅发生在十分钟后。那是一次美妙的邂逅！至少，对我来说足够记忆深刻。兰芝作为主办方的代表人来招待大家。那天，她穿了一件青色连衣裙，雪白的肌肤，显得清透水嫩，风姿绰约，虽然已过而立之年，却愈发女人味十足。

“王总好。”

“王总怎么才来啊，我们等你半天了。”

“王总是不是给我们带来什么好消息呀？”

兰芝在这个圈子里是小有名气的，不仅仅因为她的美貌，更因为美貌与智慧并重的女人实在不多见。当然，这也是我欣赏她的地方。所以，我讨厌那些在她身上流连的贪婪目光。

“今天既有好消息，也有坏消息，各位 BOSS 想先听哪一个？”

“先听最坏的，看看坏消息能糟到什么程度，剩下的都是好消息了。”

“还是各位老板有见地。今天要跟大家说的坏消息是关于债务危机的事，这次来势汹汹，对我们金融投资影响很大，我们中已经有人撤资了，看来咱们的农业项目要搁浅了。”

这的确不是个好消息，甚至对某些把农业项目作为救命稻草的 BOSS 来说，几乎等同于噩耗了。

“那好消息呢？”

“大家可以随时退出农业项目，转战其他项目，我手上还有几个项目，大家可以研究一下。”

兰芝把项目资料发给 BOSS 们，我观察到很多人的表情不再像几个月前初见农业项目那样狂热了。事实上，那时的我们都犯了一个严重的错误，其实看似前景光明的项目，其运作周期已经开始走向衰退了。我们这些中小企业的问题就在于抵抗市场风险的能力不足，手上流动资金有限，可选择的投资项目范围太窄，而且也都处于市场培育期，见效太慢。何况占用资金过多，又会影响我们公司的正常运转。

草草翻看了几眼资料后，兰芝把我们引到了大厦里一家装潢低调奢华的主题会所。这家会所门内门外是两重天。一进会所，迎面便是人工造景的喷泉流水，池中几尾鱼儿游来游去，见有生人靠前，便愈加精神欢跃，一跃而出水面。红色的主装饰色调搭配屏风和门楼，加上极具中国元素的镂空雕花门簪，服务员各色旗袍加身，宛如回到了民国初年。据说这里的装修费用仅为市场价格的三分之一，全赖股东里有一位做装修行业的，自然节省了不少成本，这便是众筹的好处。会所里氛围静谧，便于洽谈生意。我们一行人跟随兰芝边欣赏这里的景致边去往主会场。

到达主会场后，我才发现这里还有很多同行。他们一见到兰芝，便自觉站起来鼓掌。兰芝不仅是这家金融主题会所的创始人，更是王牌讲师。当她走上讲台的一瞬间，举手投足尽露优雅。

在强手如林的首都，培训机构多如牛毛。在经历短暂繁华后，行业发展逐渐归于平淡。听课人越来越理性、素质也越来越高，也就意味着培训越来越需要专业化和超前主义。对市场的预判，不仅仅需要经验，更需要胆量。兰芝这家金融主题会所选择了中小企业为对象，专门进行金融项目投资和财富管理培训。她既看准了中小企业发展的瓶颈，也看准了自身的优势。平心而论，像兰芝这样的女性并不多见。我想，我是幸运的，在场四十余位企业主、投资人也是幸运的——这样一堂赏心悦目的课程，任谁也不想错过吧！

与其他培训课程节奏松散、缺乏实质性内容的模式不同，这次会议议程安排紧凑，干货很多，让各位投资人眼前一亮。放完宣传片，我们每个人桌上都放好了一份文件，内容是投资项目的半年总结与规划，当然，令我们颇感意外的还是那一份收入明细费用表，将所有投资项目的管理内容与收益详细罗列出来。仔细翻看这份报表，甚至比我自己公司所做的财务报表都要详细。此刻，兰芝在我心目中的形象又添上了“精干”和“专业”这两个标签。当然，在会场里我隐隐听到很多对兰芝赞不绝口的声音，内心竟萌生一丝莫名的、按捺不住的欣喜。

兰芝在白板上认真讲解当前股市行情，彻底，实用，深入浅出，比电视里那些股票专家讲得透彻许多：如火如荼的三板市场，跟风买卖如何操盘，大盘走向熊市如何自保，如何操控资金……经她分析的股市，更像是一场金钱游戏。能够以一种游戏的心态面对股市，是一种超脱，也是一种自我磨炼。在我看来，在股市中翻云覆雨实在不易，非得拥有超出常人的控制力不可，何况是将股市研究得如此透彻，似玩于掌上。

兰芝的讲解专门面向中小企业投资者，针对性强、操作性更强。遗憾的是，我始终未敢亲身实践。但我在股票方面的知识几乎都是从她那里学到的。后来我才发现，我大概就是被那时的她所吸引，她那股巾帼不让须眉的劲儿让男人甘心臣服。

会议很快进行到第三项议程，也是大家最感兴趣的话题——经验分享。当然，也是我最为喜欢的话题。上大学时，我的一位导师常常将"教学相长"挂在嘴边。自从参加金融群活动以来，我才真正体会到这句话的含义。创业这些年以来，我对同行者的意义有了另一层理解——只要同在创业中奋斗的人，都可算作同行者，而并非局限于某一个行业。这也是我在闭关几个月后，坚持来参加这次会议的初衷。尤其在事业走入瓶颈时，借鉴他人经验，往往能带给我更多的灵感，激发我内心的斗志。

第一位分享经验的企业主是我们金融群里的老大哥——张总。我们习惯这样称呼他，并非是因为他在群里年龄最大，而是他的心态最健康，他总是能带给我们不一样的领悟。今天他的开场白依旧不同寻常：

"大家好、兄弟好，好久不见了，大家看我今天气色怎么样？"

大家哄然一笑，纷纷恭维他，让他讲一讲有什么秘方能保持这样好的气色。这位东北大哥豪爽而率直地向我们讲述了他的秘方。

"要想保持心态好，其实也没啥，我总结就一条，勤锻炼，别总拿生意忙当借口，兄弟们，身体可是自个儿的，身体整坏了，整啥项目都白搭。我以前那是190多斤的大胖子。有一天，我突然意识到，我得减肥，我得瘦下来，得有个好心态。人要是能坚持减肥，那得有多大的毅力。打那以后，我就坚持跑步运动，减下来十几斤，肚子一下小了，气色也好了，做项目也有头绪了，知道捡重点项目做了，把资金归类集中，在王总的带领下，做优势项目，重拳出击，坚持到底，其实就是一条道跑到黑，不撞南墙不回头，结果我这个项目就成了，现在就剩下收款数钱了。我不会讲啥大道理，心里咋想就咋说。最后再告诉大家一条，别吃减肥药，那玩意贼不好使。"

张总拍了拍仍旧圆滚的肚皮，话音未落，大家又是哄堂大笑。他的话虽粗，但理不粗。像我们这样的中小企业主，手上能够自由运作的资金本有限，如果散点式投资，见一个项目投资一个项目，缺乏整体规划，很容易导致资金占用过多、周转不灵，一旦陷入资金周转的怪圈，就很难再拔出来了。我还在反思张总的话，另一位南方省份的投资人开讲了。

"在这里，我先跟大家抱歉了，要跟各位大哥道点苦水。说起我的经历，有一点传奇，也是很有代表性。总体来说，我是一个被股市伤透心、吓破胆的人。今天听了王总的讲课，我这心里真是五味杂陈呢！要说炒股，不自夸地说，我比王总入行早。1990 年我就开始炒股，从 2 万元起家，那时股市好，扔个鸡蛋进去也能变成金蛋。结果没几年的工夫，我那 2 万元就变成 300 万元了，然后就像坐火箭一样，迅速炒到了 1000 万元。我那时想自己是老资格咧，心里牛得很，股市的小风小浪，基本不放在眼里。结果呢，一朝被蛇咬，我就回到了解放前。这几年连续经历股灾，我那 1000 万缩水缩得不行咧，还剩下几十万，干什么都不够咧。我要是早点认识王总，我也不会像今天这样了，惨喏！我现在才知道，我不是什么专家，我就是个小学生，还没学好！"

兰芝赶忙安慰这位投资人，像他这种情况虽在我们群里不多见，但在股市中却是常有之事。不过安慰只能暂时缓解心情，要彻底帮这位投资人摆脱困境，还需要优质项目。我想这一点，此刻兰芝已经感受到压力了。

接下来一位上场的主讲人是我的同行，也是我视作榜样的人物。他来H 省，是一位主推城镇化产业的积极分子。称他为积极分子，不是跟党群关系有关，而是缘于他身上那股十年如一日的冲劲，也就是不屈不挠的市场开拓精神。他敢于尝鲜，总是能跟上国家改革的步伐。对于经商者来讲，这是极其敏锐的嗅觉，也是投资项目的必要素质。

“今天我在王总面前班门弄斧了，我觉得咱们找项目还是得跟着国家政策跑，再有一点就是‘因地制宜’，咱们都来自五湖四海，每个人家乡都有不一样的资源，咱学会利用就能找到项目。像我们H省，虽说是农业大省，但咱也不是一直贫穷落后，现在国家出台城镇化进程，这就是我们生意人的机会。我有幸比诸位早了几天开发这个项目，有一点小心得，跟大家卖弄卖弄。”

靳老板说罢向大家拱手施礼，尽露燕赵人的豪气。

“靳总太客气啦，您就直接说吧，大家都想听您的经验呢！”

“其实也没啥，我这也是跟王总那倒腾点儿学问现炒现卖。我承包了城郊的房地产开发项目，但我这点家底哪做得了这种大项目，再说我人脉也不熟，就找了当地的一些企业众筹做这个项目，我负责项目运营。现在股东不仅有民企的兄弟，还有国企，国企的盘子大，关系网也大，这正是我最缺少的资源。这时候，我就用上了‘资源共享’这招，真是帮了我大忙。项目一下子做起来了，不仅资金充裕了，跟政府的关系也搞好了，项目运转顺利。我这次项目开发最为成功的一点就是用了众筹的方法。希望这点经验能够给大家一个借鉴的思路。”

发言尚未结束，会场内已是掌声雷鸣。实际上，在前两期的活动中，我们已经得知靳老板的生意出现了严重危机。可他今天一不诉苦，二不抱怨，只说发展思路，满溢正能量。靳总的话顿时激起了众人的兴趣，我能感觉到身边有些投资者已经两眼放光。当然，他的话也深深吸引了正身陷困境中的我。我无法控制内心的冲动，尽管我再三告诫自己要冷静、慎重，但面对市场机遇，面对黎明的曙光，谁能做到真正的平静呢？我的思绪开始翻滚，开始思考我的出路……

随后又有几个投资者发言，既有千人大企业的掌舵人，也有股市弄潮人，海归投资者，更有职场丽人——女性创业者……每个人的创业经历都足够写成一本书来纪念，也足够成为我学习的范本。

努力思考如何扭转困局的我，思绪早已飞走，至于后来几位投资人的经验分享，我完全没听进去。幸好我的发言被排在了最后。但当兰芝点到我的名字时，我还是显出几分惊讶，木讷地望着她，脱缰的思绪一时之间还未收回来。

"各位兄弟、各位朋友、同学好，我已经将近几个月没有出门了，今天来这里有两个目的，一是向各位前辈学习经验，二是最近我的公司也遇到了困境，来找一找新项目，看看能不能找到救命稻草。今天听了诸位的发言，我最大的感受就是不虚此行。这一趟，我来对了！尤其是范总讲述的城镇化项目，对我的触动很大，看来我这个年轻人需要迎头赶上了，多尝试新业务，才能找准市场的脉搏。感谢各位的精彩分享，我受教了。希望下次再来的时候，我也能成为经验分享者。"

我的话又引出一阵哄笑，不过也吸引了一个人的注意。那是我第一次与兰芝四目相对。尽管距离隔得有些远，但我能感到她也在凝望我。

"最后我还有一个请求，能否请王总给我这个后进生单独开个小灶？"

这话一出，会场又是一片哄笑。也许大家以为我是在开玩笑，但我脸上认真的表情早已出卖了我。兰芝似乎会意，竟出乎意料地当众答应了。要知道在金融培训界能请动她的人着实没有几个。我想，我是走了桃花运。

第三章
贵人指路

人生总是充满了不同的挑战，每一步都需要运用足够的智慧做出选择。尽管我们不能保证一生中所有的决定都是正确的，但至少经过深思熟虑做出决定，即使不是最优化的解决方案，也能大大降低日后后悔的概率。我不是一个善于捕捉机会的人，没有H省那位早早投资城镇化项目的范总的市场嗅觉，也没有某些创业者能屈能伸的圆滑，更没有雄厚的资本……我唯一有的，是一颗恒心！与金融群里其他成员相比，诸多劣势加身的我是如何吸引兰芝注意的，到现在连我自己也说不清。

金融群的聚会结束后，我在首都盘桓数日，没有急于返程，一来是我还未找到扭转事业困境的方法，二来这次聚会给我带来了太多感触，我需要时间好好消化，更需要一位前行路上的引导者。于是会后第二天，我拨通了兰芝的电话。

“是王总吗？我是邢彬，是您的培训对象，昨天咱们还在金融群聚会上见过。”

我刻意提起金融群聚会，原本是想唤起兰芝的记忆，没想到她早已听出了我的声音。

“是邢总啊，您是来预约上课的吗？”

原本我提起“培训”两字是为后面的叙话埋下伏笔，却不料她早已洞察我的心思，开门见山地约了我。这样率直完全不像在商场打拼多年的成熟女性。

“说起来还真有些不好意思，我这算不情之请了，希望您……”

“咱们都是同一个战壕的兄弟，就别称呼‘您’了，显得怪生分的，您直接叫我兰芝就行。”

“那怎么好？”

“没什么不好的，群里很多人私下里也都这样称呼我呢！”

“那好吧，兰、兰芝。”

我还很少这样亲昵地称呼我妻子以外的女性，电话里的声音突然变得沙哑。幸好隔着电话，兰芝没能看到我略带羞赧的脸色，连我自己也说不清心中异样的感觉是什么。

“邢总明天有时间吗？”

“有。”

我飞速作答，内心竟有一丝悸动。

“你可以过来我们公司再确认一下培训事宜，特别是你关心的城镇化项目投资问题，我们会请有关专家为你做在线辅导，这样你就可以一边实践一边听课，不但效果好，也省得你‘困’在这边耽误公司的事儿。”

“太感谢了！”

原本主动的我，没想到几轮交谈过后，竟成了被动的接受者。兰芝总是能把握时机占据谈话的主动权。至少在我面前，她永远都握有主动权。

第二天，我如约而至。当我再次走进这幢位于首都闹市区的著名大厦，一样的楼层，一样的主题会所，一样的静谧，仿佛又回到了两天前的那个下午，初见兰芝的兴奋再次涌上心头。今天，兰芝换了一身黑白搭配的职业装，一字裙与暗纹衬衣凸显曼妙身材，胸前戴着镶有碎钻的项链，再平实的衣服穿在她身上也能星光熠熠。从男性视角来审视，她身上极具异性吸引力。即使在时下美女如云的职场，她仍旧是永恒的焦点。

简短寒暄过后，兰芝带我到一间茶室。还没进门，一阵幽香已经飘了过来。茶室位于会所深处，比起前两日群聚会时的房间更加隐秘。我所参与的金融群几次培训无一例外地都选择了较为安静的地方。这一点让我不免产生了几丝疑虑。所以对于群里的培训内容，我几乎都抱着审慎的态度去听课，甚至批评性地接纳。但唯独兰芝推荐的项目，我毫不犹豫地相信。我甚至对自己说："你一定中了那女人的毒！"

房间不大，正中摆着茶几，一位身着黄色毛呢休闲西装的男人正在泡工夫茶，手腕伸出露出里面的花格衬衣，头发有些花白，远远望去更像一位热爱中国茶道的美国大叔。他见我们进来，便眯眼笑了。

"小王来了，这位先生是……"

"王老师，这是邢彬，本期学员，我昨天跟您提过的。"

"哦……想起来了，是S城的邢先生。"

想来为我今天的到来，兰芝特地请来了这位王老师。王老师朝我笑了笑，伸出手朝我走来。

"王老师，您好。"

我赶忙上前回应，恭恭敬敬地与王老师握了手。当时的我还没有意识到这次握手的重要性，不仅改变了我的一生，也改变了很多人的命运。对我而言，王老师是个极特别的人物。这种"特别"并非源于他作为国内著名高校教授的身份，也不是由于他令人炫目的科研成果，而是他从容的微笑！无论遭受怎样的境遇，在他脸上总能见到让人心安的笑容。这笑容在我最为困苦、甚至怀疑自己的时候，让我重拾了信心。

替我们双方引见后，兰芝就找了个借口离开了。她原本是怕我在交流公司经营状况时会有所顾忌，但把我同一位认识才五分钟的陌生人放在一起，多少有些尴尬。

“北方干燥，多喝点绿茶泻火。”

我接过茶，浅咂一口，连道好茶，却感到脸上肌肉有一丝抽搐。

“年轻人，遇到困难了吧，心里装着事儿，喝茶也不是味儿呀！”

我登时怔住了，完全不知道该如何继续话题。经商数载，也算见过不少形形色色的人物，还从未见过像王老师这个年纪还如此率真的人。

“小王请我来给你开小灶，老实说，三尺讲台以外，我从不授课。今天也不破例，咱们权当闲聊，你看怎样？”

我心里虽然有些失望，但面对王老师这样的专家，我只能被动选择、听凭差遣。我并不是善于隐藏情绪的人，被王老师一眼看穿了心事。

“怎么，失望了？”

“没有，没有，闲聊也很好。”

“大概小王没跟你说清楚吧，我是她的顾问。你知道什么是顾问吗？”

难怪我参加的几次培训都没见过这位王老师，原来他就是传说中那位“影子顾问”。这个称呼还是培训中心的人取的。因为他从不给学员上课，但培训中心对外却打着知名专家的招牌。此刻，我倒想见识一下这位著名顾问的真风采。

我摇摇头，不知道王老师会如何自答。

“就是顾得上就问问。”

这答案我虽然并不陌生，但从一位知名教授的口中听到，却有点稀罕。

“今天聊天我们以相互提问的方式进行，你看怎样？”

我不假思索地答应了。

“好，我先问邢老板一个问题，我听小王说你看上了城镇化项目，做金融投资不是挺好嘛，只要不贪多，收益还是很稳定的，做工程跟金融投资可完全不一样，为什么要冒这么大的风险跨行业经营呢？”王老师见我有所迟疑，又补充道，“这里没有第三者，你用不着顾虑，照实说嘛，你说的实话越多，问题分析得越透彻。”

我虽然清楚这一点，但商人本能的自我保护意识，还是很难让我完全袒露心胸。

“我是在前两天的群会议上听到这个项目的，群里已经有人在做这个项目了，我也想尝试一下，挑战自己！”

王老师听罢，接连摇头，叹了口气。

“邢老板，你没说实话呀，罚你一轮提问的资格，现在还是由我提问，你公司现在的经营状况怎样？如实回答，你的机会不多，好好利用。”

我心中一惊，真是洞若观火，一切都逃不过这位王老师的眼睛。

“不瞒您说，我的公司的确遇到瓶颈了，业绩总是提不上去，今年以来基本上是入不敷出，人心惶惶的。我是抱着找项目的心态来参加这次会议的。没想到收获这么大，还真被我找到了适合的项目。”

王老师听罢，稍稍点了点头，露出了微微笑意。

“现在该轮到你提问了。”

机会来得有些突然，我还没准备好，就开门见山，迫切地提出了我最关心的问题。

“您了解城镇化项目吗？做这个项目需要什么条件吗？”

王老师没有急于回答我的问题，而是浅咂了口茶，悠然地闭上眼睛品味茶水滑过口腔后的齿颊留香。

“你犯规了！咱们有言在先，一次只能问一个问题，可是你一口气问了两个问题，所以我只能回答你提出的第一个问题。关于城镇化项目，简单来讲，就是农村的‘平房改造’。与城市的‘平房改造’不同，农村改造虽然有政府的强力支持，但毕竟僧多粥少，政府也有管不过来的时候，所以承包这种项目的风险是很大的。所以，我轻易不建议大家做这类项目。赚钱的项目有很多,何必冒这么大的风险呢?”

王老师的话似乎是想打消我的念头,但我既然下定决心,就难再回头。这点执着我还是有的,至少从商多年的经验早已将我的意志力打磨得足够坚硬。

“我需要救我的企业,很多人指着它吃饭呢,至少我得对得起他们这份信任。”

“说得好,这才是心里话。现在该轮到我提问了,说说你的计划吧?”

我的计划?王老师突然这么一问,弄得我有些措手不及。虽然我躲在宾馆里,望了两天天花板,反复盘算能调动的资金,可惜东拼西凑也不过几十万元,连项目的先期筹备资金都不够,再加上公司日常借贷业务已经占用大量资金,想要启动新项目可谓难上加难。不过H省范老板的话言犹在耳,时刻激励我前行。

“现在经济下行厉害,我们省又是区域竞争比较激励的省份,王总说过‘投资最难的是取舍,最容易的也是取舍’,我按照这个思路重新梳理了一下手上的业务,把不赚钱的、占用资金过多的业务停一停,或者干脆砍掉,留下小部分实体项目,我把所有资金归集起来做城镇化市政项目,等工程款收回来,我的现金流也就得到了保障。”

王老师听罢,先是一语不发,沉默片刻,脸色一沉,突然严厉起来。

“我现在要跟你约法一章,在接下来咱们闲聊的半小时之内,我不想再听到‘王总说’‘张总说’‘李总说’这样的话,我只想听你说,能明白吗,年轻人?”

我点点头,这位王老师倒有几分老教授的派头,教训起人来丝毫不留情面。我开始飞速思考——我的计划是什么?我刚才的方案明明已经对开发城镇化市政项目做了规划,还需要有什么计划呢?

“你怎么老发呆呀,是不是觉得这话题进行不下去了?我看这轮还是我来提问吧,你已经轮空两次喽?”

◎ 债权人

王老师半戏谑似的语言风格，初时不太适应，但总能在关键时刻点醒我，他料想我思绪一片空白，便主动帮我梳理思路。

“你刚才的计划思路对头，只是有一点我没想明白，你的项目启动资金从哪儿来？这两天你一直在为项目启动资金发愁吧？”

“您是怎么知道的？”

我惊讶地看了看王老师。我发觉他更像一位老中医，把我的脉门摸得极准。

王老师见我一脸茫然，从容地笑了笑。

“做项目遇到的第一道难关，大部分投资者都会遇到，没什么大不了，可以众筹解决嘛。”

“众筹？”

“简单来说，就是集资建项目，现在很多项目都是这样操作的。”

“这个方法我在群聚会上听 H 省的范老板提过，是个不错的方案，不过……”

我面露难色。众筹的方法我确实考虑过，但以我目前的人脉来看，能筹到的资金实在有限。

“不过朋友圈窄了一些，能筹集到的资金有限，对吗？”

我点点头。王老师又是一语中的。这些年我忙于创业，疲于奔波，虽然也交到一些朋友，但都是圈内的，社交不广，尤其是行业外的人脉基本上是空白的。很多创业者都存在这样的困惑，生活被工作占满，基本上没有个人空间，又何谈社交呢？

“这确实是我的难点，也是我一直犹豫开发新项目的原因。”

“你有创业成功的经验，再开发新项目不是难事，只是还没找对方法。各行有各行的规律，要进入一个行业，首先要了解这个行业。做项目，最重要的是资金保障，你刚才说的方案过于理想化了，别把风险都扛在自己身上，你需要找个引路人。这个人既能帮你拉人脉，又能帮你出谋划策。”

听罢王老师一番描绘，我脑海中突然闪现出一个身影——王兰芝。她既有项目开发的经验，又在培训行业经营日久，积累了丰富的人脉。而她的社交能力，也是有目共睹的。但这么厉害的角色怎么会为我所用？并非我妄自菲薄，而是像王老师这样名校教授都能收归麾下，足见她在社交方面的过人之处。

我越想，越觉得要争取到这个人！

“我想邢老板现在有一堆问题等着问我呢，不过我只能回答两个问题了，你想清楚哟！”

我下意识地看了看表，半小时过得真快，时间如白驹过隙，今日看来确是如此。

“耽误您这么久，真是不好意思。”

“少客套，说重点。”

“您跟王总很熟吗？”

“你已经用了一个资格喽，如实相告，我跟小王的确有点交情。”

“我想请王总做我的合伙人，可我不知道该怎么打动她，您知道，王总见识广、工作又很忙，我这么唐突地请她，估计……”

“你这个年轻人，比我这老头子还絮叨。”

不知道为何，说到这里，我竟感到莫名的羞涩。据我所知，群里很多人把兰芝当成了培训界的女神。

“王老师，您看以我现在的条件怎么打动王总呀？”

“我怎么听着你这话倒更像相亲呢？”

王老师说罢笑了起来，脸上的皱纹也纠结一处。我突然意识到自己失言了，连忙解释。

“邢老板不用解释，爱美之心人皆有之，面对小王这样的女人，你要是不动心，我反倒觉得有问题了。”

虽是玩笑，但我脸上还是一阵青一阵红。我并不否认王老师的猜测，但我对于兰芝的爱慕是基于敬佩情感之上的，是欣赏，而并非粗俗地占有。正如王老师所说的“爱美之心”。

“王老师，咱们还是言归正传，我的意思是像王总这样见过大风大浪的投资人，会看上城镇化市政项目吗？”

“怎么不会，只要是有利润的项目，都值得一做。何况小王选项目一直是紧贴时事的，这种市场嗅觉是投资人的必备素质。”

“可是，我要怎么争取到她的支持呢？”

“真诚！”

王老师送我这两个字，意义重大。要赢得合伙人，仅靠优秀的项目是远远不够的，还需要有一份发自内心的“真诚”！

“小邢啊，我最后送你四句，也算不上什么锦囊妙计，只是希望能给你一些启发。第一句话，众筹渠道再好也要量力而行，不要过度负债，经济下行的大趋势不可逆。第二句话，搞经营要合规合法，众筹也不能跳出法律的圈子。第三句话，民间借贷难免产生纠纷，要正确面对，妥善处理与债权人之间的关系，赢得债权人的支持比什么都重要。第四句话，要对自己有信心，你是经历过市场洗礼的人，不管任何困难，要坦诚面对。”

这四句金玉良言，不仅推心置腹，更为我日后的创业之路奠定了基础。

我想，我还需要在首都多逗留几日……

第四章
人生抉择

一个决定可以是一两秒钟的事，也可以花掉三年五载、甚至十年八年的功夫。谨慎不代表思考得久，而思考太久也未必能做到滴水不漏。既然我们无法预料后事，那么再完善的计划也会出现纰漏。关于城镇化市政项目，或许我的决定太快了，但并不代表我没有经过深思熟虑。与王老师的对谈虽然短暂，却让我在今后的很长一段时间里都记忆犹新。

从会所出来已经时近黄昏，走在首都车水马龙的街上，我的思绪仍旧留在那弥漫茶香的房间，留在与王老师对谈的时空里。接连几日的“奇遇”，我仿佛像走过了一生。从最初的倾听者，变成了今天的提问者，从被动学习他人的经验，到萌发主动创造“经验”的决心，短短几天，我的人生就完成了一次超常规的跨越。

若在以前，我是无论如何不肯跨行业经营的，甚至来参加这些群聚会前，连想都没想过要开发工程项目，从金融到建筑，这种跨度完全不可想象。但今天，我不但成功突破了自己，也迈出了坚实的一步。我隐隐觉得，

◎ 债权人

王老师将成为我人生中一位重要的良师益友。反正，从这一刻起，我已经一厢情愿地认定他了。当然，还有另一位更加重要的人物，是她让我结识了王老师，也是她让我看到了一个不一样的世界，见识到那么多奇人奇事。相见恨晚之憾，油然而生！

回到酒店，我躺在床上，久久无法入睡。下午与王老师的对谈不但精彩，更加成为我人生的一个转折点。我仔细回味与王老师对谈的每一个细节、每一句话，反复琢磨其中的深意，特别是那些我当时没能悟出来的寓意，可能隐藏更高一层的智慧。我需要好好梳理一下，认真做一番规划，也不负王老师的悉心提点。

这是完全属于我自己的时间。自从创业以来，我坚持每天晚上抽出半小时的时间做笔记，尤其是每当有所收获或失败的时候，总要对成败进行总结、归咎原因，以便时刻自省自勉，同时也对下一步工作逐一进行规划。当然，今天的笔记有点特别，我把它称为人生的第二次起航！

王老师的话虽然不多，但言简意赅，总是一语中的，又处处给我留下思考的空间。比起其他培训导师，王老师的聊天法更能穿透培训对象的心灵，直达患处。对于我，王老师的提醒有三点：一是找对人，二是管住钱，三是做对事。找对人就是找一个能帮我的人，这个人在我创业过程中起到极其重要的作用，既是我的心灵导师，又是我在事业上的领路人。当然，关于人选，我心中早有定数。管住钱，则是要我做好财务管理，控制好资金风险和现金流，以使项目在困境中也保持正常运转。而做对事则是要坚持规章制度，尤其对于工程中的工人和包工头，严格的制度不仅仅是防止建筑安全隐患的基石，也是项目得以顺利完工的保障。

我把这三点一一罗列出来，每一项对应相应的工作，然后再列出时间表，以便于掌握项目开发的进程，也监督自己要按时完成各项工作，才能最终达到胜利的彼岸。那一晚，我写了很久的笔记，把整个项目的每一个环节都仔细琢磨了一遍，哪些是可预见的，哪些是计划外的……越写越兴奋，仿佛美好的前景正在向我招手。

写得太久，竟和衣而眠了，待我醒来时，窗外已是阳光四射。首都少有的青天白日，我的心情一如这天气晴朗无云。昨晚的兴奋状态仍然没有褪去，我迫不及待地翻开电话簿，拨通了兰芝的电话。

“王总，突然打电话给您有点唐突，我还是放不下那个城镇化市政项目，想尝试一下。”

“这是好事，我们创新阵营中又加入了新成员。只不过，我还有一点小要求。”

“什么要求？”

“你昨天一直叫我‘兰芝’，今天怎么又称呼‘王总’，我可是要挑礼啦。”

我们两人隔着电话笑了起来。没想到我和兰芝的关系发展如此之快。虽然我没有直接提出合作之事，但我想她已从王老师那里听到风声了。所谓“同道中人”，大概就会有这种惺惺相惜之感吧！

两天后，在我决定返程之际，接到了兰芝的电话。

“邢彬，有好消息，明天上午我约了三位群里的活跃分子来写字楼见面，想讨论一下互联网+城镇化项目，你要是能多留一天，不妨一起来聊一聊。”

有这样的机会，我当然求之不得，爽快地答应了。对市政项目完全陌生的我，正需要多与这方面的人才交流，以便尽快熟悉业务，了解项目的收支平衡点，加速项目落地。从另一角度来看，我对兰芝的识人能力颇为信任，她介绍的人必定是行业佼佼者。那天，我又窝在酒店整整一个下午，查阅了很多关于互联网+城镇化项目的资料，提前做好功课，不打无准备之仗，是我这些年养成的习惯。即使是这样的轻松会谈，也需要有专业精神，既尊重别人，也尊重自己。

那天兴奋之余，我给远在家乡的妻子打了电话。来首都已经一周了，我还是初到这里时给她打了一个电话，三言两语报了平安，便草草挂断了。今天，我想告诉她我的新决定，告诉她我即将奔向的美好前景，让她也一起高兴一下。

“老婆，我还需要在首都多待两天，有个新项目要谈，谈下来的话公司就有转机了。”

“哦，天凉了，你多加件衣服。”

“这次首都之行，我见到了很多奇人，也可以说是我的贵人，收获太多了……”

“那很好，你自己多注意身体。”

“我打算做市政项目，跨行投资，风险是有的，但是高风险才有高利润……”

“嗯，我晚上值夜班，想先睡一会儿。”

“那好吧，你先休息，回去后我详细跟你说。”

“好。”

第二天清早，我提前来到了望京区那幢熟悉而陌生的大厦。说熟悉，是因为在首都盘桓的一周里，我几次出入这幢大厦；说陌生，是因为今天我第一次来到兰芝会所的办公区，这意味着我不再单纯地是一名学员，而拥有投资者、合作者的角色了。

提前到达会谈地点，也是我多年经商养成的习惯，可以从侧面了解对方的更多信息。当然，今天要了解的这个人是我更为关心的王兰芝。由于有了合作关系，意义也自然不同了。

与兰芝相交多日，却还是第一次到她的办公区来。这是个与众不同的办公区，没有大企业的奢华，也不同于一般紧凑型的工作间。在这里找不到会议室，而在工作区单独开辟出一小块地方建起了咖啡厅。用轻松的咖啡厅代替紧张会议室的企业，我还是第一次见到。一面陈列各种创业书籍的墙，几张简单的咖啡桌、柔软的沙发，弥漫整个楼层的咖啡香气，在这样的氛围中工作无疑是轻松的。咖啡厅的吧台上用英文写着“Free to talk”，中文意思为“自由交谈”，表明了企业的态度。这里非常适合作为创业沙龙和小型论坛，为创业者自由交流提供了良好的空间。

墙上的挂钟表针指向八点半，距离约定的时间还有半个小时，正好可以坐下喝一杯咖啡，享受这里的安静，也放松一下连日来紧张的心情。我随便找了一张桌子坐下，服务员微笑着走了过来。

“先生，要点什么？”

“一杯蓝山咖啡。”

咖啡很快送来，服务员走时，示意我看一下桌子上面的几行小字：

“当你高谈阔论自己的理想时，请体谅周围正在寻找理想者的焦急。”

“当你遭遇瓶颈时，不妨停下脚步，一本书，一杯咖啡，一份心情，漫长的人生旅途，总能挤出这片刻时光思考人生。”

一段话是告诫来客切勿高声喧哗，另一段话是帮助失意者寻找新的方面。我看罢，会心一笑——这是兰芝的风格！我随手拿起一本书，翻开来看，享受一下“一本书，一杯咖啡，一份心情”的沉静。

刚坐了一会儿，三张熟悉的面孔先后出现在我的视野里。大家不约而同地坐在了一起。我同这三个人虽然之前都见过面，但交谈不多。一来培训时间有限，大家总是匆匆而来、匆匆而去，很少有时间坐下来交流；二来大家原本从事的行业各不相同，为了投资而聚到一起，可以说是把利益绑在一起了，而我那时毕竟还没有参与任何投资项目，自然与大家显得生分一些。

不过，四个年龄相仿的人凑在一起，很容易热络起来。加之都是创业者，即使行业不同，创业经历也有相似之处，共同话题自然很多。攀谈之下，我才知道这三个人都是各自行业的佼佼者。其中一位是裴总，刚刚从国企辞职，正打算在互联网金融界大展拳脚。另一位李总和我相熟，前几次聚会时，我们聊过几句，他当时就劝过我还是要搞实业，“互联网+”与实业联合必将大放异彩。现在回想起来，还是李总有见地。还有一位汪总是做互联网企业的，技术出身，刚刚转做管理层，可谓互联网企业的潜力股。

◎ **债权人**

兰芝今天请的三位“活跃分子”，难道是他们？

我们四人正聊得火热，兰芝悄然走来。

“今天我迟到了，突然加入，不会太唐突吧？”

“王总是踏风而来，正好九点，怎么能算迟到呢？”

有人抢在我前面先拍起了马屁。我看了看表，时间正好是九点钟。兰芝的守时在业界也是出了名的。

“王总，你这里很有格调，不设会议室，倒建咖啡厅，太有创意了，与众不同！就在全国来讲，敢这么装修的公司还真没见过。”

兰芝笑谢夸奖，言归正传。

“今天请四位来，主要是据我了解大家都在做同一类项目——城镇化市场项目，裴总在互联网金融界是专家，李总擅长经营实业，目前也在做土木工程类项目，汪总是 IT 精英，邢总是做传统金融行业的，对城镇化项目非常感兴趣，正准备开发这个项目。今天咱们畅所欲言，有什么想法可以直接拿出来交流，所有的建议都是出于善意的。”

“我先说，现在国家正在积极推进城镇化市政项目，尤其是经济发展落后的省份，都在积极推进城镇化，但是一缺人才、二缺财力，这不仅仅是政府的瓶颈，也是当前社会发展的瓶颈。对我们投资者来讲是难能可贵的机会，抓得住还得抓得牢，才能获取最大利润。前段时间我考察过国内几个相关的互联网+城镇化运营平台，总体来讲首都这边的技术能力更强，人才相对集中，可以说国内顶尖的 IT 精英都集中在首都了。我想，这对我们来说是优势。怎么利用这种优势，做大 PPP 项目，我没想好，想听听诸位的高见。”

李总急于展开话题，紧接着是汪总的一番阔论。

“我们公司经过这一年的发展，已经积累了比较好的技术和团队，前段时间也培育了一个创投公司，以‘互联网+典当行业’的形式，通过网络推广典当行业，简化业务流程，增加即时订单生成量……已经运作将近一个季度,现在开始盈利了。"

互联网和典当行业的结合算得上新生事物。汪总的发言偏重技术层面，虽然有一些专业术语我第一次听到，但在他的讲解下并不觉得晦涩。我后来从兰芝的口中得知,这位汪总是IT行业的开拓者,喜欢挑战、喜欢冒险,是个难得的人才。

我简短介绍了自己这几天来研究城镇化项目的一点体会,发言不过三分钟,一来对于技术环节我完全是门外汉,二来我对城镇化项目的理解还停留在理论阶段,比起走在我前面的实践者,我是个十足的后进生。当然,还有一个更重要的原因,今天我是来"掠食"的。裴总由于刚刚转行,事业正在起步阶段,跟我一样,是来找机会的。但李总是个急脾气,我发言刚刚结束,他立刻接过话茬。

"我遇到过一个做城镇化项目的成功案例,这个人是我偶然间认识的,海归回来的,做事有想法、有冲劲。他先后到实地考察过多次,从技术培育、团队配置、运营思路,做好了一系列孵化,可以说是成功上路了。现在项目运营顺利,估计该到丰收的时候了。不过就像是我刚才说的,好多省份在这方面是空白,不是做不起来,是缺人才,有了项目都没人知道从哪儿下手,再说一听市政工程,很多投资人就退缩了。我看邢总有点跃跃欲试,有没有兴趣大干一场?"

原本我还犹豫,指望我一个人的力量做这么大的项目很难成行,现在有志同道合的朋友邀请，正是我等待的时机，与这么多行业精英坐在一起,对我而言也是难能可贵的机会。

"李总提的问题很对,现在做传统工程确实不好操作了。现在业主、政府,找施工企业不发愁,施工企业资质齐全、技工也全面,就是缺资金。现在经济下行的趋势是不可逆的,人们投资越来越谨慎,找投资人越来越难。如果能借助互联网这个平台,设置好产品,做好退出机制,定好价格,可是不错的选择。"

◎ 债权人

裴总的话给我们进一步合作奠定了基础。李总也是越说越兴奋。

“我知道 B 省也有一个不错的法子，就是里面有各种各样的产品，尤其城镇化这块儿的产品，大部分额度都在 1000 万以下，而且有很好的退出机制和盈利模式，推出后效果非常好。”

裴总又接过话题。

“我们刚才说的那个孵化企业的做法也是非常好的一个模式。现在 PPP 大行其道，不光企业混沌，政府也感到无从下手。如果能借助互联网平台，说不定我们能做一个实验项目。如果能跟国内一些有实力的公司合作，资本运作也会很快。”

“大家一拍即合，看来我今天是请对了人呀！如果项目确定下来，大家不妨试一试众筹模式。”

这还是今天兰芝第一次发言，也是总结性发言。我看得出，她在极力撮合这个项目，会不会是王老师同她讲了些什么，我不得而知，而她与另外三名投资人的关系应该比我要熟络许多。关于这一点，我心中虽然闪过一丝怀疑，但对于开发新项目的冲动、迫于扭转公司现状的压力，还是决定“陷进去”，这是我的抉择！

大家相谈甚欢，李总又提出近期要安排一次实地考察，然后迅速做出一份商业计划书，客观地论证这个项目的可行性才能真正启动项目。他虽是急脾气，却并不急躁，行事果敢、雷厉风行，具备很多创业者的优良素质。

尽管我还不清楚这个项目最终能否成行，但今天所见的三位人物，又一次让我有了“搭上快车”的感觉。那一张张年轻却不失稳重的脸，给我留下了深刻的印象，特别是李总的超前思维和实干风格，我着实喜欢。看到他们，我脑袋里突然冒出一句话：

“没有不好的企业，只有不好的企业家。”

第五章
项目论证

人，常常会犯疑心病。

经商多年，让我对突如其来的机会不得不左顾右盼，思虑再三。因为我能调动的资金有限，我的小公司能够承担的风险也有限。换句话说，我输不起！不单单是我，很多中小投资人都有这样的困惑。制约我们发展的因素很多，导致我们每行一步，都需要反复思虑，生怕一步行差踏错，连翻身的机会都没有了。

与三位投资人的见面结束后，我并没如预想的与兰芝再作攀谈，而是借故有事匆匆离去。我不得不承认，这次见面会大家交流得非常好，甚至李总和裴总一度说到了我的心坎上，而兰芝也在极力撮合……一切看似顺利，却又过于顺利了。从商多年的经验告诉我，过于顺利的事情要么是陷阱，要么存在重大漏洞。也就是说，我不是被一伙人骗了，就是我们一伙人被自己给骗了。

我需要给自己足够的冷却时间！

◎ 债权人

当我回到酒店，整个人回归冷静时，开始重新审视这几天发生的事情。这不是犹豫不决，也不是出尔反尔，而是对自己和公司负责，因为我的决定不仅会影响公司的发展，更会影响公司的命运。慎重，是此刻我必须选择的处理方式。

李总、裴总、王老师、兰芝……一张又一张脸在我脑海中晃来晃去。我尽力回忆他们说的每一句话、每一个表情，搜索每一个细节，寻找可疑的线索……

我到底在干什么？

是在否定自己，还是在为裹足不前找借口？

非要思人之恶吗？把这些人想象成坏人，把整件事情想象成一个为我编织的陷阱，这又合情合理吗？

为什么经商多年的我，反倒不敢以宽善之心待人了呢？

我想起了创业之初，一位良师益友对我的当头棒喝，想起那时真心朋友浇在我头上的凉水，让我在创业之前就预料到了各种恶劣情况、失败的结局，是这些善意的“恶言”鼓励我走到了成功的彼岸。现在，我身边缺少了朋友浇下的凉水，也没有良师益友的警言，是该学会自我否定、浴火重生的时候了！

正当我苦苦思索该怎样认证城镇化项目的可行性时，突然想起了昨天极少发言的汪总，作为 IT 行业的青年才俊，言语间展现了超出年龄的成熟。况且他在互联网技术方面具有权威，而城镇化市政项目中智能家居等环节也会涉及互联网技术。虽然他发言不多，但提到城镇化市政项目时，他都在认真聆听，说明还是感兴趣的。倘若请教他一些问题，从技术角度来论证这个项目，会更加客观一些。

转天，我主动约见汪总。汪总听明缘由后，也表示出极大兴趣，并邀我到他公司一叙。这一次我换了思路，站在城镇化市政项目不可行的角度准备了很多问题，准备给这位 IT 青年才俊设置一些障碍。

见到汪总时，我还是颇感意外的。与昨天的休闲装相比，今天的他一袭正装，领带紧扣，双眉微锁，目光凝视远方。见到我，严肃的脸上才露出淡淡的微笑。比起昨天的技术范儿，今天的他更像一位能够驾驭全局的掌舵人。

“邢总好，没想到事隔一天，咱们又见面了。”

“汪总好，今天突然造访，有点冒昧了。”

“哪里，哪里，咱们到我办公室谈吧。”

从汪总公司的走廊走过，我不免惊讶于这家公司的年轻化。据汪总告诉我，公司里还有好几位刚满 18 岁的员工，是 IT 技术尖子，已经由公司出资做定向培养了。

“IT 行业，人才就是生命力，这一点跟金融行业差不多。”

“现在哪个行业都需要人才，尤其是青年才俊，像汪总这样的人才，实在难得。”

“我已经不行了，在我们公司超三十岁的员工都要退居管理岗位，把接触尖端技术的机会留给年轻人。”

三十岁就要退居二线？在我看来，实在难以想象。我三十岁时，才刚刚准备创业，而汪总这样的尖端人才已经准备隐退了……

“以前听说过 IT 行业竞争激烈，没想到这么激烈？”

“也不是，企业要发展，首先要做好人才的梯队建设，好钢用在刀刃上嘛，多给年轻人创造锻炼机会，他们才能迅速成长，公司才能不断壮大。”

“有道理，汪总的用人之道不拘一格。”

“邢总过奖了，这也是 IT 行业新旧交替的规律，没办法，现在年轻人顶上来得很快，我想不让位也不行啊！”

没想到这样一位严谨的技术男也会偶尔幽默一下。我们一边交谈一边行进，不知不觉已经上了一层。来到汪总办公室，并没有我想象的秘书接待，早已等候在这里的是目前正负责互联网金融软件开发的工程师——

◎ 债权人

一位身材娇小、皮肤白皙的灵巧女子。

“很少见到女孩子做 IT 行业。”

汪总安排我们落座，便做起了相互介绍。

“小林，这位就是我跟你提起的邢总，正在筹划城镇化市政项目，我想咱们有一些技术问题是可以合作的，今天主要是请你从技术层面分析一下这个项目的可行性。当然，前提是给邢总讲明白了。邢总虽然不了解 IT 技术，但也是创业的‘老江湖’了。”

“邢总，您好。”

“邢总，这位是我们技术总监小林，也是目前正在开发的互联网金融项目的项目经理，也负责这一领域的技术指导，今天由她主讲，我想您会更感兴趣。”

“林总监好。汪总真是想到我前面了，感谢，感谢。今天我可是来学习的，也是来找救兵的。老实说，咱们都是创业者，汪总的公司蒸蒸日上，我的公司却有一点日落西山了。金融行业不好做，现在是 IT 产业的天下了。”

“邢总就别谦虚了，就冲您这股冲劲，企业遇到困境也是暂时的，肯定能渡过去。咱们都是一个群里的同学，就像王总说的‘有项目一起做’，相互帮忙才能共同发展。”

汪总的话听得我心里暖暖的。不管日后能否真正达成合作，我能预感到今天谈话的收获不亚于昨天那次见面会。言归正传，寒暄过后，我开始直奔主题。

“汪总怎么看城镇化市政项目？恕我冒昧，昨天咱们在王总那里，我见您没怎么发言，感觉您对这个项目抱以比较冷静的态度，今天我来也是想听一听您的意见。”

汪总点燃一支烟，沉思了片刻。他是那种不会轻易发言的人，但每次发言都有真知灼见。可想而知他在背后所下的功夫，这一点也是我颇为欣赏他之处。

“这个项目有前景,但不容易做,中间容易出现纰漏。从我个人角度,我持谨慎态度,但如果资金充裕的话,可以尝试,但不宜投入过大。从互联网技术角度考虑,与城镇化市政项目搭配的点并不多,包括智能家居,小区门禁这些系统,现在市面上能做这种技术的公司有很多,但真正做出特色的比较少。目前我们公司还是以互联网金融软件开发为主,邢总提出的课题我们也在考虑,可以列为未来研发项目之一。”

汪总的客观有些出乎我的意料,我料想他对于城镇化市政项目的研究不比我多,并非他不想帮忙,而是一个建筑、一个网络,行业搭界点实在太少,这也是客观因素。当然,汪总提出的观点还是提醒了我,仅依靠四处拉投资也不是办法,还需要自己有办法盘活资金。目前我手上能调用的资金才区区几十万元,如果能够借助互联网金融渠道使资金增值,也不失为一条捷径。

“汪总,不瞒您说,今天我来还有另外一个想法。我想了解一下 P2P 业务,看看咱们在其他业务上是否能有合作?”

“邢总,您是问对人了,这方面是小林的强项,小林,你给邢总介绍一下 P2P 项目。”

“邢总,您好,P2P 项目简单来讲,也可以说是‘两端’建设。一端是客户端,这是企业生存的命脉,也可以理解为企业的无形资产端;另一端是资金端,也就是找好投资方。P2P 的好处是一手握客户,一手握投资方,企业自己扮演中间人的角色。这样既节省了企业的管理成本,也简化了企业与两方对接的流程,提高了办公效率。以我们目前在做的‘互联网+典当行业’软件来说,一方与担保典当行业合作,另一方直接对接行业客户,虽然做的都是传统金融业务,但手续都是通过网络直接办理,增加了不少客户源,而且近期我们已开发 APP 客户端,以吸引更多手机用户,扩大宣传渠道。”

我听了这个方法,突然冒出一个想法:“汪总,林总监,我作为门外汉,突然有个不成熟的想法，不知道从技术层面能不能实施？”

“邢总您客气了，有什么好想法，不如咱们一起研究研究。”

话一出口，我竟有些后悔了，刚才的想法只是一个闪念，连我自己也没理顺如何表达，就直接报了出去。倘若闷声不吭地梳理思绪，又好像怠慢了汪总和林总监，也只好硬着头皮说了。

“我想的还不成熟，讲出来，请二位多提意见。我想能不能运用网络技术或 APP 技术把 A 省现有的城镇化运营商集合起来。这两年经济面临下行，政府财力不支，项目不少，但是良莠不齐，绝大多数投资者抱着观望态度，这样一来，传统企业的资金周转就比较困难，特别是开发新项目缺乏资金支持。这两天我侧面了解了一下，城镇化项目的启动资金动辄都在千万元以上，像我们这种小公司怎么承担得起。不过，要是与互联网挂钩转型升级，就能吸引到更多投资，扩大众筹规模，这样资金规模自然就大了，而且通过互联网技术也比较好控制资金流向，投资人心里有数、还放心。目前我就想到这些，都是比较概念化的想法，是否具备可操作性，您二位是专家，我想听听专业的意见。”

原本以为不成熟的想法，甚至我自己都觉得在表述中有很多混乱之处，但汪总和小林都听得饶有兴致。我话音刚落，汪总就迫不及待地给我回应。

“邢总，您这个想法非常好。现在做城镇化项目的公司也都是具备一定社会影响力的，至少平台公信力有保障，只要抓好客户端和资金端，从项目实施角度来看没问题。小林，你从技术角度来看，有什么难点吗？”

“从技术角度看，目前还不存在难点，咱们有做‘互联网+典当行业’的经验，可以套用这个设计理念。但是任何系统的漏洞都是在反复使用中发现的，这点汪总您最了解了，我现在只能凭借之前的经验笼统地看，这个项目是可行的，但运行起来的关注度和使用率有多高，就很难说了。”

小林的意见完全从技术角度出发，非常客观，但也着实给我的想法降了温。汪总边喝咖啡边沉思，过了片刻，他理顺了思路，在我计划的基础上从软件运作角度又提出了进一步具体建议。

“您这个城镇化项目我觉得可以这样子，能不能找几个信誉好的县域、城镇先做标杆，树立起两个标杆，就能吸引投资者，同时找一些大的合作单位进行战略合作。比如说我们公司不仅在首都，在A省也具有一定的公信力，而且我们也有这块儿市场需求。关于这一方面，我们可以深入沟通，再寻求深度合作的机会，您看怎样？”

“这个办法好，不过怎么借助P2P互联网平台的优势呢？”

“初期最好不进行大规模的营销和推广，第一是考虑到成本，这一推广起来成本非常高，公司面临的运营开支会很大。当然，这个问题也不是不能解决，我们还是需要一个正确的思考方向。如果能在低成本的情况下进行推广，推广效果虽然有一定的影响，但成本低廉。还可以采取员工出去拉单的方式，作为口碑宣传，也能起到一定的效果。要是能拉到国企一起合作，在宣传方面会省很多费用。对于项目起步阶段的宣传造势，还是以节省成本为主，这是我的个人意见。”

汪总的积极态度使我信心倍增。今天来找汪总论证城镇化项目，收获颇丰。尽管我心里的疑虑并未完全消除，但至少我坚定了开发这个项目的信心。从另一角度来看，我的判断是正确的。当然，目前一切计划还都处于想法阶段，至少我自己还需要重新梳理思路。

“汪总思路敏捷，考虑问题比较全面，给了我很多启发，今天我是不虚此行呀！昨天我的电话打得真及时。”

我的兴奋难以抑制，而汪总和小林也跟着笑起来。这几天的聚会、会面，我在创业者身上看到最多的就是微笑。笑容的力量是无可比拟的！

“邢总，我看您还是尽早起草一份商业计划书，把您的想法、思路、项目操作流程都一一列出来，这样找相应的投资人判断时目的性更强，我们公司在您这个项目中扮演什么角色、咱们需要进行哪些方面的合作也就一目了然了。”

“好，我也打扰半天了，不耽误你们工作了，我回去尽快整理一份商业计划书出来，然后再找你们详谈。”

“那好，等您好消息。”

与汪总和小林简短道别后，我信步走在首都的闹市区，心里已经打定开发城镇化市政项目的主意，并且不由自主地开始盘算下一步计划。现在，我可以去找那位关键人物了。如王老师所说，用我的真诚打动她。

第六章
蓄势待发

“邢总，您还在首都吗？”

“小张啊，我在首都，这边的事情还没办完，公司里出什么事了吗？”

“没事，邢总，目前一切运转正常，只是我们前段时间收的一处底商到期了，房主无力偿还贷款，想把房子抵给我们，您看……”

“这件事情你做主就可以了。我这边的项目有点忙。”

“那好吧，我按流程先操作，但您比原计划晚回来两天，我有点担心，就给您打个电话问一问。”

小张是公司的元勋员工，从创业之初就在公司。在我最为艰难的时候，他始终跟随我，不离不弃。我见他是个好苗子，就一步一步提拔，两年前升任我的助理，兢兢业业，任劳任怨，是我身边的得力干将。这次我来首都出差，公司的大小事务都由他负责，我能体会他所承受的压力。

“放心吧，这两天项目就有眉目了，我最迟后天就能回公司，你再坚持两天。”

“好的，邢总，保证完成好任务，您一个人出差在外，也要多加小心。”

挂上电话后，我突然想起了妻子。离家这十多天，我们只打过两次电话，一次是刚到首都那天，一次是告诉她我打算开发城镇化市政项目的决定。不知从何时开始，我们之间谈话的主题竟只有我的工作了……

我想，我的确离家太久了，离妻子太远了！

事实上，这几天的思考、讨论，我感到很耗费精力，项目也没有什么实质性的进展。正如汪总所言，我需要一个计划，一个完美而详细的计划。否则，无效率的谈话还会继续。

作为公司的掌舵人，我急需一个新项目来扭转公司的颓势，把公司带入美好的未来，让跟随我多年的老友们过上好日子。我想，所有中小企业主都是怀揣这一点私心，才能让企业顽强地生存下去的吧！

何况，人生中的黄金时间只有十年，而我恰恰就处在这个当口。我无法眼见头发花白仍然在一个小圈子里打转，在我还能任性的年纪，好好守住这份坚持，走一段人生规划以外的路，风景也会别样美好。因为我无法面对这个项目的夭折，也无法正视出师未捷身先死的悲壮。当然，在计划正式启动前，我还需要掌握更多的资源。

“兰芝，我打算返程了，临走前能否再与你见一面，我有一些关于城镇化市政项目的新想法，也想请你帮我把把关。”

“邢哥，你太客气了，正好我也有一些新想法，想跟你聊一聊，看你什么时间方便，咱们见个面，我做东，一来为你饯行，二来庆祝你找到了新项目。”

“那怎么好意思，怎么能让你破费呢？”

“没什么不好意思的，咱们都是创业路上的伙伴，请吃顿饭你还跟我客气。”

“不行，不行，说什么也得我来做东。”

“咱们之间就别推辞了，就这么说定了，时间你来定，地方我来找，客我来请。”

兰芝给我的感觉时远时近。方才这通电话的熟络，确实在我的内心泛起了小小涟漪。但几天前的那次引见会上，她并没有直接参与我们的“计划”，倒更像一场 TALKSHOW 的主持人。她到底是一位观察者，还是像很多人所说的交际花，又或者还有其他身份？而我之于她，又是什么角色呢？

我无法停止琢磨这个谜一样的女人。据我所知，她并不是富二代出身，那么她是如何迅速积累起原始资本、编织人脉关系网的？与群里其他投资人相比，我仅仅是参加过几次群活动，还没有实质性的投资，而我自认为没有什么过人之处，她又是如何留意到我的，为什么会对我产生兴趣？对她，我不免保留一丝怀疑，但又莫名地信任。

为了尽快返程，我提前了与兰芝见面的时间。那是个阴雨绵绵的午后，望京区一家不大的咖啡馆，放着标准的蓝调音乐，装潢是墨绿色的主色调，夹杂一些黄色的条纹，有一点墨西哥风，是我喜欢的类型，但不知兰芝那样高雅的品位是否喜欢。

这是我们第一次单独约见。我没有称之为“约会”，是因为我对妻子有一份责任，同时，我也有我的原则——违背道德之事我不会做，即使所谓的“机会”摆在我面前，我也会心无旁骛地追求我的梦想，而不会因为沿途风景而驻足。

兰芝早到一步，一个比我守时的女人。从这一点来看，她更像职场人！

“兰芝，你真准时。”

我见到她时，她正站在咖啡馆门口朝我微笑。今天又换了一袭休闲装打扮，很随性的针织衫和卡其长裙，一股浓浓的文艺风，她的百变风格总能给人以新鲜感。

“我也是刚到。”

“咱们进去吧。”

“好。”

◎ 债权人

我们选了临窗的位子坐下,叫了两杯牙买加咖啡,便直入主题了。

“邢哥,这是咱们第三次在培训场合以外见面,每次见你精神面貌都不一样。今天又格外意气风发,是不是城镇化项目有了新进展?”

“也不算新进展,只是有了一点想法,约你出来,是想请你帮我拿拿主意,另外还有个小要求,算是不情之请吧!”

“先听听你的新想法。”

兰芝似乎已经料到我的“不情之请”,像是有意回避似的,故意把话题绕开。

“我想城镇化项目既然可以采取众筹的方式,是不是可以借助互联网或 APP 技术,扩大融资渠道,你觉得用 P2G 形式怎样?”

我不知道兰芝对 P2G 了解多少,就把从汪总那里学到的仅有的 P2G 知识悉数兜售给兰芝了。然后,便像个学生似的,耐心地等待成绩。我不知道这个想法能得多少分,内心的忐忑已然挂到了脸上。兰芝沉思了良久。我看得出她在认真思考。

“邢哥,你的想法很好,也的确有人尝试用网络做众筹,不过还没有人在工程项目上用过,也就是说,没有人知道整个流程会出现哪些纰漏,也没有人知道出现问题后如何补救。”

“我们可以事先规避一些风险。”

“但还是会有风险。”

“有风险才有机会呀!”

“邢哥,你现在还没有真正涉足建筑行业,有很多人力不可控的因素也还没有了解,不是所有新鲜事物都可以跟传统行业结合的,至少在工程项目的开发上,现在还不是时机。”

“不是时机?”

“城镇化市政项目也不是小项目,一期工程投资动辄都要上亿,就算小项目,也得几千万。如果换作你,你会通过网络或手机投资上千万吗?”

这话如同醍醐灌顶，浇得我透心凉。这两天的“意气风发”原来只是头脑发热。扭转公司颓势的迫切心情已经让我迷失在那些不切实际的想法中，兰芝这一盆凉水泼得好，泼得及时。否则我会在那条岔路上越走越远！

我怔怔地望着兰芝。在社会上打拼多年，也见识了不少人和事，我深知什么是“忠言逆耳”。能够真正给予当头棒喝的人，不是朋友也胜似朋友。如果不是真心不希望你走弯路，如果不是真心希望你越来越好，也不会冒着得罪你的风险说些你并不喜欢听、甚至刺耳的话。

“兰芝，你说得对，我怎么就陷进去了呢？”

我懊悔这两天浪费了不少时间去研究互联网和 APP 技术，绕了一大段弯路，背离了我做这个项目的初心。

“邢哥，我了解你想开发这个项目的信心，想把项目做好，收益更好，让参与众筹的人都能得到丰厚的回报。其实你心里早有计划了，只是想把项目做得更好，各种方法都尝试一下，这没什么错，也不需要自责。咱们做项目时，走一些弯路是正常的，早点暴露问题，总比项目都进入实施阶段了再出现问题要强得多。”

“谢谢你这么替我考虑。”

“邢哥，你能把想法告诉我，这是对我的信任，我尽力为你着想，也是出于对这份信任的回报，你应该感谢的人是你自己呀！”

不知道为什么，我发觉，每次与兰芝交谈过后，我内心的疑虑就会减轻几分。刚才有一瞬间，我几乎已经把她当作挚友知己了。

与兰芝见面的当天下午我就乘高铁返回 S 城了。在返程的路上，我不断反思兰芝、王老师、汪总、李总给我的建议和良言。尤其兰芝最后对我的体谅，我能感觉到她已经把我当作朋友了。参与合作不过是一纸协议，有多少友情是毁在了这“一纸协议”上。像现在这样，遇到问题可以向她倾诉，而她也可以站在旁观者的角度帮我客观分析问题，总比身陷其中要好得多。这也是我最终打消了请兰芝入股城镇化项目的原因。

到达S城火车站时已经入夜。依旧人流攒动的候车厅有一种亲切感，这座新兴的城市虽然比不上首都的繁华，但也是全国GDP排名前几位的城市。这里记录了我个人的奋斗历程，也留下了我成长的足迹。只要回到这里，就有一种家的温馨。因为有她在……

"邢总，您一路辛苦了。"

助理小张见我出了站台，马上迎上来帮我拎行李，嘘寒问暖一番。

"不辛苦，倒是你真辛苦了，这段时间帮我盯着公司的事儿，没累坏吧？"

"累倒是不累，就是压力太大了，怕盯不好，给您耽误事儿。"

"你没问题，公司交给你出不了大乱子。"

刚一上车，小张就把公司最近的简报交给我看。这是我多年形成的习惯，用最少的时间办最多的事。小张跟随我多年，对我的工作习惯非常了解。我翻开简报认真查阅每个事项，哪些事已经办完了，哪些还在处理中，逐一向小张询问，做了详细了解。公事办完了，小张便下意识地问道：

"邢总，直接送您回家，还是……"

关于我的另一个习惯，小张也是了如指掌。每次我出差回来，无论多晚，只要妻子还在值班，我总会赶去看她一眼再回家。既让她安心，也想给她一个意外惊喜。况且这次我去首都十多天，整日忙于项目的事，只给她打了两次电话，就连回程的事也没提前给她发一个短信，心里有些过意不去。

"去医院吧！"

我妻子是S城三等甲级医院的急诊护士，工作繁忙。整日憋在手术室里，好不容易下班回家，也基本上待在家里，看书、听音乐。她对我工作的事没什么兴趣，对应酬更没兴趣。自从我创业以来，大大小小的应酬，她只陪我参加过两次，也还是很多年前的事了。特别是这一两年，我的事业逐渐做大，比以前更加忙碌，应酬也越来越多，她再也没陪我出席过聚会、应酬的场合。每次我回到家时，她早已睡下，我怕吵到她，便在沙发上将就过夜。

遗憾的是，那天晚上我没能见到妻子，她正在急救室抢救病人。我站在急诊室外，见到病人家属焦急的神色，内心也跟着揪痛。想来病人情况危急，妻子抢救完这个病人，应该已经很累了，便没有留下等她，想让她好好休息，转天再给她一个惊喜吧！

有项目就有了动力。出差归来的我心情舒畅，干劲十足。我想起兰芝的建议，做项目既要考虑周全，又要删繁就简。既然已经找到了方向，那么时不我待。要筹划、启动一个项目，尤其是这样的大项目，牵涉财务、市场规划、项目评估、公关、人力资源等多个部门，需要举全局之力才行。所以一回到公司，我立刻召开了核心成员的临时工作会。

我把几个得力干将叫到我的办公室，每人一台笔记本电脑、一杯茶，电脑用来及时处理工作，尤其在讨论中有一些好的创意和点子，需要立刻记录下来，这是我们公司的传统。而茶由我亲自沏好端给大家。每当有大项目、重大决定出台时，我都会这样做。虽然不免有人会觉得这样有些做作，但“做作”恰恰证明了我对这些得力干将的重视，也说明我不希望被下属当作 BOSS，而更希望成为他们团队的一员。因此多年创业的经验告诉我，并肩作战远比高高在上更有实效。

“今天把大家召集过来，跟我这次去首都出差有关，有个项目，我现在还在酝酿阶段，提前跟大家念叨一下，想听听大家的主意，另外也想提前跟各位打个招呼，咱们公司最近业绩不太好，我想转变经营战略，一些低效项目、不赚钱的项目，要停一停了，能抽身的抽身，实在抽不了身的，先放一放，把能运作的资金先集中起来……”

我话还没说完，财务主管的眉头已经皱起来。

◎ 债权人

“小田，你那有困难吗？”

作为财务主管，小田向来行事谨慎，尤其关注公司的财务风险控制。财务风险是中小企业面临的主要经营风险，一旦陷入财务危机，就很难翻身了。很多中小企业就是被三角债给拖垮的。我身边像这样的案例不在少数。

“邢总，您出差的这段时间，我们也做了公司所有项目的效益评估，当时市场部的很多同事也参与了。现在总体情况不乐观，活项目不足一半，且利润点都在两到三成的低利润区间，而且大部分项目都需要资金再投入，如果不投入，咱们前期投入的成本很可能就回不来了。再说死项目，现在也都是停摆的状态，不再投入资金可以，但全部收回成本的可能性不大。照目前评估结果看，死项目里，又有一半项目的成本是收不回来的。这是详细报告，会后您详细看看就知道了。”

小田的话让我的心凉了半截。尽管我知道公司的经营状态不好，特别是近半年，几乎处于入不敷出的状态，但却怎么也想不到情况会糟到这种程度。我用双手反复撮着茶杯，目光盯着茶几上那一份厚厚的项目评估报告。这是我习惯性的思考动作。每当我在做这个动作时，大家都会静下来，默默地等待。

“小田，照你们的评估结果，咱们账上能调用的流动资金有多少？”

小田看了看我，又看了看大家，轻叹了口气。

“两百万。”

“两百万吗？”我生怕听错了，又再次确认，小田点了点头。对我来说，这是坏消息中的好消息了。至少我还有两百万元的启动资金，有了它，项目的前期工作就能如期开展，也能腾出时间来实施众筹，待众筹款项到位，项目的准备工作也一并就绪了，项目如期开展，公司也就真正意义上找到了第二春。我见到团队士气低落，便微笑鼓励大家。

“有这两百万足矣，总比白手起家强。当年我刚刚开始创业时，口袋里揣着不到十万块钱就四处拉贷款、找投资、找合伙人，不是也都挺过来了吗？咱们现在不算最艰难的时候，还算是个不错的开始呢！”

“邢总说得对，有这两百万就好开始，再说邢总还从首都带回了新项目，只要新项目启动，公司业绩马上就好转了。”

小张与我的一唱一和，果真调动了大家的情绪。我借着士气高涨，一鼓作气讨论完整体项目，把项目的大致方案、所需资源、人力配给、资金调用和时间进度表草拟了出来。

待方案写好时，夕阳的余晖已经晒进屋里。不知不觉，我们这个会议已经开了一整天。但大家的脸上却丝毫没有倦意，反而一个个干劲十足。我突然意识到，真该带领我这支团队大干一场了！

第七章

融入圈子

人，总是生活在不同的圈子里，而这些大大小小的圈子又组成了社会。所以才有朋友圈大行其道，才有新媒体风卷残云般地席卷舆论界，是因为它契合了人们的心理诉求，也满足了更多人寻找知音的诉求。当然，我也是受益者之一。尽管没有将网络和 APP 技术引入我的项目中，但是到微信圈子里找信息已经成为我的习惯。我也想碰碰运气。

回家这几天，我忙于处理出差期间积压的一些业务，忙着对公司内部的人事安排重新规划，抽调了各部门的精英、甚至部门主管直接调至项目组。公司员工见我大刀阔斧地准备，也士气高涨起来；就连先前一些进展不顺利的小项目，也都格外顺利了，许久没有过的欣欣向荣景象又重新回来了！

除了处理内部事务外，我马不停蹄地约见了典当行、担保公司、珠宝行等几家公司老板，主要洽谈城镇化项目的投资问题。这几家公司都位于 S 城繁华地段，经济效益不错、发展前景良好，并且经营模式已经步入正轨,各位老板手上也有足够的闲散资金用于投资。

但信心满满的我却悻然而归。这些公司虽然资金雄厚,但各位老板对于跨行投资存在诸多疑虑,特别是在经济下行已成定势的当下,要拿出上千万来投资一个外省的项目,确实存在极大风险。况且,缺乏有实力的公司加入,大家心里也没底儿,万一项目出了漏洞或中途夭折,就成了“血本无归”。原本生意已经步入正轨的老板们,更想保住现在的财富,不愿再冒险投资,也在情理之中。

看来,正如兰芝所说,我还没有找对开发这个项目的方向。我需要重新回到原点,梳理思路。我冷静下来,反思这几天洽谈的过程,突然意识到一个一直被我忽略的问题。我应该从与项目开发相关的企业或行业来寻找投资, 而并不是仅根据企业的经济实力来选择。对动辄上千万的投资,除了相熟的人际关系外,与项目的关联度、对项目的了解也是影响投资人判断的因素。但在寻找投资人的初期,我却完全忽略了这个重要因素,以至又走了很多弯路。

小张在办公室门外徘徊了很久,见我一直苦苦思索,便没敢打扰。他见我抬头望他,才敲门进来。

“邢总,有几个文件需要您过目。”

“小张啊,你来多久了,怎么不直接进来?”

“最近您一直在为项目开发的事发愁,我想少打扰您为好,但这几件都需要法人章,而且运用资金的数目都在 5 万元以上,还是由您亲自过目比较稳妥。”

我接过文件,打开一看,其中一份是前几天小张提起的到期底商过户协议,马上联想到一件重要但被我忽略的事情。几天前,我在微信朋友圈里看到有位银行行长想在 B 城租一处底商作为办事处的消息。于是,我又反复查看了那份底商过户协议,地址处赫然写着“B 城幸福大街 78 号”的字样。

“真是 B 城？”

“邢总，您怎么了？”

小张见我喃喃自语，便关切地问。

“我没事，这个底商办理过户手续需要多长时间？”

“证照齐全的话，一天就能办下来。”

“好，你约一下那个户主，今天晚上就动身去 B 城，明天把过户手续办好。”

小张怔怔地望着我，脸上挂着一丝惊讶。虽然我素来雷厉风行，但每个决定都是经过深思熟虑的，还从未像今天这样草率过。况且，有关于这个底商的问题，早在一周前，小张已经向我汇报过了，当时我一心扑在项目上，根本没有理会，也没有显露出对这个房屋产权购买的紧急需求，所以小张都是按照公司业务流程和 B 城房管部门要求来办理的。现在我又要求他特事特办，难免有些找不准方向了。

“把这个过户手续办好，咱们的项目就有着落了。”

我的语气坚定，小张虽然将信将疑，但还是照办了，带上原户主连夜赶往了 B 城。

小张走后，我迫不及待地翻开手机，查找那条被我忽略的消息：

“各位朋友我需要在 B 市找一个办公租赁的地方，位置需要黄金地段价格面议。”

还好对方没有删掉信息，想来还没有找到心仪的房子。我之所以敢将这条消息视为囊中之物，一来是由于那位推送信息的朋友是我的一位旧友，二来这位旧友正是 S 城发展银行副行长杨旭东。虽是旧友，但我们是由办理贷款业务而相识，之前的来往也为工作关系，论到私人交情并不深厚。虽然我一直想找机会与之深入交往，但无奈一直苦无机会，这次可以说是天赐良机。

S 城发展银行虽然在当地是数一数二的大银行，但与当前一些地方性银行辐射全国网点的发展战略相比，还是稍稍落后的，尤其是向外省拓展业务的机会较少，因此在外省的人脉关系网不强，这也是杨副行长为什么在本省朋友圈中推送这条信息的原因。当然，这个小小的劣势也为我提供了千载难逢的机会。当天傍晚，我拨通了杨副行长的电话。

“领导，您好。”

“是小邢啊！”

我听得出杨副行长语气低沉，情绪有些低落。

“领导这是怎么了，感觉您不太高兴呢？”

“不高兴倒没有，最近烦事太多了！”

我稍稍探了探他的口风，竟被我料到他正在为房屋租赁的事发愁，想来我的机会到了。

“不是为了租房子的事烦心吧？”

“你怎么知道？”

“我在微信上看到您的那条求租信息了！”

“你也看到了？”

“是啊，领导发的信息，我怎么能不关注呢？现在房子找得怎么样了？”

杨副行长听我这样问，立即长叹一声，紧接着向我诉起苦来。

“别提了，找了好几个底商，都没谈下来，对方出的价太高了，我们虽然是银行，可也不是印票子的，哪来那么多经费呀！”

“这点我理解。可是租赁的价格不是得按市场行情走嘛，难道还水涨船高了？”

我故意再次试探他，以免自己报价过高或过低。报价过高，怕他不接受；但报价过低，我的购房成本不知要几时才能收回来，况且占用资金过多，对我现在即将要启动的城镇化项目来说，也是极为不利的。

“可不是说嘛，人家一听我们是银行的，立时就把价涨上去了。你说我平时虽然也不少跟人谈判，可是到了谈房子的事，怎么就显得笨手笨脚呢？”

我赶忙安慰杨副行长，并见缝插针地提出了我的想法。

“您也别着急，隔行如隔山，这租赁行业也有租赁行业的规矩，他们呀，没准看您是外行，又给公家办事，就想趁机多捞一笔。”

“现在这人呢，真要命！”

“您别急，我给您打电话，就是想给您帮帮忙，当然也是请您给我找条财路。”

“怎么讲？”

杨副行长所供职的银行虽然属于地方银行，但毕竟是国有企业，他由一名小小的营业员成长到现在的高级领导岗位，其中艰辛也只有他自己最为清楚。听我这么一说，立刻警觉起来，马上摆出领导架势。

“小邢，你可别乱搞啊！”

“哪能啊，您看您把我看成什么人了，我这有一块地方，面积 600 平方米，正好在 B 市的黄金地段，有电梯，又临街，很适合作为贵行的办事处，不知道您有没有兴趣？”

杨副行长长舒一口气，连日来正为租赁一事发愁，上级部门催得紧，而自己偏偏在 B 城没有什么人脉关系，正苦于事情无着落时，接到了我的电话，久旱逢甘露，马上一扫刚才的严肃。

“可以啊，什么时候看房？”

“随时恭候您大驾。”

“这价格……小邢啊，我手上的经费可不多！”

“价格都好商量，反正我那房子闲着一分钱也赚不着。”

黄金地段的底商怎么可能租不出去，我这样说主要是为了打消杨副行长的顾虑。

“这点倒也是，那好吧，咱们下周二见。”

“好的，下周二我去接您。”

我挂上电话,内心的兴奋久久难以抑制。锦上添花的事没有多少人能记得,但雪中送炭的事却能让人记一辈子!何况这次出手帮助杨副行长,我自己也能从中得利,简直是一举两得,商场上讲求的"双赢"便是如此了。再者说,只要杨副行长这个关系维系好了,日后无论增加贷款额度,还是办理其他金融服务,都会相对容易些。当然,我并不是要利用这层关系去办违法之事,我想即便我肯,以杨副行长的性格也万万不会苟同。

第二天中午,我就收到了小张的好消息,所有房屋过户手续悉数办完。我让小张继续留在B城,负责草拟房屋租赁合同,并雇人将房子整理干净。我自己更是提前去B城考察了一番,做到胸有成竹,以我认真专业的态度才能让杨副行长信服。

到了周二,一大清早,我接上杨副行长便直奔B城去了。底商的位置正好在B城中央的繁华地段。若不是前面房主因其他业务经营不善,也不会将这处房产以超低价格转让给我们公司。

杨副行长下车后,先在大厦周边闲逛了一圈儿,以便调查周边环境。作为银行办事处,虽然不像营业网点一样对地点和周边环境安全要求那么高,但作为将来储存分行重要信息,以及分行办公中心来讲,对周边环境的安全性要求也是较高的。

随后,我又陪同杨副行长到底商看了看。我刻意让小张把这里原有的杂物清理干净,现在600平方米的底商内空无一物,说话都有很强的回音。杨副行长一看这里面积够大,且南北通透,一直正对B城主干道,地理位置优越,连连称赞。

"这个地方不错。上面都是写字间,周边商场也很多,我现在倒是更想把这里作为主要营业网点来用了。"

"这个主意好,您看对面是这儿的大公园,这儿周边全是省委、省政府相关机构,又与金融管理部门很近,餐饮也邻近,交通又便利,来往人流也不少，做办事处也方便，做营业网点也能吸引到足够的人群。”

杨副行长越来越满意，不禁向我念叨房子的装修规划。

“不错，不错，小邢啊，你这次可是帮了我一个大忙呀！”

“哪里的话，杨行，这房子我一直闲着，也不瞒您说，我是上周才盘下这里的，原来的房主经营不善，先是把这里以抵押的形式抵给了我们公司，结果抵押合同到期后，这位老板还是没能凑足钱把它赎回去，就干脆转让给我了。所以这房子前前后后算起来，空了有将近一年时间呢！可是外界不知道内情，就各种传言都有，还有人说这里不干净，所以现在这房子反倒不好租出去了。要是您能租这房子，对我来说，比空着强多了。而且您这是国有银行，您租了这房子，也能帮我堵上那些流言蜚语。”

我的话虽然有水分，有夸张的编造的情节，但房屋是近期过户的，而且之前的房主经营不善才将它转让给我，这些情节却没有半点欺骗杨副行长。我不习惯欺骗朋友，也不屑于那么做。今天迫于形势，情非得已，也是无可奈何的。

“你说得有几分道理，不瞒你说，我对这房子挺满意，地段不错，环境也不错，原来装修的基础设施也还好，我们银行接手后，重新装修方面的费用也不会太高。不过小邢啊，你也知道，作为国企最讲究避嫌，咱们平日里关系不错。虽然说举贤不避亲，但是人言可畏，你总得让我在上级那儿好替你说话吧？”

“您的意思是……”

“我向上级打报告时，总不能就把你这一处房子交上去，那不太假了。”

经杨副行长指点，我立即明白了其中深意。

“杨行，您放心，这两天我再去找两到三家租赁房屋的资料，好让您在交报告时有个对比。”

“好，那就这么说定了，我回去就让人打报告，你尽快把房屋资料给我，记住产权证明都要齐全啊！”

“您放心，我一定做得专业。”

杨副行长在总部有很高威望，既然他这么说了，那这次房屋租赁的交易也基本上就定下来了。真没想到，事情进行得如此顺利，我和小张都长长地舒了口气。

走出底商时，太阳已过正午。还好，小张早早安排好了餐馆，否则在这个繁华地段吃午餐不知道要等多久。

“杨行，这样吧，咱们在这里吃完午餐再返程，要不直接返程的话得下午三四点钟才能到，我听说您胃不太好，千万别饿着。”

“唉，没事，没事，我哪有那么娇气，咱们还是抓紧时间返程吧！”

“小张都安排好了。再说您不饿，总得考虑一下我们的感受吧，一大早陪您来看房子，这早点都没来得及吃呢！”

小张不由分说地架着杨副行长就往餐馆走，我紧跟在后面。两个人连说带哄地把杨副行长带到餐馆。

“吃顿饭可以，但是咱们提前说好，可不能搞浪费，只是吃饭，别的节目不许有。”

杨副行长的领导架势又回来了。我和小张连连点头。其实，杨副行长平日里也不是浪费的人，况且同他共事的这三年里，我们只是偶尔出来吃吃饭，且都是中低端的餐包。他是格外重视为官形象的人，这一点我十分清楚，所以只请他在一家中档餐馆吃了便饭。

吃饭时，我们山南海北胡侃了一番。期间，小张朝我使过两次眼色，但我仍然对城镇化项目的事只字未提。一方面，杨副行长为人多疑，我不想让他多想；另一方面，这一次我的确是出于对杨副行长的回报，发自真心的。虽然事情的结果是导向与杨副行长的深度交往，其终极目标是请杨副行长在项目贷款上多给予我支持，但我不想过早亮出底牌，也不想让一次愉快的助人为乐加上太多的商业味道。而杨副行长似乎猜出了我的心思，只是未曾点破罢了。我也是后来才知晓这件事。

◎ 债权人

这一天的经历，使我悟出了一个道理：人若无私心，也必定无朋友！

我知道，很多人不会苟同我的观点。可是，人若真无私心，就成了“神”。而神是无法与人做朋友的。杨副行长也不想让自己成为“神”，我想这是他最终选择与我合作的重要原因。

但话分两头说，有目的地与人结交，也必然不会长久。当把情感抽离社交关系时，就剩下了单纯的利用和赤裸裸的交换关系，不也是一种凄凉吗？这样的关系就会牢靠了吗？不过，人在商场，又不可同理而论。在商言商，能被人利用，也体现了自身的价值。

第八章 荆棘旅途

人生如同一场接着一场的旅程，沿途风光旖旎，抑或荆棘密布，都是人生最为珍视的经历，是完全属于自己的人生财富。对我而言，每一个项目都是一次充满探险的未知旅程，再精细的计划都有遗漏之处，而那些意料之外的惊喜与惊讶、温暖与冷漠，才是旅途的真谛。与杨副行长的B城之旅可以说是一次意料之外的惊喜，这次亲密合作为整个项目的实施奠定了重要基础。

当然，要欣赏终点的美丽风景，不狠下一番功夫是不可能的。所以，我迅速为自己安排了第二段旅程——一次正能量之旅！

自从我打定主意做城镇化市政项目后，就积极寻访潜在投资人。先从熟悉的行业入手，典当行、加工商、销售商等，但凡我认识，有过交集的商家，都被我列为潜在目标客户范畴了，逐个走访洽谈，原本以为炙手可热的项目，市场的反响却把我浇成个透心凉。我万万没想到，这个项目在S城的市场认可度并不高，甚至一些房地产公司都不愿染指，一来担心项目回款不及时，二来担心工地不好管理。这两年S城的最低生活保障标准不断提高，农民工的薪酬也跟着上涨，且频频“闹事”，社会舆论偏向农民工，使得施工单位的利润被一再压缩，很多房地产开发商被迫转型，搞起了医疗、旅游、健身等副业。面对房地产市场的不景气，我内心的坚持也不免动摇了。于是，我想起了金融群活动时那位意气风发的“靳老板”。

“靳总好啊！”

“是邢总啊，好久不见，今天怎么想起给我打电话了？”

“怕您那边项目比较忙，没敢打扰您，今天是向您取经来了！”

虽然在金融群活动时，靳总向与会的群友抛出了橄榄枝，但我始终没有主动去接。他大概看出了我想自己创业的想法。今天我突然致电，以靳总的聪明睿智想必已经猜到我的用意了。电话另一端响起了靳总标志性的爽朗笑声。

“我就知道你早晚得给我打电话，那天我发言时，数老弟你听得最认真，可会后就没动静了，每天在微信群里互动，也不见你老弟发言，我就知道你是在运作大项目呢！说吧，有啥要帮忙的，老哥我知无不言。”

靳老板一如既往的爽快，倒显得我有几分忸怩了。

“靳总，您太够意思了。”

“邢老弟，咱们都是出来打拼的人，创业不容易，二次创业就更难了。我能体会你现在的艰难，我也是打这儿过来的，咱们就不说客套话了，你到底遇到什么问题了？”

靳老板的大方让我感动不已。所谓“同行是冤家”，敢于帮助“冤家”的人，必定是心怀坦荡的人。想到这里，我也没什么好忸怩的，便向靳老板和盘托出我现在所遇到的种种难题。

“靳总，让您见笑了，我感觉我现在用的方法不对头，拉不来投资，这个项目就得搁浅，我之前投进去的资金也都收不回来了。”

“老弟，我听你这么说，感觉你现在步子有点乱，项目方案是很重要，但是在初期没必要做得太细，像这种市政项目主要还是听甲方的，作为乙方的决定权有限，你现在把方案里的一些环节设定得太死了，没给甲方留出足够的空间，而且你们公司也是头回做工程，没有什么成功经验，要赢得客户的信任太难了，我建议你不如挂靠一个大品牌公司，借照来做，这样也好吸引大公司投资，你的项目才能有足够的资金运作。”

我不得不承认靳总出了个好主意。在工程行业中，彼此借用营业执照的现象屡见不鲜，除了巨额利润的吸引力以外，更为重要的是中小企业之间的结盟，促进中小企业更加团结，共同抵抗市场风险。

“这是个好办法，但也有一定的难度。”

“你联系不上能借照的公司吗？”

“那倒不是，我的问题比较麻烦。”

“哦？”

“我没有做工程的经验。”

说完这话后，我顿时没底气了。没有经验，还硬要闯进这个行业，而且还要接政府的工程，简直是天方夜谭。而我的确是做了这样一个梦！

“兄弟，恕我直言，你做这个项目有点冒险！现在连房地产开发商做这种项目都非常谨慎，你既没有建筑资质，又缺乏行业经验，况且资金也不充裕……或许我不该说这话，不过我还是奉劝老弟，不熟不做，这是做生意最基本的常识，要不你再认真考虑考虑。”

靳老板的话说得委婉，但意思已经表达得相当清楚了——他在劝我放弃！毕竟从我目前掌握的资源来看，是不可能完成这个项目的。但我却是一个不会放弃的人！自从我决定开发城镇化市政项目以来，劝我放弃的声音不绝于耳，从最初的动摇，到现在的坚定，我已经磨炼出无比强大的内心！

“我还是想尝试一下，既然我选择了这个项目，没到最后一刻，我怎么也不会死心的。”

◎ **债权人**

“老弟，你的坚持让我佩服，不过咱们是做生意，可不能意气用事。”

“我明白，但我还是想为我的坚持寻一个结果。”

“兄弟，希望你的坚持没错，不过我能感觉到你现在遇到的问题很棘手。”

“靳总，您猜得没错，我现在遇到的最大问题是找不到投资人，我想可能是我的方法不对头。”

靳总听后，非但没有安慰我，反而笑了起来。

“我说老弟啊，我们运作一个项目要好几年，你现在刚刚运作了不到一个月就想见成效，是不是太心急了？”

“也是，也是。”

经靳总提醒，我这才意识到，从立项到现在，项目才运作了一个月，也许我是该再多一点耐心。

“再说老弟，我觉得你应该再拓展一下人脉，做这种项目都是靠人脉堆起来的，光靠方案好是没用的。”

“您说得对，一语惊醒梦中人呀，多谢老哥提醒。”

“老弟，将来项目运作成功了，别忘了也给我传授点经验呀！”

“不敢，不敢，那不成班门弄斧了！”

“唉，每个成功的项目都有值得学习之处，咱们这叫经验分享。”

靳总的提醒虽然点到即止，对我而言却如同拨云见日。我是该好好把握兰芝的人脉。

首都匆匆一别后，我几次打电话给兰芝询问项目进展，但都被兰芝借由其他话题岔开了。我心中不免忐忑起来：在这场恰似不平等条约的合作中，利益杠杆极大地倾斜于我这一方，兰芝是完全没有必要“救死扶伤”的。之后的很长一段时间里，我没有再主动联系兰芝，而是将更多的精力投注到项目论证和众筹上。尽管我始终没能获取太大的进展，但我在努力地让合作的天平保持平衡，这样无论对我和兰芝，还是对项目，都能够打下一个相对稳固的基础。

正如靳总所说，我需要足够的耐心。三个月后，我果然接到了兰芝的电话。也许是期盼太久，也许是惊喜来得太过突然，在接到电话时，我竟然怔住了。

“我，我需要准备些什么吗？”

“邢哥，你什么都不需要准备，明天早上八点钟，准时赶到我公司楼下来接我就行了。”

电话另一端传来兰芝恬淡的笑声。那一瞬间，我竟恰似梦中。因为她带给我的这个消息，是三个月以来最令我振奋的消息。

“A 省真的在招标城镇化项目吗？”

“真的，邢哥，明天咱们就去见 A 省市政工程局的李副局长，A 省下属的 C 县正好有个市政项目在招标。”

“招标？我现在还没找到投资人……”

“只要咱们拿到标的，这些事情都好解决。”

尽管这些天来寻找融资伙伴带来的打击已让我失去了自信，但兰芝的话如同一针强心剂顿时让我重新焕发了信心。这信心远比黄金还要贵重！我对她毫无防备的信任，甚至连我自己都有一点害怕。

翌日，早上八点钟，我的座驾准时出现在首都望京区那幢大厦门口。兰芝一袭休闲装，缓缓走下台阶，悠然自得的样子更像是去度假。我赶忙迎上去，绅士般为她开了车门。

“没想到邢哥是这么绅士的人。”

被她一番表扬，反倒弄得我有些做作不自然了。

车子一路向东南，迎着阳光飞驰在国道上，两旁掠过的树木如同两道绿雾。我打开车窗，一阵花草芬芳飘进来。初夏的郊外，风景秀丽。而我的心情却有些忐忑，忍不住想打听 A 省市政工程局这位李副局长，关于他的爱好、他的为人为官之道，等等。全面了解对手，才能对症下药，这也是我多年经商养成的习惯。兰芝似乎早已看穿我的心思，便简单介绍了一下这位李副局长的升官记。

李副局长是从A省国有建筑公司董事长职位直接调任市政工程局第一副局长这一职位的，虽然从职级来讲属于平调，但谁都知道这位悍将是来市政工程局“镀金”的。

“听说这位李副局长出名的铁面无私，咱们得拿出点真本事来，不然是过不了他的法眼的。”

听兰芝这么一说，我原本忐忑的心情愈加不安了。因为我很清楚，以我公司目前的实力，不要说与大公司竞争了，就是真拿到了这个项目，也未必能做下来。何况现在仅仅是招标阶段，我对自己能杀出重围都不敢抱太大希望，真不知道兰芝为何对我有这么大的信心？

由于路况不熟，司机不敢开得太快，中间又绕了几个岔路耽搁了一些时间，原本2小时的路程，竟然走了将近3小时，李副局长那边似乎等得不耐烦，亲自打电话过来。

“小王啊，你们走到哪儿了？”

“李局，真不好意思，路上有点堵车，我们马上就下高速了，预计再有40分钟到您楼下。”

“那好，我们现在出发，20分钟后咱们在国道上碰头，我带你们去看一看现场，我开一辆绿色吉普车，车牌号是XXXXXXX。”

没想到这位李副局长如此雷厉风行。20分钟后，我们刚刚驶上国道时，就远远望见一辆绿色吉普车停在路边，车旁站着一位身穿卡其色夹克的中年男人，稍稍有一点驼背，正在向路口眺望。

这是我第一次见到政府官员自己驾车约见承包商，感觉既兴奋又有点不适应。当我真正接触这位李副局长时，他的言谈举止给我感觉更像是一位创业者，而丝毫看不出他是一位正局级官员。

兰芝简单介绍后，李副局长同我们寒暄了两句，就上车带我们前去项目现场了。用他的话说："市政项目是民生工程，刻不容缓。"于是我们又一路飞驰，仅用半小时就赶到了离县城不远的一个火车站，项目之一正是这个站前广场。

莫说与首都火车站站前广场相比，就是与S城下属某个县级火车站的站前广场相比，这里也属于规模较小的。好在这里位置不错，几万平方米的广场一边连接县城主干道，一边连接国道，处于交通要塞的地理位置。根据A省及县里的规划，想把这里开发成为商业区，虽然计划多年，但受客观条件限制，县里没有足够的经费投入开发，而社会公司又不愿接手，所以一直荒废着。

"这里地理位置不错，要是开发出来，能带动整个县的经济发展。"

"邢总说得不错，但是要开发这里可不容易呀！"

李副局长的言外之意，我自然清楚：这是一个贫困县，原来靠资源收入，财政也很富裕。但近年来由于过度开采，导致资源紧张，经济形势下滑，政府财政也紧张起来，导致已开工的项目出现了断断续续的状态。不过兰芝却有不同的想法。

"其实也并非不可能，我们可以采取目前比较火热的PPP模式，也是国家大力推广的开发模式，筹集到足够的资金就能办到。再说，只要项目好，也不愁找不到合适的投资人。"

兰芝的自信确实令人佩服，但对于我而言，恰恰最难的正是找投资人。之前的屡试屡败，已经让我的自信心严重受损，甚至开始怀疑这个项目的可行性。但兰芝和靳总都对众筹之事胸有成竹，我倒对他们的想法产生了兴趣。

由于来时路上耽误了时间，看完第一个项目已经过了午餐时间，为了不耽误行程，我们一行人到县里招待所用餐。作为贫困县，招待所的条件有限，20世纪80年代的装潢，一直沿用到现在，桌椅都已磨掉了漆，但仍然很干净,仿佛一下子回到了三十年前。

午餐虽为自助餐,但以农家菜为主,少了些鱼肉,多了些蔬菜,很新鲜,是身处城市的人很难吃到的味道。半小时的用餐时间,原本以为不够用,没想到不到二十分钟,大家已经吃饱。离开军营多年的李副局长,吃起饭来还是一派军营作风,干净利落,碗中一粒米都不剩。

“这饭吃得踏实,味道还好,只是不知道三位吃得惯吗?我当兵的时候,几乎天天吃这个,一年到头连感冒都得不上,身体倍儿棒,哪像现在,吃得好了,运动倒少了,什么病都来了。”

“挺好挺好。”

我们三人自然是连声称好。从李副局长的话中,能体会到此次高压反腐对各级官员的整饬力度。不过像李副局长这种不善应酬的领导,反倒更乐于见到现在这样一派清明的官场景象。

我这个生活在城市中的人,虽然早年也曾饱尝创业艰辛,但一手捧着粗粮饽饽、一手端着小米粥、嘴里嚼着农家菜的午餐,也还是第一次吃,感觉既新鲜,又有点不可思议。像李副局长这个级别的官员,外出办公自己开车,吃的是粗茶淡饭,如果不是作秀,那真是只有在电视剧里才能见到的廉政好官了。

“我们也是来谈事儿的,把事情做好是第一位的,吃什么饭都无所畏,能填饱肚子,不耽误行程就行。”

“看得出来,邢总是个实干家呀!”

“李局过奖了,都是辛苦过的人,最不怕吃苦。”

“好,那咱们抓紧吃,吃完了,我带你们去看下一个项目的现场。”

吃完饭后,我们一行人沿着县城的一条坑洼小路继续前行。我困意袭来,不知不觉闭上了眼睛。这是我多年养成的习惯,每天午间必定抽出 10 分钟时间来闭目养神, 以保障下午工作时能够体力充沛。特别是今天,在这一场特殊的旅行中,山间秀色固然美好,但我的心情却愈加凝重。想到日后开发这个项目的难度，我的肩头就像背起一块巨石，不知道什么力量才能让我坚持下去？

我转头看了一眼也在闭目养神的兰芝，她脸上始终保持的恬淡微笑，是内心沉静所致。显然，她是来享受这场旅行的！

一小时后，我们听到了司机的声音：“到了。”

第九章
旖旎风光

旅途中的风景总是秀美迷人的。即使像今天这样一场特殊的旅程,一路上所见所闻体会最多的是“贫穷”两个字,但仍然有其独特的美丽,因为我们所见到的是自己心中的风景。对于兰芝而言,未来的风景是无限美好的。而对于我而言,前路也许会有荆棘,但荆棘丛中的风景才更加美丽。来时的路上,我已做好在荆棘丛中撷取那一朵娇美之花的准备。

第二个项目现场离县城足足有一小时的车程,处于两县交叉地带,也是一个火车站站点,四周满是丘陵、山坡。从地貌来看,自然资源丰富,但属于未开发地带,山上杂草丛生,铁路轨道由于年久失修已有些锈迹。我和兰芝沿着李副局长手指的方向望去,有一块开阔地。

“那片开阔地就是第二个要开发的项目,我们准备计划把这块地开发成物流区,选这块地的好处是没有拆迁费用,唯一要补偿的是农民的田地。这里地理位置开阔,又是两县交界地,交通条件没得说,就看开发商有没有能力把它设计好了,是不是符合我们的规划蓝图。”

“李局，这里的地理位置是不错，但也有弊端，离县城太远，物流仓库设这么远，将来交通运输的费用会很高，所以说，光设计物流仓储这块还不行，配套的路桥设施也得建起来，要不您这里后期招租都困难。”

李副局长倒背着手，在土坡上踱步，一面笑了笑。

“邢总到底是生意人，有眼光，这么快就想到了这一层。实际上我们也考虑过这点了，而且已经在研究给这个县拨款修路的问题了。实际上，这里虽然离县城有点远，但物流仓库嘛，主要还是存货用，设在这里可以方便两个县使用，路远一点，增加运输队伍就可以解决了，再说物流行业本来也是把货物运往各处的，我想这事儿不成问题。”

既然李副局长对路桥配套设施早有构想，我多少也放了些心。兰芝出于对项目赢利的考虑，对李副局长又提出了诸多问题。而我则对这块地更加感兴趣，带着司机一起在开阔地的四周转了几圈儿，又拿出手机来拍了很多照片，想把这里每一块土地都看清楚，生怕自己在制订项目方案里会有遗漏，也生怕自己哪一点看走了眼。因为要采取众筹模式来完成这个项目，一旦哪一方面出了问题，遭受损失的就不止我们一家公司，而是会牵连很多公司陷入财务危机，可不是件小事，我必须对我的投资人负责！

对这两块地的初步勘察，给我的最大感触除了朗山秀水外，更多的是贫穷和落后。这里几乎看不到任何现代化的市政基础设施，公交站、公共卫生间、公共健身设施等，取而代之的是一道道断壁残垣、简陋的售票厅，以及门前的老槐树，几万平方米的广场除了空旷还是空旷，不禁让我怀念起小学课本中所描绘的乡村景象。如果不是身临其境，我很难想象在21世纪的今天，在水泥森林密布的今天，在我们身边的县级市里，还保留有如此破旧的村落。

我的心不免为之一颤——这里的确需要改造！不是非要等到家资上亿才需行善。慈善就在身边，就在一点一滴的行动里。虽然我只是一名普通的中小企业者，虽然我所能发出的光芒如此微弱，但只要我在行动，再微弱的光也能为这里带来些许光明。而我坚信,我会吸引更多微弱的光聚合起来,同样会光芒四射,为这里的百姓做一点实事,即使再微不足道的一点事,也是一种慈善。

当然,美好的总是愿望,而现实总是充满了各种“不美好”。这个项目并没有我想象中那样简单。据李副局长称,这个贫困县不但资源紧张、财政紧张,还是十足的留守县。由于贫穷,很多中青年外出务工,各村镇基本上留下的都是老人和孩子。劳动力低下,也是导致这里经济发展迟滞的重要原因。也就是说,承接这个项目所需花费的人力成本是相当高的,因为所有工地工人都需要外招!这对于我来讲,无异于雪上加霜。

我再次陷入进退两难的境地!我和兰芝四目相对。我的犹豫、欲言又止,被她眼神里的坚定瞬间融化了。既然走到这一步,想想公司入不敷出的惨淡现状,我似乎早已没有退路。

“李局,现场的情况我们仔细看过了,不知道您对工程还有什么要求?”

李副局长上下打量我一番,又看了看兰芝,轻叹了口气。

“这个项目是省委办公会上定下来的,已经被定为今年全省十项重点工程之一了。也就是说,这个工程我们是非做不可了。虽然从地产开发的角度来看,这不是一个好项目,但从惠民工程的角度看,这的确是一个造福社会、造福百姓的好项目。不瞒你们说,之所以要招标来做这个项目,就是因为银行贷款迟迟批不下来,可是项目的工期又短,逼得我们只能走招标这条路,寻求社会资本的介入了。”

“作为社会公司,我们也乐于参与政府的民生工程,我们做生意本来就是‘取之于社会’的财富,当然也要‘用之于社会’才有意义。”

“邢老板这句话够响亮。我相信你们能把事情做好。”

虽然有了李副局长的首肯,但距离敲定由我们来开发这个项目还有一段路要走。

“谢谢李局的信任,邢老板做事一向认真,工程交给他绝对出不了大事，每一项都按国家标准执行，这点没问题。邢老板一直想承办市政工程，也是回报社会的一个机会，希望李局能为邢老板这样的中小企业投资人创造更多的平台，让大家都有机会尽一份爱心。”

李副局长听完兰芝的话，欣慰地笑了。

“看来今天这一趟，你们没白来，有很大收获呀！”

“我们确实收获很大，对于这个项目也非常有兴趣，我们回去迅速整理一份项目方案，到时候还请李局过目。”

“我就不看了，你们直接交到招标组就行了。只要真心想把工程做好，就是帮了这里百姓一个大忙。”

“我们肯定不辜负您的期望！”

兰芝和我就这样在李副局长面前打下了包票。返回省城的路上，车窗外仍旧是那两行绿雾，窗外风光旖旎，我的心情多了几分沉重。从项目立项到现在，做方案、拉投资，我下足了功夫，其中辛苦自知，却并无太多成效。兰芝带来的消息固然令我振奋，但也让我清醒地认识到自身的差距。此刻的我对于开发这个项目，确实没有一点把握。比起兰芝的胸有成竹，我更多地有一份沉重的责任感。不知道今天的考察，在我人生的旅途中会成为一道怎样的风景？

旅途中还有一道必不可少的风景就是饭局。和什么人吃，在什么地点吃，吃些什么菜，这些看似无关紧要的内容，往往左右了饭局的结果。在商务社交中，饭局已不再是简单的吃吃喝喝，而是游走在灰色地带的攻心术。虽然也有“酒桌了无痕、过后不思量”的说法，但饭局的魅力就在于无形中拉起了一个心照不宣的“小圈子”，成为“自己人”后，很多事情办起来也就顺理成章了。

我并不想把“饭局”当作一种艺术来看待，但实际上它就是商务社交中一项极其重要的艺术。尤其是与政府部门打交道的时候，酒桌文化水平基本上就代表了一个人的情商高低。“酒桌办事”已成为一种“暗程序”，被奉行多年，并且大有继续发展之势，无论我个人如何排斥，最终还是得逆来顺受地接受这种通用的“行业潜规则”。

在商场打拼多年，也见过不少形形色色的领导，无论看上去多么刚正不阿，也很难做到出淤泥而不染。比如那位杨副行长，算是我见过的比较清廉的领导，但工作餐还是省不了的。作为最简单、最低廉的饭局，也最为普遍常见，一餐两餐算不得什么，也很难积累下深厚的“友谊”。友情是靠时间打磨出来的。何况在社交场合，并不存在真正的友谊，能埋下相互利用的种子，已经算一种高明的感情投资了。也有人管这叫“感情期货”或“零存整取”。

当然，任何投资都需要找准方法，请东北人叫杭帮菜是个不错的选择，但并非所有人都适用，归根结底是要投其所好。至于这位李局长，我所有的信息都来源于兰芝。在回程的路上，我不免要请教她了。她给我的答案也是“投其所好”四个字，但怎样才算投其所好呢？她的回答依旧简练，只有“观察”两个字。在商务社交方面，她的确是一位高明的教练。

返回省城时已经黄昏了，草草吃下的午餐早已消耗殆尽，现在大家都有点饥肠辘辘了。我和兰芝再三挽留，才把李副局长请到了一家不大的中式餐厅。餐馆是兰芝选的。一来她对 A 省比较熟悉，之前经常来 A 省招待贵宾；二来选择这家消费中档的餐馆也是为了适应李副局长的习惯。据说他是军人出身，平时比较节俭。这一点从他那辆十几年车龄的老式吉普车就能看出来。当然，更主要的是，这里远离闹市区，菜虽然算不上佳品，但贵在安静。

“李局，真抱歉，时间太仓促，只能请您吃工作餐了。”

“没事，没事，我看这里挺好，再说现在工作餐最适合我，我这人干事干习惯了，应酬的事不大在行，你要是弄个高档餐厅，我还真不会拿刀叉呢！”

“李局,您太幽默了。”

刚一落座，兰芝就跟李副局长调侃起来，聊的都是些无关紧要的话题。我则抓紧时间安排点菜。

“李局,不知道您有没有忌口的,这里都是鲁菜,倒是不辣不酸,适合咱们北方人的口味。”

“随意吃点家常菜就行了,吃完咱们都各自回单位,各人手上都有一摊事儿呢,别耽误了工作。”

“李局,您真是一心扑在工作上,邢总,咱们就照李局的意思办,点家常菜,大家吃着舒服,吃得还快,下午李局还有很多工作要做呢!”

兰芝刻意提点我，也是提醒我抓紧午餐时间，多问些关于项目的问题,以便于回去有针对性地制订投标方案。

我按照兰芝的意思,为了让李副局长吃得安心,点了些价格都在10~30元之间的家常菜。当然,吃饭并不是主要目的,进一步了解整个项目的招标情况才是重点。

“李局,冒昧地问一句,除了我们公司外,还有没有投标的公司?”

李副局长听了这话,顿时怔住了。他恐怕还没有听到过如此直接的问话。兰芝从旁不住地朝我使眼色,但我仍旧恳切地望着李副局长,等待他的答案。

“李局,我也没别的意思,只是想了解一下竞争对手,我知道问这话让您为难了,您要是觉得不好回答就不回答了。”

李副局长沉默了片刻,答道:“目前还没有,等投标正式开始才知道。”

虽然李副局长打起官腔,但我们还是从他的表情和回话中感觉到此次招标没有预期的火热,社会公司的参与度不高。我甚至暗自揣测,也许投标的公司只有我们一家!因为我能够明确感受到李副局长对我们的态度是友好的、真诚的,对于我们开发这里的决心也是肯定的。这些态度上的利好消息给了我莫大的信心。不过,即使真的没有竞争对手,我也打定主意做好万全措施，把方案做好，各方面条件都准备妥当，给李副局长、给A省政府呈现一个专业的态度。

利用晚餐时间，我和兰芝与李副局长进行了短暂的交流，虽然只有短短半小时，但内容丰富、信息量很大，足够我回去消化一段时间。这次A省之行，我要感谢兰芝，感谢她让我结识了李副局长，让我找到了这样一次千载难逢的机会。当务之急，我必须把自己同兰芝绑定，只有紧紧抓住她，才能获取更多的人脉。况且，兰芝每每表现出的胸有成竹，使我深信她对整个项目的众筹计划已有了充分的安排。我唯一想不通的就是，以她这样一名成功人士，为什么会看中我这个微不足道的中小投资人？

那天之后，我和兰芝十分默契地分头行动，我负责找专家制订初步的项目方案，兰芝则发挥强项，负责游说各路投资人。每天晚上九点钟，我们准时通过视频电话开会，了解彼此的进度，以便随时调整战略。

虽然兰芝找来了很多有意向的投资人，尤其在看过我们的项目方案后，也表示出强烈的想参与项目的意愿，但多数投资人都是想来分一杯羹，真正能成为合作伙伴的寥寥无几。项目再一次陷入一筹莫展的境地。正在此时，我的一位出差在外的老大哥回来了。我想，机会再一次降临了！

“宋哥，听说您回来了，小弟不请自来了。”

“小邢啊，你不来，我还想找你来坐坐呢，你看这株巴西竹怎么样？”

这是位于S城闹市区的一幢大厦，我来见的这位宋总正在大厦22层的总裁办公室里欣赏专程从巴西带回来的一株植物。

“不错，不错，养花养草我可不在行，还是您有经验。”

这是一间近200平方米的办公室，一面落地窗，视野宽广，可以眺望整座S城。阳光洒进来，照在沙发一角，宋总示意我坐下聊，秘书很快端上两杯香气袭人的咖啡。

“尝尝我从巴西带回来的咖啡。”

"味道不错。"

我对于咖啡的认识还只停留在提神的阶段，只能笼统地认为好与不好，至于其中的差别不得而知。此刻，只是一味地恭维罢了。

"你有心事啊？"

"没有啊！"

"公司运营不顺利吧？"

宋总话锋一转，立刻说到重点。作为我最大的债权人，对于我公司的运营状况自然比旁人要多几分关心。

"还，还好。"

我自知有一些款项马上到期限了，宋总虽然常年不在国内，但在商言商，对债务还是格外精细的。

"真的？"

"真的。"

我的答话渐渐没了底气。

"我听说你最近在做工程？"

我怔了怔，随后低声答了句"是"。没想到，宋总刚回国就关心起我公司的运营状况了，或许今天是鸿门宴，他要向我讨债了！

"怎么说话都没底气了，我听说你正在做市政工程，也了解一下你的想法，这方面我还是有些人脉的，只是不知道你是不是用得上？"

原来是帮忙！我差点吓出一身冷汗来。若宋总现在催我还钱，恐怕整个项目真的要夭折了。

"用得上，用得上。"

我赶忙答道，又将项目的进展情况悉数向宋总讲了一番。宋总不但表示支持我，还主动表示要替我牵红线，找政府部门深谈，帮我拿下这个项目。当然，我赚到了钱，也好尽快还清债务，可谓一举两得。

人生路上的风景，总是在山穷水尽处，看见柳暗花明！

第十章
实地考察

一个项目从立项到落地，其中需要经历的环节多不胜数。尤其作为初次承办工程类项目的我而言，反复考察、反复论证是必不可少的。并非因为自己的疑心病，而是进入一个陌生行业如同一个咿呀学语的婴儿，在步履蹒跚时，小心谨慎是必不可少的。

对于我这个初入市政工程行业的新人来讲，总能遇到贵人是难得的福气。之前的兰芝、王老师且不说，就说久未回国的宋总也在关键时刻现身，一切像是一场设计好的巧合。每每在我遇到困境时，总有贵人相帮。大概是冥冥之中在帮助我完成这个项目。

从A省回来后，我除了去见过宋总一面，就专心制订项目方案。每天早出晚归，我回家时妻子已经睡着了，而我离开家时，妻子却还在梦中。我甚至记不清已经多久没跟妻子说过一句话了。直到我接到李副局长的电话得知自己又要出差时，才想起该给妻子打个电话了。

"老婆，这周日我要出差两天，去A省考察一个项目。"

“哦。”

电话里突然安静下来，因为我们两个都沉默了。

“你在哪儿？”

“医院。”

“值班？”

“嗯。”

接下来又是一阵沉默。

“我们很久没出去约会了，等我这次出差回来，咱们出去吃饭怎样？”

“还是算了吧，每天都在外面吃，早就吃腻了。”

“我做给你吃？”

“到时候再说吧！”

我妻子是一名急诊室护士，工作非常忙碌，常常需要加班。我不在家的日子，她便一个人在外面将就着吃。因为一个人的饭实在很难做，一个人待在空荡荡的家里，也难免孤单。

挂上电话了，我独自望着窗外车水马龙的街头，望着夕阳的余晖把对面大厦的玻璃墙映得通红，脑海中满是妻子的模样。我不是不能体会妻子的感受，只是在创业期，我必须有所割舍。儿女情长总是让英雄气短，那样的生活不是我想要的。况且公司的现状也不允许我太过分神，我只有寄希望于妻子的理解。可是现实往往出乎意料，我和妻子的关系逐渐疏远，虽然在情理之中，却让我无法接受！

我的合作伙伴却并不给我走神的时间，兰芝的电话打断了我的思路。

“邢哥，我收你的邮件了，看来明天洽谈的规格很高啊！”

周日的现场会议，李副局长不但邀请了几家投标公司的项目负责人，还邀请了投资专家和A省建筑设计领域的专家。

“是呀，连接待人员都是县委书记，一把手亲自接见陪同，还是在周末休息日，这个规格可不一般呢！”

◎ 债权人

“看来这次考察对投标结果的影响很大。”

“我也有同感，邢哥，你那边准备得怎样了，项目方案最终敲定了吗？”

“我打算用靳总的建议，与强手合作，可以大大增加我们的胜算。”

“你真的打算挂靠一家公司吗？”

“这次竞标有好几家公司，跟咱们实力相差无几，想脱颖而出很难，挂靠一家大公司也是没有办法的办法。”

“那好吧，既然你这么说，想必已经有中意的公司了。”

兰芝的蕙质兰心的确是工作伙伴的不二人选，也是生活中难觅的知己佳人。相处越久，我越是发觉我们从工作风格到价值观都有太多相似之处。虽然时至今日，兰芝始终没有正式入股这个项目，但她却处处帮我，仅凭这一点，我对她的疑虑早已消除。

我把宋总公司的资料通过电子邮件传给兰芝，一方面希望她能帮我把把关，另一方面也希望通过这次事件能让她更多地参与到项目中来，以便展开更加深入的合作。

兰芝果然不负我所望，认真研究这家公司后，第一时间给我回复。她建议我让这家公司加入众筹计划中，而不是采取另外一种双向合作机制，以此来淡化这家公司在合作中对我公司的影响力，也就是变相为我争取话语权。这个想法也正是我心中所想。

应李副局长所邀，我约了宋总和兰芝，周日早上七点钟在华丽苑大酒店门口集合，然后与李副局长会合，再集体前往 SY 市进行城镇化市政项目实施的考察工作。

周日早上五点半，一觉醒来的我睡眼惺忪地望着窗外初升的太阳，身边是熟睡的妻子。岁月虽然无情，却对她格外慈善，她依然如十年前一样美丽，而我早已皱纹深陷。人们都说男人比女人显得年轻，可是在我们两个身上却出现了截然相反的现象。我真想吻她，可又不忍打扰她，便悄悄起床，蹑手蹑脚地离开了家。

自从创业以来，我早已习惯了早出晚归的生活，妻子大概也习惯了没有我的家。不知道这是幸福还是不幸？离开家的那一刻，我内心泛起了一丝凄凉与不舍，仿佛要离开妻子许久，总想再多看她一眼。若是平日里，也没有这些不舍。我时常在六点前起床离家，为的是呼吸户外清新的空气，在街头漫步，享受城市里这片刻的安宁。而今天，同样走在熟悉的街道上，同样闲庭漫步一般边走边观察街衢风景，却少了往日的潇洒。我返回车上，独自驾车赶往华丽苑酒店。

六点半，我已到达酒店门口，原本以为我会是第一个出现的人，没想到老远就见到了宋总那辆崭新的宝马 760。

“宋哥，来得这么早啊？”

“你老哥我可是初次见那位李局，迟到了总归不太好，显得咱多没礼貌啊！”

“您这几点出的家门啊？”

“也不算太早，六点钟吧，早上路面清静好开，不到半小时就到了。”

正当我们寒暄之际，兰芝也赶到了。

“大家早啊，有位新朋友，邢哥，你也不给我们介绍介绍。”

“兰芝，这位就是我跟你提起的宋总。宋总，这位就是我之前跟你提到的培训行业翘楚，王兰芝小姐。”

“早就听说过兰芝小姐的芳名，今日一见，果然比邢老弟形容的还要漂亮。”

“宋总过奖了，您才是气质出众呢，一点都不像五十开外的人。”

“兰芝小姐用过早餐了吗？”

兰芝摇摇头，莞尔一笑。

“那不如咱们到附近转一转，看看有没有吃早餐的地方，总比在这里傻等要强，再说政府的车没有准时准点的时候，以后你们跟政府打交道多了，自然就明白了。”

宋总见了兰芝后，说辞较之前截然不同了。我站在一旁，只管听着，我相信以兰芝的阅人功力早已看穿了宋总的心思。她的配合多少存在敷衍的成分，而宋总却始终沉浸在自己炮制的美好憧憬中。

两人正欲前往另一条街之际，李副局长乘中巴车风驰电掣般赶到了。时间已经是早上七点二十分。一下车，李副局长连忙致歉。

“不好意思，让大家久等了。高速早上六点之后才让中巴上去，之前约定时间时忽略这点了，抱歉，抱歉。”

“这位李局挺有个性啊！”

宋总在我耳畔小声嘀咕。我听罢心中一惊，果然个人经历不同，内心也各不相同，我并非就此看低宋总人格，只是突然意识到我的合作伙伴是一位商场的“老油条”了。

李副局长的致歉反倒让气氛变得有些拘谨。协调这种场合自然是兰芝的拿手好戏，她主动打起圆场，三言两语就打开了尴尬的气氛，还把大家逗笑了。

我仔细看了一眼中巴车的标牌是考斯特，暗想这次考察团接待的规格真高，居然运用了政府专用车，便暗暗向宋总使了眼色，宋总也注意到车子的特别之处，脸上闪过一丝诧异，想来他商海沉浮多年，也曾与政府打过交道，但还从没坐过政府专用车去考察项目。

我们一行人在李副局长的安排下上了中巴车，宋总却在车上不住地向外遥望，当司机要开车时，宋总提出让大家稍等一下。大家正有些莫名其妙，只见宋总的司机拎着袋子从路口跑来。原来宋总刚才吩咐司机去为大家买早餐了，热乎乎的白粥油条，他亲自发到每个人手里，连随行人员也有份，一下子就拉近了彼此之间的距离。

似乎连兰芝这位一向惯于运用情感营销的高手也没想到这一点，她朝宋总笑了笑，暗地里朝我使了眼色，似在说“这搭档选得不错”。

李副局长也连连夸奖宋总有心，我顿时也觉得自己有了几分面子。我与宋总相交二十载，还是第一次见他这样细心。他既是我的债权人，也在我公司挂职，目前是金融部经理，而我也在他公司挂了个闲差，为的是“你中有我”“我中有你”，让债权人了解我公司的运营情况，加强紧密合作。但这些年来，总见他帮我，每每公司有重大活动时，我总免不了拉上宋总一起出席，凭借他的人脉确实给我带来很大助益。

今天亦是如此。买早点这一招，貌似无心之举，却是我完全忽略的小事，而对于领导来讲，就成为一个温馨之举，瞬间将关系拉近一大截。这一招，我学不来，便只好请高人来了！

吃罢暖心早餐，车子又接了几家参与竞标的公司，便驶上高速一路飞驰。大家都是成功人士，在社会上打拼多年，基本素质不错，所以一路上安安静静，并没有喧哗之声出现，很多人在闭目养神调整状态。

大约一小时车程后，我们考察团一行抵达了目的地——SY 市。市委副书记兼市长王市长亲自前来迎接，规格之高令考察团一众成员不免为之惊叹，也预示了此次考察活动的深度。

SY 市是开展城镇化市政工程较早的县级市，在发展上取得了一定的成效，参观该市市政基础设施建设是此次考察的重要内容。上午，王市长带队参观 SY 古城和新城区，下午针对城区整治、修理和修缮的规划和发展进行经验介绍与研讨，并对投资建设进行交流。政府办小宋就今天考察安排进行了简单介绍，又征求考察团意见，无微不至的服务令考察团成员尤为满意。

这一届党中央政府上台后整治官风，官场已经新风蔚然。对于这一届政府的好感，不仅打动我这样的中小企业主，更写在了每个公民的脸上。当然，对于我来讲，赶上这个好时代就是最大的幸福。自从开发城镇化市政项目以来所接触的领导，仿佛都与我印象中的领导形象有着天壤之别，没有丝毫的奢靡浪费之风，一股清泉时时沁人心脾。

◎ **债权人**

考察团由李副局长带队，由王市长亲自做导游，随行人员有副市长、规划局人员，政府十几个局的人员，都是全程陪同。第一站去了 SY 古城，第二站去龙溪森林公园，两站基本把 SY 市今年两个重点项目介绍完毕。

这位走马上任不足五个月的王市长，个子不高，浓眉大眼，显得十分干练，虽然已过天命之年，但精神抖擞，思路清晰，解说项目、分享心得头头是道，讲话不打底稿，出口成章，仿佛把整个 SY 市都装进了脑子里。这样的干部素质与之前的官场风气截然不同。在车上，兰芝机智地找机会与王市长攀谈，以便在领导面前挣个面熟。

“王市长，您好，您今天的讲解太精彩了，SY 市的变化令我震撼，尤其是古城给我的印象最为深刻。”

“您是王总吧，早就听说过您是位智慧型的女企业家，今日一见，果然名不虚传啊！SY 是个有文化、有历史的地方，最适合发展旅游业，在市政项目的确立上，我们也是偏向于旅游行业的基础设施建设的。发展之初确实遇到了很大的困难，没有企业肯投资，融资也很困难，后来还是用了众筹的方法，才解决了困境。”

听了王市长的介绍，我对众筹的信心更加增强了。像 SY 这样的县级市，工业并不发达，要推动城市经济发展最好的办法就是推行城镇化市政项目建设，利用 SY 的文化和历史背景做文章，开发旅游项目。也就是要因地制宜地发展城镇化市政项目。这一点给了我很大的启发。对于 A 省的城镇化项目发展有很大的借鉴意义。我想这也是李副局长带考察团来 SY 学习的初衷。

上午在 SY 新老城区的考察，使我感触最深的就是这里既没有现代化的水泥森林，也没有雾蒙蒙的天空，青砖绿瓦，花草满院，一片蔚蓝下是整齐的平房，是原汁原味的古城墙，能听见啁啾的鸟鸣，也能看到朴实的笑脸……这里保持了古代的文明，远至北魏、近至明清时代的故居。SY 古城列入了国家批准的古居古城首批运营和修复的名单，保留有将近 40 多处宅院。这里不仅保留了历史的印迹,也留下了我们的根。城镇化市政工程的推进,使这些古迹得以保留,也为更多像 SY 这样古城的发展提供了新的契机。这不仅是我们这些开发商、投资人的机会,更是千千万万普通人改善物质生活水平的机会。

一阵轻风拂过,原本该夹杂了泥土的芬芳,却不料裹挟一股腥臭袭来。考察团成员不禁作呕,有些人则忙着找寻臭气的来源。正纷纷议论之际,王市长开了腔。

“各位知道这臭气是哪儿来的吗?”

众人纷纷摇头,一脸茫然在望着王市长。王市长轻叹一声。

“惭愧啊,SY 市这些年在市政项目的建设上下足了功夫,汇聚了社会各界的力量来修缮、重建古城,为的是创出 SY 旅游品牌,可最大的遗憾就是这护城河的治理迟迟不到位,大家刚才闻到的臭气就是护城河传来的。”

没有人会相信,一条河竟然难住了善于攻坚克难的 SY 人!但事实却是天不遂人愿。由于资金不到位,加之 SY 市在招商引资和城镇化市政项目建设的保障机制方面存在一定的漏洞,导致了护城河清淤和重建水循环项目迟迟未能落地。河沿岸居民叫苦不迭,王市长看在眼里,急在心里。虽然早已将这个项目提上政府议事日程,但由于施工难度大、经济效益较低,甚至连成本回收都难以保障,开发商并不热衷这个项目。特别是重建护城河的水循环系统费用较高,而 SY 市政府财政紧缩,拿不出相应的款项给工程承包商,导致该项目陷入无人承接的尴尬境地。

多年来,护城河治理一直是历届 SY 市政府的一大难题。今天王市长把考察团请到这里来,不可否认有经验交流的目的,但更主要的是想借助考察团中开发商的智慧给护城河改善工程提供些可行性建议。我料想这个问题将成为下午研讨会上一个重要课题。

第十一章
新风袭来

时近正午，气温逐渐攀升，护城河散发的臭气在热浪推动下一时半刻很难消散。王市长带领考察团团员继续前行，直至臭气消散，团队中才再次响起议论声。

“这护城河的味道是浓重了些。”

“我看不好解决，这年头谁也不愿意做赔本的买卖。”

“是呀，光是清淤这一项，一年就得花费多少资金？再说，重建水循环系统可不是小工程。”

“哪个企业耗得起呀？”

兰芝听了其他开发商的议论，低声同我和宋总商量起来。

“你们觉得这个项目有做头吗？”

“难！”

宋总摇了摇头，只说了这一个字。我能猜到此刻他脑袋里正在飞快地测算整个项目的利润。这是生意人的本能反应。宋总是纯粹的生意人，在商言商，矢志不渝地追求利润最大化，是他的人生信条，也是每一个生意人的人生信条。但并不是我的……所以，兰芝常说我不是纯粹的生意人，因为在我的内心深处还保留着一块梦想的乐土。

“是很难，但也不是完全没机会。”

“有什么机会？”

“可以在护城河上开发一些旅游项目，比如游船、水上游戏项目，我想也不至于没有收益？”

我的乐观主义又来了，那些理想化的主意不由自主地冒了出来。

“这种项目前期投资太大，押款太多，没人乐意干。”

宋总的一盆凉水浇得我透心儿凉，但冷静下来想一想，也确实是这个道理。我的想入非非总能被宋总的理性客观纠正过来，这就是生意搭档！不知道王市长听了大家的窃窃议论会做何感想，还是等到下午研讨会上再见分晓。

走在SY市的大街上，两旁的古建筑并不太多，大多是六七十年前的老房子，都是没有过度开发的，管理也井然有序。走了大约十几分钟，我们一行人进到一个小四合院内。这个四合院是明朝万历年间遗留下来的，青砖绿瓦尽显明代质朴简约的建筑风格，满墙苔藓尽现历史的沧桑，置身其中仿佛穿越了时空的阻隔。

据村民介绍，该处院落是当地一位企业家花费几百万元重新修缮过的，基本上保留了明代建筑的原汁原味。我不禁暗暗对这位企业家肃然起敬。这样不惜成本的良心企业家，能够为保留历史文化做出如此之大的贡献，我们这些号称“企业家”的人真该好好学习。而更为可贵之处在于，他并没有将这处院落开发成旅游景点，而是只供人参观，也没有留下自己的痕迹，这样不为名利的企业家实在不多见了。与他比起来，我们这些把城镇化市政项目作为撬开市场金砖的人，目光未免有些短浅。

SY古城另一个具有特色的建筑是古城楼。古城楼是典型的明清风格，外沿看起来也经过修缮,上面刻有碑文:著名全国重点文物保护单位。这里是当地文化遗产保护的核心区域。

考察团一行三十余人，对这个人口百余万的县级市来讲，并不多见。何况这群人与当地老百姓的穿着气质格格不入,一看便知是外乡人,难免遭人指指点点地议论。不过有些百姓还是认出了王市长,好奇地踮起脚尖观看。看来这位新市长在SY市颇有名望。能放弃休息日带考察团四处考察的市长并不多见,当地老百姓见这阵势,心知他们的好市长又在招商引资了,自然是兴高采烈地接待考察团一行。

古城考察结束已经将近11点钟了,为节省时间,王市长带考察团直奔新城的龙溪公园。这里是SY市城镇化发展的一个重点项目——湿地环保生态公园。考察团坐上电瓶车,佩戴耳机型讲解器,穿梭于公园的阡陌小路。

作为SY市新城区最为耀眼的明珠,这个公园始建于2008年,采取分期建设的方法。目前第一期和第二期工程已基本竣工,整个公园的主体已见雏形。考察团一边欣赏整个公园绿化美景,感叹原来的煤炭大市如今已成为绿色环保城市,如此巨大的变化都有赖于市政工程的强力推动。那些黑烟缭绕、煤灰满地的日子已经远去,穿行在公园的林荫小径,竟宛如行走于江南水乡之畔。很难想象在四季分明的北方,也能见到如此绿水环抱的景色,一时见小桥流水人家,一时又见翠宇清峰、回廊环绕。

奇林美景令考察团见多识广的企业家们也惊叹不已。王市长脸上始终保持着淡淡的微笑,但得意之色还是难以掩饰。眼前的成就虽然并非全数归功于这一届政府,但毕竟是在这一届政府手中落成的,喜悦之情自然难以言表。

上午的实地考察愉快地结束了,考察团一行人乘车返回市委接待中心的招待所。王市长照例也一并跟去,一来陪同考察团进餐作为上午考察活动的圆满结束,二来可以利用午餐时间多听取考察团企业家们的建议。毕竟在中国人的文化观念中,饭桌是联络感情的最好场合。

招待所早已安排好了工作午餐，简单而丰富，有鱼肉、蔬菜，主食米、面、汤、饼子、水果一应俱全。早在“十八大”八项规定出台前，SY 市委、市政府就明文规定工作午餐的规格。在这里，看不到铺张浪费，更多的是节俭朴素之风。这一点是我最为佩服的。

逛街是最为消耗体力的运动，何况对于坐惯办公室的老板们，这样的有氧运动机会难得，只是很多人体力吃不消，早已饥肠辘辘。所以午餐时间反倒成了一天中最为安静的时刻。大家只顾埋头吃饭，根本没了相互交流的闲情逸致。

为保证下午研讨会的工作效率，招待所还为每位考察团成员配备了一间单独的休息室。我同兰芝、宋总商议后决定各自回屋休息，为下午的研讨会保证充足的精神。

我回到休息室，躺在床上辗转反侧，难以成眠。上午一行给了我太多启发，尽管有一些想法在上午的小范围讨论中已经被宋总直接毙掉，但仍然无法阻止我的大脑在飞速运转。很多新奇的想法冒出来，结合 SY 市的成功经验，我似乎已经找到开发 A 省城镇化项目的途径了！

下午 2 点半，招待所的会议室里准时召开了项目研讨会。上百座位的会场座无虚席。SY 市市长、政协、人大，规划局、发改委等一行人员总共围成四圈，考察团成员坐在最内一圈儿。我按照桌上的名牌找到了自己的位置——第一排正对着投影仪的位置，坐在如此醒目的位置是因为我事先被告知要在研讨会上做发言。不仅是我，每位考察团成员都要畅谈上午参观的感受。当然，从王市长的角度来讲，更希望听到治理护城河的建议措施，甚至能够当场敲定开发商更是皆大欢喜。

会议由 SY 市政府办秘书长主持，简单总结上午的考察情况后，便切入正题。第一轮研讨话题为参观感受，与会人员可畅所欲言。虽然经过上午的共同考察活动，增进了考察团同 SY 市政府工作人员的熟悉感，但对于大多数与会人员来讲,考察团仍然披着一层神秘的面纱,而这个面纱还需要李副局长一一掀开。

李副局长首先引荐五家设计单位逐次发言,设计师的天马行空虽然给大家带来了一定的灵感，但毕竟时间有限，见前两名设计师讲话超时,李副局长随即规定发言时间不得超过 5 分钟，并且要求只谈感受，切合主题。到底是见识广博的设计师，对于护城河的美化工程谈得头头是道,唯独没有谈到项目开发的问题,而这部分内容才是王市长和与会的 SY 政府人员最希望听到的内容。他们虽然把 SY 城的建筑图描绘出来,但没有解决 SY 城市政项目开发的根本问题——资金和开发商。

紧接着是四家竞标公司逐次发言。每家公司都拿出了真本事,早做好的规划方案用 PPT 演示出来,并由专门的发言人进行讲解,显然事先下足了功夫。从河道清淤工程到水循环系统改造,再到配套设施建设,都进行了精心规划,不但方案完备,还列出了后期工程的开发方案。与会 SY 城城市规划局和发改委人员听得如痴如醉;连王市长也连连点头,不时插进几个问题深入交流。

坐在头排的我正对投影仪,见每一家的方案都如此完备、准备工夫充足,不免面露焦急之色。反观我们三人,只是抱着感受、体验的心态前来,事先没做任何准备,也没有像样的方案拿得出手,更没有制作那些精美的 PPT 可供讲解之用。与这四家公司共同参与 A 省的项目竞标,我们从态度到方案制作水平上都输了一大截,真不敢想象这四家公司在项目施工上会有怎样的水平,我甚至有点望尘莫及之感。

轮到我们三人时,宋总坐在我左手边,率先发言。他主要围绕上午考察的体会讲了三点：一是领导工作作风耳目一新；二是古城改造令人震撼;三是护城河治理应以治本为主,也就是修缮水循环系统,而清淤只是治标的办法,开发次序应有主次。王市长对此也表示了认同。

接下来轮到我发言了,真是分外紧张,毕竟我们这个小团体的负责人是我，对于项目开发方案大家还是主要听取我的想法，而我又缺乏事先准备，瞬间使我压力倍增。

“由于缺乏事先准备，我们没有像样的治理方案拿出来，也没有 PPT 播放，这次我就是抱着一颗学习的心来的，想亲眼看一看咱们 SY 市城镇化建设是怎么发展，听一听有哪些可借鉴的经验，因为我主要目标是参与 A 省城镇化项目的竞标，在这里先对尊敬的王市长说一声抱歉。坦白讲，我今天的收获很大，可以说非常丰富。我没有想到咱们古城这样漂亮，更没有想到这么漂亮的古城背后建设居然有这么多辛酸，经历这么多艰难，这些在我以后做项目时会事先考虑到，感谢王市长对我们毫无保留的经验分享。我想这里有很多经验可以用到 A 省的城镇化项目开发中，回去后我会一一写到开发方案中，请李局做最后的终审。”

我没有提到护城河改造，也没有提到 SY 城未来城镇化项目开发前景的规划。本以为我的发言糟透了，没想到我的坦白与坦诚却赢得了王市长和李副局长的首肯，尤其是李副局长对我谦虚的态度赞赏有加。当然，李副局长对兰芝的器重可见一斑，直接点名由她发言。

“王总说说你的想法，我们听一听，这里都是专家，理论强于实践，运营上还是你们有经验，我们想听一听王总的高论。”

“不敢当，不敢当，我哪有什么高论啊，都是从失败中学来的，没什么高深的理论。”

“王总就不要谦虚了，谁不知道王总在金融培训界可是一流高手啊！”

“哦？那我们可要洗耳恭听了。”

经李副局长一番广而告之，连 SY 城王市长也对兰芝的高见充满了兴趣。不过这种场面兰芝也司空见惯了，她的培训课上从来不缺乏国企央企高管、跨国企业在华总裁这些大人物。今天不过是政界人士多了些，但都是实干家，又都奔着推广 SY 市城镇化项目这个目的而来，这种演讲她信手拈来。

“各位领导好，我是来自首都新华金融培训中心的区域负责人，今天来到贵宝地十分荣幸，上午沿着 SY 市的城镇化发展路径走了一大圈儿，看了很多，感触更多。以前只是通过网络、电视看到城镇化项目给城市发展带来的巨大变化，今天我亲眼领略到了这个项目推进的威力，把一个黑、脏、差的城市变成了白、净、美。王市长，请原谅我如此形容项目推进前的市容，实在是因为贵市城镇化建设给我带来的震撼太大，此刻我无法形容内心的感受。作为对 PPP 项目有一些了解的人来讲，我确实见识过一些城市推进这个项目的艰难，也见过不少过度开发的现象，在这一方面，贵市的做法值得很多地方学习借鉴。当然，溢美之词无须我在此赘述，大家有目共睹。说一点王市长更感兴趣的话题。贵市完全可以委托某个建筑公司成立 PPP 项目公司，由政府作为监督，采取众筹模式吸纳社会公司加入，将古城周边的开发运营同管理委托这个 PPP 项目公司统一负责，这样既有监督又有运营，还可以广泛吸纳资金，对政府来讲利于管理，对各家参与众筹的公司来讲，降低了投资风险，项目也能做起来。当然，对于项目开发可以打人文旅游牌，融入古城的风土人情、地形地貌和文化背景这些因素。这些是我的一些不成熟想法，有感而发，还望各位专家前辈多多指正。”

听完兰芝的娓娓陈述，李副局长、王市长，乃至在场所有人都不免为其精彩而赞叹。没想到兰芝是一位智慧与美貌双绝的女子，这样的女子实在不多见。王市长迫不及待地先点评一番。

“不错，王总这些建议非常好，对我们推进城镇化项目的启发非常大，会后我们要以王总这个思路为基础认真整理相关资料，研究古城周边人文旅游的热点。李局，看来你今天带来的都是精兵强将啊！”

“王市长这边也是人才济济嘛！”

说罢，两人皆笑了起来。

“王市长，今天来了这么多位各界精英，咱们就不要班门弄斧、相互吹捧啦！”

“是呀，是呀，还是把机会留给各位专家吧，大家畅所欲言，没有什么顾忌，尤其是考察团的各位专家、企业家们，你们的实践经验是最宝贵的，也是我们SY市推进城镇化项目过程中最为渴望的经验，还希望大家能够不吝赐教啊！”

既然王市长大方抛出了橄榄枝，与会的专家、企业家们也来了兴致。方才那一轮演讲大家多有保留之处，没有拿出真知灼见来。这一轮的交流可是针尖对麦芒，大家都拿出了真东西。

“做市政项目我们并不怵头，关键是回款太慢，小公司可是垫不起钱。”

“大公司也垫不起啊！”

“要是解决了回款问题，大家还是乐意做政府项目的，毕竟项目还是有保障的。”

“BT模式也可以，政府出一部分钱，企业再出大部分资金。”

“不过现在政府分期回购这种模式已经不能再操作了，BT模式最终让企业家、民营资本去垫。最后还款的还是政府，政府没钱，双方就会僵持，没有很好的还款来源和运营机制，项目也不会运营好。”

“刚才王总建议的PPP模式就很好，也是今年国务院大力推广的，政府拿出资产，社会资本参与，引进民营的担保公司，各路资本保险公司，当然政府这里面要进行垫后和引导资金，政府保证投资人的安全和期望，同时通过项目公司运营自己的收益，让政府对未来的出资没有后顾之忧，项目才能得以持续。”

气氛一缓和，会场马上热闹起来，原定6点结束的会议，一直持续到8点钟，大家讨论情绪高涨。李副局长最后总结发言，王市长幽默点评，为全天的考察活动画上了圆满的句号，也成为我开发城镇化项目以来最为难忘的一天。

第十二章
自我定位

SY城考察结束后，我的心情久久未能平复。那一天所见、所闻、所感，对我而言是别开生面的。SY市各级官场的新风气令人如沐春风，完全出乎我的意料。按照我以往的经验，这种考察活动一般都是出来吃吃喝喝，酒足饭饱后合同也签订了，这就是所谓的“酒桌文化”。但此次考察活动却让人耳目一新，切切实实地进行实地考察，没有虚伪造作的相互吹捧，也没有刻意隐瞒潜在危险，让考察团的专家和企业家们看得真真切切。

考察团中专业设计师的设计理念满满地全是创意、思路，倘若把它们一一描绘出来，我定然会目不暇接。而最令我吃惊的还是四家竞标公司的专业化水平，从接到考察通知到成行，不到两天的时间，他们居然能将SY市的地理地貌、城镇化项目推进情况都了解得一清二楚，甚至还提出了很多切实可行的方案，这些在我看来需要花费一个月时间尚不足以完成的工作，人家只用了短短两天时间，简直是不可能完成的任务。我对自己的快节奏工作能力还是比较有信心的，但与他们相比，真是小巫见大巫了。

返程的路上，我们三人并没作过多交流。兰芝在下午研讨会上的发言着实精彩，但实质性的内容却没有多少。与会的诸多成功男士恐怕更想一睹这位培训界女神的风采，至于她建议了些什么、是否具备可行性，反倒不是大家关心的重点了。她绝顶聪慧，自知这一点，也没作深究，乐得享受被关注的满足感。至于宋总，大概觉得这样的考察活动与自己所要投资的项目无太大关系，所以并没投入多少热情。三个各怀心事的人凑在一起，自然话不投机了。

回到S城后，我一刻不敢耽搁，马上找助理小张到家里，将整个项目方案全部推翻重做。虽然只剩下不到三天的时间就要投标了，这个时候重新撰写方案是非常冒险的，是所有竞标公司都不愿意做的事，但精益求精的我很难容忍一份有瑕疵的方案流出我们公司。

小张跟随我多年，深知我做事力求完美的风格，但这一次的要求确实有些强人所难了。他没有同意，因为即使整个项目组不分昼夜地工作，也很难在三天之内重新做出一份竞标方案来；何况由于宋总和兰芝的参与，我们需要提前做出方案来给他们两家公司过目，并提前讨论好合作细节，待一切谈拢后才能做到在投标过程中万无一失，否则竞争对手没有打垮我们，我们内部已经先行分崩离析了。

小张走后，我独自坐在客厅的沙发上，烟灰缸中冉冉升腾起一缕轻烟。我静静地看香烟一点点燃烧殆尽，脑中不断浮现李副局长、王市长、宋总、兰芝、小张这些熟悉的脸，浮现他们每个人的身影……我突然发现他们在我的生活中出演了不同的角色。有千里寻觅的知音、有君子之交的恬淡，也有相互利用的帮手，有大公无私的公仆，也有兼顾私利的商人。站在这些人中间的我，似乎有一点茫然。

客厅拐角处便是卧室。今天妻子没有值班，早早睡下了。我转眼一看，挂钟的时针已经指向深夜两点。我和妻子虽然同处一室，却不在同一个时区。我的世界里已见不到她的身影，可是她的世界又在哪里呢？我曾经了解的那个属于她的世界，也是我的世界啊！

而我的角色又是什么？

丈夫、老板、合伙人，或者什么也不是……

一夜未眠的我反复阅读投标方案，在需要修改之处做好标记。从方案制订的最基层做起，在我入行之初，这些工作也都是我一个人完成的，虽然多年不做有些生疏了，但上手并不困难。我正埋头做标记时，一杯浓浓的蓝山咖啡、一份金枪鱼三明治递到我眼前——这是我最喜欢的早餐。

是妻子！

最熟悉我生活习惯的人！

久违的早餐。

“先吃吧，吃完再干。”

我凝望着妻子温柔的脸，久违的温情袭来——我想吻她！

我知道，即使全世界都抛弃了我，她依然会对我不离不弃。这就是我们的爱情。可是，为什么我的脚步变得如此沉重，身体也变得如此僵硬……

“怎么了？”

妻子见我的表情怪异，一边背起皮包，一边关切地问。我摇摇头，嘴里塞满了三明治，一句话也说不出来。

妻子走后，我突然感到眼眶中涌出一股热流。此刻我才发现，我真正生疏的是丈夫的角色！

标书终于如愿递了上去。最后还是在公司同事的帮助下，完成了最终的修改。方案得到了兰芝和宋总的称赞，这一点倒令我有些喜出望外。兰芝素来会鼓励人，对我也是勉励多过批评，但宋总批评我时从来不留面子，连他也一口称赞，我对自己的方案信心倍增，只剩下静待开标结果了。

两天后，我和兰芝、宋总结伴再次赶往 A 省 C 县，投标答辩在县政府大楼举行。建筑设计公司和施工公司由宋总负责联系，我作为社会担保公司介入项目，而兰芝则充当了公关角色。看似相对分散的组合，实质上却是能够实现互补的高能团队。

在团队创建之初，我反复思考自己在团队中的角色。从资金条件来看，虽然作为社会担保公司，但我真正能够运用的运作资金也不过百余万，很大一部分资金是我向银行和宋总借贷的；从建筑施工的硬件来看，我完全是一个白丁，一不认识建筑设计人员，二不了解施工队的运作；从人力资源、财务管理这些软件条件来看，我更是比不上兰芝在行。到底为什么我会出现在这个团队里，有时候连我自己都觉得像是一场梦。

可我偏偏就是个爱做梦的人！

在答辩现场，我再次想起了王老师给我的鼓励——用真诚打动人！是呀，我所有的就是真诚！我给王老师发了一个短信，既是向他汇报一下我的项目进度，也是给自己一个鼓励。最近一段时间，每当我遇到困难时，总会给王老师打电话或发短信，每每得到鼓励和智计都使我受益匪浅。这一次也是如此。面对各路专家提出的各种刁钻问题，还好我事先做了充足准备，没有被专家们问倒。

当然，最终投标结果也一如我所愿，王老师继续将他的好运带给了我。从激烈的竞争中胜出，兰芝和宋总比我还要激动。而我，似乎早已预料到这个结局似的，异常平静。我最先做的一件事是再次给王老师发了一个短信，只有“胜利”两个字。我想，他能够感受到我的喜悦，也能感受到我肩上的重担。

与灰溜溜离开答辩现场的那四家公司不同，我们得到了鲜花和掌声，也得到了A省和W县政府人员的祝贺。与上次从SY市考察返程的状况不同，这一次从W县返程的路上，兰芝和宋总一改上次的沉默，迫不及待地开始筹划项目运作的事情了。我由于几夜未曾合眼，此刻已困顿至极，在后排座位上睡着了。

◎ 债权人

不知不觉走了将近半个小时，我被电话吵醒了。我拿过电话，睡眼惺忪地看了一眼，是 W 县陈县长。他是此次城镇化项目开发的接洽人。换句话说，是我万万不能开罪的人。

"喂，您好，领导。"

"你在哪儿呢？"

"我在回 S 城的路上。"

"晚上有事没？"

"没事，领导有何指示？"

原本已疲惫不堪的我，只得硬装精神。

"没事过来吧，坐一坐，喝喝茶，聊一聊。"

"好啊，我大概半小时回去，你在哪儿呢？"

"我在溢香茶社，过来这儿我们边聊边喝点茶吧。"

"好。"

我中途下了车，让司机送兰芝和宋总先回 S 城，自己则打车回 W 县。半小时后，我准时赶到了溢香茶社。我还是第一次在半夜走进茶社，没想到在这座经济落后的小县城还能有如此幽雅的地方。服务员引导我到二楼一间包房，陈县长和一位书生气十足的男士正聊得起劲，想来是陈县长一位相熟的朋友。陈县长见我来了立刻热情招呼。

"邢总来了，太好了，快坐下，喝口茶。"

他一面说，一面亲自沏了杯茶递给我，并急着把他的朋友介绍给我。

"邢总，这位是我们县上知名的企业家，专做环保生意的张总，也是我的好朋友。"

"哦，环保啊，这是一个不错的行业。您具体做环保哪方面呢？"

"我们和省环保厅专门开发了一个用于环保、环境治理监测的系统，免费给各个地、市、县进行安装，最后以很低的价格给政府，用于购买服务。"

"非常好啊，思路非常好。"

未待我开口，陈县长已经迫不及待地为他朋友点赞了。

我已经见惯了众多所谓的好项目，作为生意人，我更关心这个项目的盈利情况。

“您这个项目的整体预算是多少？运营几年了？通过什么渠道盈利？请原谅，我问得有些直白了，既然大家都是朋友，我想也没什么需要避讳的。如果张总觉得不方便说就算了，我也是随便问问。”

这位张总显然是面子薄的人，被我这么一问似乎戳到了痛点，但又碍于陈县长这位老友的面子，不好避而不答，便深咂了口茶，打开了话匣子。

“不瞒邢老板说，现在做环保行业也就是听着高大上，实际上也是打碎了牙往肚里咽，自己的苦只有自己明白。”

一旁的陈县长听着纳闷，环保行业明明很热门，怎么还会不好做呢？再说政府对环保行业给予的政策倾斜向来很大，各种政策性补贴自是不必说了，就政府行为的引导、倡导也是常有的。况且以他的经验，还真没听说哪家环保行业做不下去。

“其实环保行业倒不是多难做，离不开节能减排、垃圾再造这些常用技术，掌握了一两项就能盈利，但难就难在专利项目的购买上。再好的项目对中小企业来说，资金不到位，就什么也白搭。”

我笑了笑，大家从内心中好像找到知音一般。

“是啊，张总，今年这个形势，尤其对我们中小企业来说，不管你再好的行业，没有硬底，重新续贷和增加新的贷款是非常难的。”

陈县长听后，故作高深地向我们炫耀。

“也不一定没办法解决。”

“陈县长有什么好办法，给我们传授传授吧？”

“前段时间，我们省城成立了一个普惠金融机构，专门做众筹的项目，是由高新区、担保公司和一些民营企业共同发起成立的机构。这个机构专门给各地县的一些优质项目进行众筹，以解决当下一些优质企业和项目的资金问题。在成立之日，我们县的 6 个项目作为首发，成功募得 6400 万元，让我们没有想到这个众筹的魅力如此之大。本来我们希望能够融 500 万、1000 万已经非常乐观了，没想到我们的项目一经推出，受到了投资者的热捧，短短时间筹到了 6400 万。”

我听罢，立时惊呆了。到底是什么方式能在这么短的时间内就筹措如此庞大的资金？陈县长洋洋得意地看了看我和张总，脸上摆出一副兴奋的表情。

“拿我们县里的项目来说吧。我们的三农项目、农业项目，每一个项目的兜底是由政府平台出 10%，由社会保险公司担保出另外的 10%，还有当地省城的几家优秀的担保公司担保共出 20%，这三家加起来相当于 40%，给投资者进行兜底。你想，如果你投资这个项目的话，你有将近 40%的兜底，再加上项目本身的风控，这么优质的项目有投资者不愿意做的吗？一般的担保公司对投资者是不兜底的，只对企业本身兜底，但是加上政府的公信力就不同了，三方机构合作，没想到这次效果非常好，企业也对投资者进行一定的增值服务。比如说，你购买了 10 万元，投资了 10 万元，他会给你 15 万的回报，5 万用于额外的增值服务和产品体验。这样一年下来的回报加服务，相当于回报率近 40%，这样的回报率我想对任何一个中小投资者来说都是笔不错的买卖。享受产品的同时，又获得了超额的服务，哪有不参与的道理。”

“那我们的城镇建设是不是也可以采取互联网+众筹模式啊？”

我不禁脱口而出。这种模式早在金融群活动时，我就听人提起过，也是我曾经在首都那家小旅馆中苦苦思索良久的方法，没想到已经有人付诸实践了。听到这个消息，我难以掩饰内心的兴奋。

“可以啊，”陈县长说，“我们前一段谈的这个方案，我们和东方上市公司，以及我们县的平台，以及你的这个社会资本，我们不就是采取众筹么。我们也可以通过它这个众筹网站——普惠众筹网站进行众筹，到时候我们可以设计一下。”

我按捺不住心中的激动，前几天心里的雾霾突然一扫而光，仿佛重新焕发了活力。

“我们有了推动的基础了，互联网的魅力在基础建设上一样也可以发挥它的作用。”

身边的张总也若有所思。

“我前一段时间关注过众筹，没想到 A 省干劲这么足，那我的项目也可以采取众筹模式进行推进。”

“当然可以啊，你这个环保项目做好的话，盈利是相当可观的。你可以采取引进社会资本，担保公司、保险公司，以合作单位的模式进行众筹，有这样的公信力，加上你的市场专业度，资金应该不是很大的问题。现在已经不是一味依靠银行贷款的年代了，要广开渠道，紧跟形势。”

没想到陈县长讲起经济来头头是道。我们三人越聊越投机，不知不觉就过了两个小时。有人敲门，陈县长说：“哦，是我的老乡，咱们一起吃个饭，好吧。”

我和张总陪陈县长到隔壁的房间。这是一个非常简单的房间，桌上早已摆有厨师做的家常饭，也摆上了他们爱喝的酒，这个酒不是茅台，也不是五粮液，是大家熟知的地方名酒。我原本不习惯在这种场合饮酒，但今天例外。一来是周末，二来聊兴正浓，喝一点酒有助于加深感情，难得与陈县长这样的知音相遇，也是缘分。或许是近来过于疲倦，大家推杯换盏，才过几轮，我已经有些招架不住了，头晕目眩。但今天高兴，又难得获得这么多重要信息，多喝几杯也无妨。

吃完饭已经将近午夜 11 点，我已经感到身体有点不舒服了，正好这时有人提议：“大家不妨走个 KTV，喊两嗓子，解解酒吧。”陈县长见我有些不适，便为我安排了县城一家招待所临时住下，待天亮再回 S 城。

第十三章
学会妥协

要学会说服,先学会妥协!

这是我在团队协作中总结出来的经验,并且始终奉行。它们被我誉为思想沟通和统一认识的法宝。创业以来,我几乎无时无刻不在说服与妥协这对矛盾体中做出选择,它们已成为我应对突发状况不可或缺的方法。

回首几个月前,在首都参加金融群活动时,当我第一次与IT行业精英汪总深谈时,当我第一次从他口中得知“互联网+”与众筹模式的组合时,我就深深地意识到这将会成为我开发城镇化市政项目的重要途径,至少有诸多可借鉴之处。但我的想法一经提出,就被兰芝直接否定了,尽管她的说辞是婉转的。那时,我唯有妥协。对于一个连PPP模式还不了解的人,对于众筹的认识还停留在理论消化程度的人,没有说服的资本,那么妥协就成为唯一的办法。

但当我从陈县长口中得知“互联网+众筹”的真实案例后,当我已历经数月的钻研与实践,对众筹模式有了一些尝试后,也就具备了说服的资本。当然,如今的情势也与那时不同了。兰芝虽然依旧没有明确表示加入我的项目团队,但这一路走来,在政府眼中、在竞争对手眼中、在其他合作伙伴眼中,她早已成为我们团队中的一员,并且扮演着重要的角色。团队成员之间有了利益牵扯,即使再把自己置身事外,也无法真正理清瓜葛。况且,兰芝于我的意义又与旁人不同。我对她珍视,或者说是一种依赖,犹胜于他人。所以,我必须争得她的首肯。当然,在此之前,我还要去拜访一位相知恨晚的故友。

首都一别,转眼数月。期间我虽然也与汪总偶尔联系,但仅局限于相互寒暄,至多是一些朋友间的关心,从未主动谈及城镇化市政项目开发的情况,而他也心照不宣。去首都见兰芝之前,我刻意提前了行程,先去见了这位 IT 精英。

还是那个略带慵懒又颇富小资情调的办公楼,充满朝气的高能团队,宽松的办公环境,让我着实羡慕了很久。今天再次造访,一切是那么熟悉,汪总依旧满脸欢颜,如老友相见般喜悦。

“咖啡和蛋糕都是您上次品尝过的。”

“是吗?”

我在汪总办公室一角的沙发坐下,仔细看了看秘书送来的蛋糕和咖啡,忽然想起上次我来的时候,也是坐在这张沙发上,同样的位置,同样的餐点,可是那时一脸愁容、迷茫失落,居然没有留意边咖啡是拉过花的、点心是提拉米苏这些细节。看来,人的心情真能左右思维呀!

“我那时脑袋像根木桩。”

我突然咕哝这么一句,汪总不解地看了看我。我才意识到方才失言了,便插科打诨地把话题岔开去。

“邢总,一转眼几个月过去了,看你意气风发的样子,想来是项目大有进展。”

“汪总猜得没错,项目我们拿下来了。”

◎ 债权人

“恭喜,恭喜,这可是大事,得好好庆贺。”

“庆贺还是等项目竣工再说吧,我现在只感觉压力山大。”

“看来邢总心中已有计划了,今天来找我是无事不登门呀!”

我笑了笑,喝了口咖啡,也借机理一理思路。实际上,此行有两个目的:一是再次向汪总咨询“互联网+众筹”业务如何运作,相比上一次所提出的问题,更有实践性和针对性;二是寻求与汪总合作的可能性,虽然上一次见面时,汪总已向我抛出了橄榄枝,但商场是瞬息万变的,此一时彼一时的事情太多了,我需要再次确认才能做进一步打算。

“既然瞒不了汪总,那我就开门见山了。”

“洗耳恭听。”

“汪总之前向我提起过‘互联网+众筹’的方案,我回去认真考虑过,想做一些尝试。”

我把想法同汪总悉数说了一遍,虽然有些想法过于稚嫩,缺乏实践的可能性,但也不乏闪光之处。比如开发项目专属网站,通过网站公开进行众筹,这样可迅速扩大信息传播范围, 更能吸引省外社会公司力量, 扩大项目规模。当然要实施这些想法,既需要政府的支持,也需要建立一个专业团队支撑整个项目开发。不仅需要充足的资金支持,还需要专业化人才。

汪总对我的计划一如既往地支持, 但他也提出了合作共建的模式,这样虽然解决了我这一方缺乏专业化 IT 人才的问题, 但合作共建到底采取哪种方式,是外包模式,还是共同开发模式,一旦牵扯到利益问题就谁都不愿先越过雷池了。我心知城镇化市政项目虽然不好做,但其中的利润也是相当丰厚的,有谁不想来分一杯羹呢?

与汪总的深谈不知不觉竟持续了半天时间,尽管汪总再三挽留,我还是没有留下与其进晚餐。因为有个人已经等了我整整一个下午。

我赶到望京区时已经黄昏了。兰芝穿着一袭白色印花连衣裙站在路口张望,身后是两行高大的槐树,在夕阳余晖的映衬下,宛如一幅油画。一时之间,我竟然忘记了年龄,仿佛回到了曾经的青春岁月。

"不好意思,我来晚了。"

我绅士般地为她打开车门,扶她上车,沉浸在油画的世界里。虽然只有这片刻,已经足矣。我甚至有一点想入非非,如果在学生时代能够遇见她,说不定会有一段奇妙的经历。少女时代的她会是怎样的呢?

"我带你去个好地方。"

好地方? 会是什么地方? 我登时怔住了。由于司机老陈在场,我也不便多问,但内心却有一丝莫名的兴奋,又有些许害怕。兴奋的是,除了妻子, 还从来没有第二位女性对我说过这样的话。而这句耐人寻味的话,仿佛只怪听者有心了。害怕的是,万一去了某些地方,被司机老陈知道,极有可能传到妻子耳朵里,尽管他们只是远房亲戚,但也算是自家人。当然,这些还不是重点。重要的是,我无论如何不会做背叛妻子的事,也不会突破我的道德底线。

我相信自己足以抵抗任何诱惑!

兰芝一路指引老陈把我们带到了一处僻静的别院,上书"雅韵"两个字,一道普通的红漆木门,门前两株垂肩细柳随风轻拂。刚走到门口,一阵悠扬的琵琶声传来,勾人心魄。此时,夜幕悄垂,华灯初上。木门内走出一位身着旗袍的年轻女子,正出来掌灯,见我二人站在门口,便主动相问。

"请问两位是来用餐的吗?"

一个标准的江南女子,操着一口标准的普通话,像跟着录音机一字一句学出来的。乍听之下,倒有一股毛骨悚然之感。兰芝点了点头。我们跟着这位江南女子进了院子。

院内,小桥流水,亭台楼阁,假山飞瀑,在北方建起这样地道的江南景致实属难得。湖心小亭果然有一位女子正在弹奏琵琶,曲声悠扬,大有勾魂摄魄之意。整个院子虽然弥漫着古香古韵的气息,但却有几分诡异。我不免有些不安,但兰芝却并不在意。

◎ 债权人

入得屋内，照旧是古风古韵的装潢，红木餐桌上摆着仿清盖碗，正中的香炉中燃起玫瑰香，香气袭人。但从入得院内到现在，始终未见其他客人，我心底不禁嘀咕起来。

“邢哥，坐吧。”

我们选了一处靠窗的位子坐下，窗外正对着院中天井，四周满是花草，格调幽雅。我还是第一次来这样静谧的地方谈事。

“这地方真是特别。”

“还喜欢吗？”

“我第一次来这种地方。”

“真的？”

“真的。”

“我不信！”

“是真的。”

或许是昏暗灯光的缘故，或许是这里迷迭香气的影响，今天的兰芝格外不同，散发出一种我从未见过的优美气质。虽然平日里很多人视她为女神，但我却不以为然。可是今晚，她的确是一位女神！

“邢哥，你今晚来找我，不仅仅是吃饭这么简单吧？”

“当然不是，我确实有事同你商量。”

“看来你已经把我当成团队一员了！”

“你一直都是。”

“好吧，我很感动，洗耳恭听。”

我向兰芝坦白了见过汪总的事，也详细说明了我打算做“互联网+众筹”的想法。虽然之前也向兰芝提起过，但那时连我自己也没想好要怎样发展这一块内容，在表达上难免有些混乱，被兰芝否定也在情理之中。但今天我是有备而来，不仅在汪总那里充足了电，事先也经过深思熟虑。我想这一次的方案应该能得到兰芝的肯定了。

“邢哥,在这种氛围里谈工作有些不和情调啊!”

“呵呵,是有点不和情调。不过W县那边马上要确立项目实施方案了,我想把这个方案一起纳入整体方案中。”

兰芝听罢,沉思良久。我夹起一块玫瑰糕递到兰芝盘中,这是她最喜欢的味道。兰芝朝我笑了笑,我心里反而忐忑起来。以我对她的了解,她越是朝我微笑,我心里越是没底。

“邢哥,利用互联网是个好办法,上次你向我提这个方案时我没同意,有我考虑不周之处,但上次的方案中也确实有天马行空之感,这次的方案脚踏实地多了,虽然还有些瑕疵,但总体来讲可行性已经相当高了。”

她这样一说,我提到半空的心终于放下一半了。虽然没有完全同意我的想法,但至少互联网与众筹合作的模式已经得到认可,说明我的大方向找对了。接下来是怎样与兰芝达成进一步共识的问题。

“你能给我这么高的评价,我都有点激动了。”

“不至于吧,我可不是总泼你凉水的。”

“这是不是说明我进步很大?”

兰芝点点头,看着如同小学生一样的我,扑哧笑了。这是我们之间第一次相处这样随意,至少我的心情是完全放松的。之前与她在一起,总是有意无意地把她当作老师,而自己退居到学生的位置。有些话、有些想法也自然不敢在她面前表达出来,即使鼓足勇气说出来,也只说出了五六分,每每到关键时刻就语无伦次了。

“邢哥,我觉得这个项目咱们还是谨慎一些好,虽然互联网金融已经相当普遍,项目官方网站的事情我也很支持,但毕竟通过网站宣传众筹项目,总有一种集资的感觉,比如您作为社会担保公司看到这样的网站,会有心动的感觉吗?”

我顺着兰芝的思路思考,也发觉这种方法有些不妥。习惯先妥协的我,采纳了她的建议,但我仍然坚持建立项目网站,公开介绍此次项目,以吸引更多社会公司关注。同时汪总也加入了我们的团队。虽然这种宣传方法和合作方式意义不大,但基于我的坚持,这次轮到兰芝妥协了。

在说服兰芝和宋总后,我的小团队终于统一了认识,开始了第一轮的协作。虽然我们拿下了标的, 但并未与 W 县政府签订正式的项目承包协议,也没有明确双方的合作方式。因此,我下一个说服的目标是李副局长和陈县长。

陈县长那里是自不必说的,“互联网+PPP 模式”正是他力荐我采纳的。我们双方早有共识。问题的关键在于李副局长, 这位军人出身的领导,不知道对互联网的了解有多少,至少与他多次交流中,从未听他提及过“互联网”这三个字,而他在我面前使用手机最多的是接听电话,我从未见他使用手机上网浏览信息, 甚至现在较为火热的微信等新媒体社交工具,也从没见他使用过。所以,说服他接纳“互联网+PPP 模式”会有相当大的难度,况且李副局长可不是一个轻易能被说服的人。我和兰芝做好了万全准备,与陈县长一道去见李副局长。

A 省省会,市政工程局办公楼。

虽然与李副局长见面多次,但来办公楼见他还是第一次。办公楼坐落于市中心,毗邻河边。李副局长正站在窗前欣赏对岸的景致。这些年来 A 省的发展呈现严重的两极分化, 省会作为副省级城市, 无论建设资源、投入资金还是专业人才的供给都是全省最优质的,而其他城市、县市拿到的资源要差很多,经济发展迟滞,有些县级市仍旧保留 20 世纪生活水平。W 县就是其中的一个。此次重点开发 W 县的市政工程,也是李副局长上任后主抓的首项市政工程,已列为全省年度重要工程。对这样一个备受关注的项目,李副局长的紧张程度可想而知。

“领导好,我们两个不请自来了。”

兰芝一进门就率先打了招呼。简单寒暄过后,我阐明了来意。

“李局,这次我们来主要是想向您汇报一下 W 县城镇化市政项目开发的一些想法,想请您百忙之中帮我们把把关。”

“有什么想法,只管说。”

李副局长乐于听取我们汇报情况，一方面获取了第一手的项目进展，另一方面作为自己主抓的大项目,关系到政绩,也关系到 W 县经济发展，万一项目开发偏离了最初的预想,也就辜负了他的一番努力。

“李局,我们想运用‘互联网+PPP 模式’来运作这个项目。主要是想通过互联网进行项目宣传,吸引社会公司的关注,增加众筹砝码。至于项目资金运作,前期启动资金我们公司可以先调集一部分,后期资金一方面通过众筹来获取，一方面通过银行贷款解决，再有还需要政府的大力支持，特别是后期回款方面,是否可以缩短回款周期,这样也能缓解我们公司的压力。尤其是工程方面,农民工的工资我们是不会拖欠的,但是我们毕竟是中小企业,长期押款很容易导致资金周转失灵。另一方面就是建筑施工由我们公司全权负责，我们合作的公司中已具备了建筑施工资质和经验。目前初步安排是这样的。”

李副局长点起一支烟,深吸了几口,一语不发。我看了看兰芝,她素来最会察言观色,又机智善变,想让她帮忙打个圆场,没想到李副局长自己先开了口。

“想法不错,安排也很妥当。众筹的方法我是支持的,但是通过网上宣传众筹不太好，虽然这个项目由你们公司承办，但毕竟还是政府的项目，又关系到惠民工程,不能给老百姓一个圈钱骗人的印象,将来政府的公信力何在？”

“是的,领导提示的非常重要,我们会控制好项目在网络上的曝光程度,避免直接宣传众筹的内容。”

兰芝的随机应变和圆滑世故尽露无疑。当然,这种退让、妥协是出于对政府公信力的考虑,也是我事前没有考虑周全之处。

◎ **债权人**

不过，兰芝的妥协并没有让李副局长满意。双方商议的最终结果是由政府出面监督网站建设，包括所有宣传内容和项目的监督。

这一场谈判最终还是以我们妥协而宣告结束。但这并不意味着我们输掉了谈判，至少我们在项目开发自主权方面的退让，也换回了政府对项目的高度关注和监督，如此项目开发过程中遇到的一些难题，也自然而然地交由政府出面协调。

可以说，这一场谈判，既是相互妥协的过程，也是相互说服的结果。

第十四章 项目落地

落地，也就意味着埋下了种子，静待开花结果了。只要有足够的耐心，就能完全抵达彼岸。整个方案过了李副局长这一关，也就标志着驶向彼岸的船起航了。至于W县政府、陈县长，虽然也对项目方案提出了一些质疑，但都是无关痛痒的小毛病，我们稍作修改便正式敲定了方案。

从项目立项到方案落地，从单枪匹马到结伴同行，从四处碰壁到能人相帮，如梦如幻。当我合上整个方案时，眼眶竟有些湿润了。这一路走得不容易，多少个不眠之夜，多少次推翻重来，汗水、泪水、心血都凝结成一个一个方案。此刻，我如同一位含辛茹苦将孩子抚养长大的母亲，无法掩饰内心既喜悦又有些失落的矛盾心情。

晚上10点多，我接到W县合资中心主任的电话，告知我改天在W县政府办公楼举行城镇化PPP合作项目的签约仪式。辛苦了大半年，眼见项目终于要落地了，我却没有太多喜悦，越是了解项目的每个细节，越是能够体会这个项目实施过程中可能面临的风险。我不是一个粗线条的人，也不像很多老板那样能够放宽心，我对于这个项目的紧张程度不亚于李副局长。我们一个是押上了个人职业生涯，一个是赌上了身家性命！谁都输不起。

当前国家新政上台，对城镇化市政项目的推进给予大力倡导，对 PPP 模式也大力推广，以前的 PPP 模式已经落后经济发展形势，无法再推进了，新兴 PPP 模式采取公私合营、引进社会资本的形式，使 PPP 模式得以延续。所以在市场普遍观望的情况下，这次签约的到来，无疑是一个具有突破性的里程碑。我接到电话时，内心的兴奋还是溢于言表的。

第二天早上，我约了兰芝和宋总一同前往 W 县。9 点整，我们如约赶至 W 县政府会议室。参加签约的双方，一方是我们公司下属的项目公司，合作方是北京著名的 PPP 模式运营公司，也就是兰芝供职的那家培训机构的母公司。之前，我在国内领先做这种模式的企业和运营方中经过筛选和比较，加之对兰芝所在公司运营情况和成功经验的深入了解，慎重地选择了这家公司。

毕竟经过多次考察，这家公司的思路、组织架构、人员、高管背景都比前期接触的几家要好得多，专业化程度更高，堪比欧美发达国家同类公司水平。兰芝特地从总部请来一位专家陪同谈判。此人说话干练、长于世故、机敏过人，谈起 PPP 模式的经典案例来，如数家珍，思路清晰，是难得一见的谈判高手。当然，到了这个时候谈判基本上是在履行程序，而更主要的是为签约仪式做服务。

当然，与兰芝所在公司的母公司洽谈合作事宜并非一帆风顺。尽管兰芝为我讲解了很多关于这家公司的经营理念和手段，但毕竟作为中小投资者的我，在资本条件、专业化程度等各个方面都处于劣势，能够争取到与这家公司的合作，兰芝居中下足了功夫。

政府这方县长、副县长、主管城建的以及招商局的局长和各方相关的部门负责人悉数到场。我一看今天的签约仪式，有专做 PPP 城镇化的企业，还有来自旅游合作方、物流合作方、房地产开发商等不下十家合作单位，大有集团签约的架势。这是当前的流行趋势，任何一个开发项目只要与政府搭上界，就会成为一块热闹蛋糕，被集团瓜分。

看来今天的签约仪式，政府是下足了力气。要不在这种环境，经济下行的前提下，能有这么多家前来进行签约，实属不易，说明了政府从上到下全力进行招商引资，同时也说明了签约的企业也看中了这块宝地。毕竟单就我来说，经过几轮的沟通交流，双方已经就合作心照不宣，所以推行起来、沟通起来畅通无阻，这次的签约也顺理成章。

第一家签约的就是我这一方，看来政府把我们这方作为一个重头戏，协议的内容在签约之前我已经大概了解。框架协议的内容一方是W县政府，一方是我所合作的北京基金公司，第三方就是代表政府运营的城建投公司。

协议的内容为W县城镇化如何开展，项目总体金额大约有20亿。

合作方式：以城建投为首代表政府进行合作。基金方代表我这方，是对政府的PPP项目具体进行策划、包装、招商引资，包括投资和建设。基本上双方就合作的框架，投资所成立的项目公司的名称以及金额、注册资金、到期的情况、到位情况都一一做了说明。

在框架协议中，尤其值得注意的一点就是，双方对下一步融资招商权责的归属问题，W县政府要求作为基金担保和项目运营的我方在规定时间内完成融资和基础建设两项主要内容。对我这个建筑行业新手来讲，压力山大。虽然有宋总的加盟，但我始终隐隐有种不祥的预感。毕竟政府给的条件相当优厚，也拿出了相当大的诚意，这对A省甚至这片区域的城镇化是一个标杆性的、标志性的合作。如果合作成功，对我们公司发展是一个跨越式的促进，也是A省县域城镇化合作的一个新样本，所以我郑重地签下了名字。

政府这边代表方城建投的李总也签下了他的名字。第三方代表政府的监督方也签了字。三方共同交换了协议文本。简单握手、互致祝贺后，便各自归座。我第一次在签约现场见到人的表情可以变化如此之快。从签约台下来,李总的脸色就阴郁沉闷。

第二位上场的签约方是来自香港某旅游集团,想要开发本地的旅游资源。毕竟,这里的旅游资源非常丰富,文化底蕴深厚,也是老区。经过几年的打造,已经享誉 A 省,甚至广告也做到了首都。在这样班子团结的前提下,进行招商工作,也非常有利于业务的开展。港方代表更是大手笔签下了,在未来的 5 年内近 30 个亿的投资项目。

接下来的一些小房地产企业、物流企业陆陆续续上场签约。今天的签约仪式大概有几家企业,在未来的五年内,如果陆续能到位,将对 W 县的开发建设有很大助益,投资总额度能达到近百亿。对未来 GDP 的提升以及经济的拉升和一系列的提升带来不可估量的价值。

今天的签约仪式，可谓几家欢喜几家愁。作为我这样的中小投资者，能够赶上这样规模的项目，也搭上了社会经济发展的顺风车。若在以前，这是我万万不敢想的事。若没有 PPP 模式,没有众筹,没有结识兰芝和宋总,今天也不会顺利签约。这也是我无比珍视这个项目的原因。

签约完后,在小范围沟通会上,我与基金方和陈县长聊起了下一步合作的情况。

“努力了这么久,今天项目终于落地签约了,我也算长舒了一口气。”

“希望你能把这个事做好,能让我们政府、老百姓以及你们企业三方都受益。”

“当然,PPP 模式我们探讨的初衷也是想让我们多方受益。但是,也希望政府把我们的项目,及时进入省里面的 PPP 资源库,以便很快进入国家的项目资源库,能争取到国家的一些支持和资金。”

“那是当然,只要我们这边项目签约以后,马上政府的相关部门,我们双方的项目公司就要成立，同时你这边的招商、设计人员要马上到位,我们分配好时间,在规定时间内双方各自人员、资金都要到位,快速打开市场，让各方能看到我们实质性的推进，这样才能吸引到更多的社会关注，才能做好众筹。你一定要亲自把关，不能辜负我们对你公司的厚望。”

“我方保证一定全力以赴，把事情做到、做好。也请领导放心，我们既然来，一来看中了你这方的宝地，也看中了你们班子的团结。我们认识多年，大家的价值观已经基本达成一致，合作起来不用再进行思想统一，自然没有后顾之忧，所以请你放心，我们这方一定会全力以赴做好这件事情。”

出来以后，正好中午，在局里的机关食堂，大家三菜一汤简单地吃了，没有以前的大鱼大肉大酒。我感到了无比的轻松，和县委办公室主任开起了玩笑。

“主任啊！现在看到你气色不错呀！”

“当然了，以前每天最少两到三顿，每天头昏脑胀，这局下来还得上另一局，身体三高，失眠，每天昏昏沉沉。这样多好，大家简简单单，吃得舒舒服服，没有任何压力，中午还能短暂午休一下。真是感谢这届政府的一系列政策，挽救了我们的肠胃啊。”

大家哄然大笑：“是呀！我们三菜一汤，吃得舒服、简单快乐，也希望我们以后的工作合作起来简单高效。”

吃完饭，大家各自握手道别。我立刻返回了省城，毕竟现在不同以往，不能再拖拉时间，效率低下，把时间、精力浪费在无谓的应酬上。我感觉到从未有过这样的高效率，心情大为舒畅，一路看着沿车窗而过的景色，脑子里面感慨万千，尽管现在经济下行，政府企业空前的压力大。但是，毕竟这也是促使企业转型的好时机，不主动适应、主动求变、主动转型只能被市场淘汰。只有这样，才能获得新生，希望从今天开始，这个签约开始，我公司也在困境之中获得新生。

签约成功后，我们迅速投入项目开发中。根据团队分工，我负责融资和洽谈施工队。由于业务不熟，由宋总协助我完成，而宋总则负责图纸设计和工地验收等工作的对接。

最初的几天，我不停接触各色施工队、包工头，联系、沟通、谈判等等事情都由我一力承担。虽然助理小张一直陪在我身边，但我仍然感到力不从心。最难对付的是包工头！即使宋总早就告诫过我，但真到与他们一对一谈判时，我才发现自己对建筑行业不只是外行，甚至连初级学员的水平都够不上。像这样不平等的谈判，我在短短一周之内经历了大小十余次，已经谈得焦头烂额。原本是打算由宋总亲自来谈的，结果宋总公司出了点状况，实在脱不开身，我只能霸王硬上弓了。

今天约见的这一位包工头名叫苏大壮，是宋总推荐过来的。当他把名片恭恭敬敬递到我手里时，我差一点笑出声来。没想到在这样紧张的时刻，我居然还有心情玩笑。其实苏大壮在来之前，已经与宋总深谈过一次了，对于工程有了大概的了解，只是对于人工和施工时间这些细节问题还不大了解；况且关于工程外包价格这些与资金相关的敏感话题，还需要我来做最终定夺。所以，宋总干脆把他引荐给我，我们直接谈价，也省去了他作为中间环节相互传话的辛苦。当然，以我对宋总的了解，他更有避嫌的想法。

“邢总，您看起来脸色不大好，是不是工程不好做呀？”

“没什么，只是有点累。”

我不是善于与人打交道的人，尤其来自陌生人的关心，总是有意无意地避而远之。以我在社会打拼的经验来看，古人那一句“无事献殷勤，非奸即盗”确实有道理。不过，苏大壮却不以为然，仍旧满脸堆笑，开始套近乎。

“邢总，我听宋总提过，他跟您关系是相当铁啊！其实，我跟宋总的关系也很近，要是按老家的辈分算，他还得管我叫‘叔’呢，不过在这边我得管他叫‘总’。”

“哦。”

我对这种套关系的说辞有些反感。苏大壮似乎看出我不大理会他这一套,便又想从其他方面突破。

“邢总,咱们这个项目什么时候开始动工呀?”

“大概 8 月份。”

“哦,算算也快了,您看我什么时候让工人入驻呀?”

苏大壮的话着实让我心中一惊，他似乎已经把 W 县两个工地收入囊中了。虽然宋总之前向我提起过他与这位苏大壮洽谈项目的进展情况,但建立合作关系并非只看中人脉,更重要的是能力。没有见到过苏大壮施工队的真实水平,我无论如何也不敢放手让他们去做。

“这个先不急。你们之前做过哪些项目?”

苏大壮心知我对他并不信任,便一股脑举出了好几个工程,都是 S 城知名的建筑项目,其中不乏广场、商业街的项目。尽管我的建筑知识勉强达到了扫盲班的水平,但足以分辨这几个项目在施工上的难易程度了。苏大壮虽然没有骗我,但他的话中也确实掺了很多水分。

“西区的商业街是你们施工的?”

作为一家普通的施工队,缺乏专业化的人才,是不可能修建出仿古的亭台楼阁的。我刻意挑了这一区来问，也是想考验一下他的话几分真、几分假。

“是啊,当然是我们建的。”

没想到这位苏老板却斩钉截铁地应下了，连思考的片刻停留都没有。显然,他回答这个问题时完全没有经过思考,而是顺口答音罢了。

“我记得商业街上有很多仿古建筑,那么多亭台楼阁也都是你们建的?”

苏大壮到底是在社会摸爬滚打多年的人,这一次终于听出了我话里有话,知道我在试探他,便收敛起自吹自擂的本事。

“这个嘛,邢总真是慧眼。亭台楼阁确实不是我们这种包工队能干出来的,不过我们也确实参与了一些施工的活儿,像装玻璃墙、漫砖、做钢结构这些都是我们做的。不信您可以跟当时的开发商去问，我一准儿没骗您。精巧的活儿咱们不在行,可是卖力气是踏实肯干的。”

我瞥了苏大壮一眼,见他神色慌张,想来刚才所说的是实话,加之宋总向我介绍的一些情况,与他所说也基本相符,便不再为难他了。

“你们施工队有多少人？什么年龄结构？”

他见我开始问实质性问题，脸上显出如释重负的表情，嘴角微微上扬,眼睛也跟着眯成一条缝。

“满员是 200 人,人少时也有 160 人,有十几号女人,其余都是男的。”

“怎么还有女人？”

“邢总,这您就有所不知了,咱们工地上做做饭、拆洗衣服被褥,不都得有人干呀,再说现在流行两口子一起进城打工,为了多赚点钱,两个人都住工地上也省钱啊！”

“哦,都是什么工种？”

“工种可全了,有施工员、质检员、安全员、材料员、预算员、总工、技术员,大工有混凝土工、模板工、砌筑工、钢筋工、架子工、油漆工、粉刷工,还有壮工,壮工一般都是临时招的,看工程量现定,没有固定人员。”

“行,情况我大致都了解了,你先回去等消息吧,离开工还有一段时间呢!”

“邢总,我得提前找人,现在一个工都挺贵的,多养一天就得多花一天钱。”

“我会尽快给你回信的,给你留出来安排人手的时间,放心吧！”

我草草打发了苏大壮，并非对他不满意，也不是对他的施工队没信心,而是担保生意出了一些问题,我必须亲自解决!

第十五章
激流险滩

人生路上难免会遇到激流险滩。有的人被撞得粉身碎骨,也有的人小心避过。抉择不同,其结果也不同。佛家说“种什么因,得什么果”,大概就是这个意思吧！我从不惧怕激流,但没有人愿意整日奋战在激流之中。逆来顺受,还是迎难而上？我毫不犹豫地选择了后者！

此次公司为开发城镇化市政项目可谓倾囊而出,连发员工的工资都要依靠贷款来解决。我对着账务月报上流动资金一栏的空空如也发呆,耳畔响起账务主管喋喋不休的赘述。他在解释这个“空空如也”的来历,也在试图帮我找到任何一份可用的钱。

为了W县这个项目,我把身家性命都压上了。这家公司耗费了我十年的心血。人生又有几个“十年”？倘若一朝失败,我不知道自己是否还有勇气重来？对于我,自从决定做这个项目开始,就已经没有退路了。不,或许更早,从我踏入创业圈开始,就没有退路了！

“有什么办法能解决资金的问题？”

◎ 债权人

账务主管从专业角度罗列出很多账务办法，当然都是做一些账面文章，虽然不违规，但也是在法律边缘游走。我并不赞成这种方法。况且，对于账务技术问题，我并不了解，也不敢妄作决断。

“没有别的方法了吗？”

账务主管沉默了片刻，郑重地答了两个字“没有”。整个会场都安静了下来。虽然自从W县项目立项开始，大大小小的危机接连不断，总是“按下葫芦，又起了瓢”。尽管大家早已适应这种氛围，但这次不一样。听取财务主管的报告后，我甚至心中一惊。

看来，这一次走进了一条死胡同！

不过，更可怕的是，葫芦还没有按下，瓢又起来了。

一阵急促的敲门声打破了会议室的沉静。财务部会计表情凝重地走到财务主管身边，把手机递给他。

“是银行信贷部李姐，说要你亲自听。”

财务主管接过电话，瞥了这位老大姐一眼，便迅速出了会议室。五分钟后，财务主管神色惶遽地回来，手里握着那个电话，一时语塞，怔怔地看着我，脸色涨得通红。

我登时有种不祥的预感，怕是贷款出了问题。难道项目要难产？我不断地自我安慰、祷告上苍！

“出了什么事？”

“贷款有点麻烦。”

这位财务主管要是再不开口，我的心真要跳出来了。但提到“贷款”二字就触到了我那根敏感的神经，整个人一下子紧绷起来。

“什么麻烦？”

“是下属一家公司的贷款逾期了3个月，已经被银行列入不良信用客户了，有可能会影响下一步的贷款和融资。”

财务主管像犯了错的孩子，声音不断缩小。而我的怒火却结结实实地爆发了。

“怎么会逾期3个月？你们财务部门事先不掌握情况吗？贷款超期不还，你们不追问吗？银行呢，事先也没有告知吗？这些情况为什么不早点报告我？”

会议室里又是一片沉寂，只听到我一个人的吼声。我极少在公司发脾气，总是给人一种儒雅、温和的形象，今天突然爆发脾气，让很多人有些不适应，吓得不敢吱声了。待我火气稍退，助理小张亲自端了一杯绿茶给我。

“邢总，消消气，这段时间咱们把主要精力和人力都投注到W县项目开发上，公司一些日常事务管理上有些吃紧，再加上新调上来的一些人不熟悉工作情况，难免出现一些纰漏，财务主管也正在进行部门整顿呢！”

“整顿什么，这就是整顿结果吗？你知道因为这一单业务有可能让整个项目都停摆吗？这个损失有多大，你们想过没有？”

这时，财务主管已经完全呆住，怔怔地望着我。后来，从他的口中得知，那时的我如同雷霆震怒一般可怕。在那之后的很长一段时间里，他都不敢同我多讲话，也不敢正视我的眼睛，说是害怕那股杀伤力。

助理小张凑到我耳畔，低声劝我。

“邢总，现在不是发火的时候，咱们得想办法解决眼前的危机。还好只是一单业务，您跟杨行长不是还有些交情吗？此时不用更待何时呀！”

经他一番提醒，我清醒过来。一方面打电话给久未联系的杨副行长，想办法解决；另一方面让财务部门迅速筹钱，哪怕是停掉一些项目，也要先把这笔贷款凑齐，越早还清贷款对公司越有利。

然而，人总是祸不单行的。杨副行长碰巧在外地挂职锻炼，虽然在他的极力斡旋下，银行方面同意了我们的转贷方案，也顺利通过了贷审会，但远水终究解不了近渴。由于我们涉及拖欠利息问题，之前的贷款迟迟无法转入正常状态。对于特殊状态下的贷款，无论谁都会格外关注，何况是一位新官上任急于做出成绩的新行长呢？

◎ 债权人

由于经济下行，银行的日子也不好过。一个行业是无法对抗整个经济环境的，尤其这个行业又作为经济链条上的基础环节。其他行业所转嫁的金融风险过多，导致了银行业发展比其他行业更加艰难。所以新行长把控制金融风险放在了首位，上任伊始提出了两大举措：一是暂停新贷款，二是确保存量贷款正常运行。

“邢总，领导让所有的逾期贷款企业、客户要过去面谈，并且在今天抓紧办理相关的转贷业务，让法人代表和业务负责人必须到场。”

当我接到银行信贷部客户经理的电话时，并不感到意外。季度末几乎是每家银行的一次大考，配合银行做好贷款回收的解决实质上是双赢的选择，既解决了公司的资金困境，也帮助银行缓解了经营风险。我个人是极力支持的，虽然我必须为此而推掉一些工作，调整出行计划，但对于关系到公司资金问题的大事，再忙碌也要抽出时间。

翌日，为了抢时间，我和财务人员赶在开门之前到达了银行。远远望见营业厅门前站着很多等待取养老金的老人，清晨的阳光下，老人的背影笼罩着一层光晕，他们谈论着，欢笑着……有些老人手中还拿着早餐。他们自有他们的世界，一个仿佛世外桃源般的世界。

“真羡慕他们啊！”

“邢总，您这是怎么了？”

“说实话，我什么时候也能像他们一样，过上简单潇洒的日子，什么都不用管，也不用为贷款发愁。”

说罢，我和财务人员相视而笑。这是我的终极梦想！

对公业务在 VIP 厅办理，我们绕过营业厅前门，从 VIP 客户通道乘电梯直抵二楼。财务人员忙着和银行信贷人员办理转贷手续，我的大客户经理则一直陪同我解决利息问题。因为贷款逾期问题，公司将面临银行的罚息处理。

我拿着银行的罚息处理清单，沉默良久。清单上的数字简直吓了我一跳。原本每月还欠的利息还不是很大，也是在公司能够承受范围内的，是财务部门经过缜密测算过的，但现在清单上罚息金额已近百万元，远远超过利息本身，并且是在全年预算之外的支出，公司根本没有事先准备，加上近期我把能调动的资金都调到了 W 县的城镇化项目中，实在拿不出多余的资金交罚息了。

我看了看财务主管，他仍旧是昨天那一副惊恐的表情。我虽无责怪之意，但公司面临这样严峻的形势，作为财务主管的责任心使他总有几分“无颜以对”的惭愧。

我叹了口气，飞速思考解决之道。从哪里还能借到这么一大笔资金？而离银行规定的缴款日期只剩下一天了，就算是众筹也来不及啊。此时，若有面镜子，我照见自己脸上的表情，只怕也会被自己吓一跳的。我随手端起茶几上的一杯茶就往嘴里递。

“邢总，我去帮您换一杯吧，这茶都凉了。”

大客户经理正温切地望着我，我怔了怔，把茶杯放回了原处。

“小田，公司还有多少能运用的资金，算到千位吧！”

趁大客户经理去换茶的机会，我窃声与财务主管商议。他心中盘算了片刻，见大客户经理端了两杯热茶过来，便在计算器上打下了一行数字。我看了那一行数字，心中凉了半截，看来还得寻求援助。

“情况有点复杂，今天是最后一天，可是利息我们筹措不上，民间借贷今年已不如去年，我们调度资金也力不从心。你看怎么办才好？”

客户经理见我刚才的举动，虽然预料到我会拖延缴纳罚息的时间，但没想到我们公司居然一分钱也拿不出来。他立时目瞪口呆，一时之间也不知该如何解决是好，只好把我们“上交”给信贷部主任了。

“这事得找我们主任商量了。”

“我们一起去见主任方便吗？”

“这……”

“我们直接去找主任，会不会对你造成什么影响，我们公司倒无所畏，反正现在是破釜沉舟了……”

“那好吧！”

那位客户经理不大情愿地带我们去见了信贷部主任。信贷部主任是个极聪明的人，也从侧面了解到我与杨副行长的关系，态度上倍加亲切。

“邢总亲自来了，快坐，快坐。”

主任招呼我们坐下，留下了那位客户经理手中的资料，便吩咐他去忙了。我见主任亲自接手了，加上我们相识多年，又碍于杨副行长的关系，心里有了底儿，便开门见山地道出了自己的困境。

“王主任，我这块您也知道，由于自己回款困难，也受到关联企业的影响，所以这几个月资金迟迟归纳不上来，利息也欠着。加上我最近又在筹备开发 W 县的城镇化市政项目，资金都压在项目上了，实在调动不开资金了。咱们银行通知我今天必须把贷款和利息还上，这点我想尽办法也要解决，但困难的是罚息交不上，实在解决不了了，只好来麻烦您了。我们也不是让您犯错误，您看咱们能不能从正规渠道上想一些变通的法子？”

王主任站起身，边踱步边陷入沉思，这是他习惯的思考方式。见到他这样，我悬着的一颗心终于落下一大截了。

“你的底线是多少？”

“还清贷款和利息。”

他问得干脆利索，我答得斩钉截铁。之后，他继续陷入了沉思之中。办公室内鸦雀无声，我和财务主管小田静静地等待王主任的“终极判决”。

“不大好办，我们银行的情况你也清楚，咱们认识多年，能帮你的时候，我绝不推辞，不过我就是个小科长，手里的权限有限，这点你也知道，办法不是没有，可是你得让我这边说得过去。”

这么说，就是有希望解决。我和财务主管对望，终于要拨云见日了，两个人一扫方才的忧愁，展眉而悦。

“主任您说，我们一定全力配合您，只要能渡过这一关，我们公司就有希望了。”

王主任望着我恳切的眼神，叹了口气。想来这方法令他有些为难。

“你看今天能不能交一半罚息，我去向行长帮你们申请特批，先把你们的贷款转为正常，这样不影响你们下个月的贷款发放。”

听罢这话，我也沉默了。王主任又补充了一句。

“这也是我的底线，大家是老朋友了，我才冒这个险。别的话，我不多说了，你也是明理的人。”

我不得不接受王主任的建议，这也是唯一的办法，至少比全额上缴罚息要强。但小田还是一脸愁容地望着我。他刚才在计算器上打下的数字是30万元，罚息的一半金额约50万元，差了20万元无着落。作为财务主管手中无钱，就如同巧妇难为无米之炊。

王主任看出了我的为难之处，又给我提出了一个好建议。

“看来你们连筹措这点钱都有困难了，要不这样，我们临时给你增加授信，先给你们贷款，保障你们的基本运营，也可以支付利息。不过你们得在今天下午三点之前找到这个授信人，这就只能看你们的运气了，看谁乐意帮你们。这是最后一招了，你看，行不？”

“好吧，也只有这个办法了。”

为今之计，也只有这个办法了。可当务之急是找谁去作担保，时间太紧迫了，这种事情在电话里也说不清楚，且不说登门拜访，至少双方该郑重其事地见个面，把担保协议和相关事宜讲讲清楚。否则，谁愿意为了别人把自己牵连到债务中呢？

我走出主任室，果断拿出电话来，飞速翻看通讯录。宋总、靳总、张总、李总，还有兰芝，翻到每一个名字时，我的手指都不由自主地停留片刻，脸中不断闪现每个人的面孔，心里则在盘算该如何向人家开口。可是最后，我一个电话也没有打出去。一来远水解不了近渴；二来市侩一些讲，这些人脉关系我日后还要派上大用场，解决这点小问题就用到他们的人脉，有些大材小用了。我转身时，看了看身边的财务主管小田，他马上意识到我在打他的主意。

"邢总，您知道我家境不是太好，贷款这个事情我们从来没有做过，也不敢说。再说，我家里是老婆当家，万一真有点什么事，她还不把我吃了？我这儿好办，跟了您这么久，我也了解您的为人，绝对不会让下属吃亏，我就是怕我老婆不理解。"

他的话不无几分道理。今年经济形势不好，我一位朋友的公司也出现了资金问题，公司一些核心高管和人员都受到了连累。他以员工名义搞集资和贷款，结果数额越滚越大，最后连累了很多核心高管，甚至给一些家庭造成了"灭顶之灾"，真是家破人亡啊！很多人还为此背上了高利贷，苦不堪言。从我的本意来讲，真心不希望我的员工也步他们的后尘！

小田是公司里出了名的"妻管严"，平时工资全数上交，大事小情都先请示家里的"领导"。他说出刚才那一番话，也在我意料之中。虽然我没有把希望放在他身上，可眼下时间紧迫，死马也只得当活马医了。

"那你再考虑考虑，我也再想想办法，这事儿放在谁身上都不好办，我但凡有点办法也不会向你张这个口。"

"邢总，我懂……"

我们两个人同时沉默了。于公，这次罚息事件财务部门难辞其咎；于私，小田是我一手提拔起来的，我甚至出钱让他去深造，只因为看中了他的人品。在公司财务人员中，他的业务水平不是出类拔萃的，学历也不是最高的，但谨慎踏实、忠厚大度的品质是我最为欣赏的。可是，这次事件，我很难把他的责任摘得一干二净。老话说"遇事看人"，今天我算是体会到了！

第十六章

挺身而出

担保是一种责任，而信任是一种能量。选择我的公司作为担保人的企业，对我而言，是一种莫大的信任。为了这一份信任，我可以披肝沥胆，而责任又驱使我无畏前行。这就是今天我要帮助这家下属公司偿还贷款的原因，但我无权要求他人也陪我一起举债。所以，对于小田的犹豫、退缩，我是可以理解和原谅的。

银行对面有一家面积不大的星巴克咖啡馆。我和小田各要了一杯美式咖啡，坐在墨绿色的户外伞下，各自掏出手机开始联系。

“李总嘛，最近怎样啊，我这边有点麻烦，想请你帮个忙……”

“老婆，我们单位里出了点状况，我想跟你商量一下……”

“……赵总，这点小事情本来不想麻烦你的，可是时间又来不及，我知道您一向重信誉，我这才厚着脸请您帮忙的……”

“老婆，邢总的为人你还不清楚啊，他从来不亏待别人……”

我们连续打了几个电话，情况并不乐观。经济下行让大家不得不紧缩银根，即使有余力的公司也为了自保不过多招惹麻烦。小田挂上电话，闷头喝起咖啡，等待我这边的结果。

“邢总，要不咱们找宋总、王总想想办法。”

“先不急，容我再想想……”

“还有半天的时间，临时找人帮忙也来不及了……”

小田看了看表，神色倒比我焦急。我握着咖啡杯，望着杯上的印有双尾美人鱼形象的LOGO，我不禁想起了舒尔茨——这个把美式咖啡带向全世界的人，在创业之初也遇到了融资困难的问题，是他的坚定才有了今天的星巴克。我不想就此放弃，也不会因为这一点小小的挫折而影响整个项目的进程。于是，我打定主意再去找王主任商量对策，一定还有其他解决办法。

“我这儿已经尽力了，能想的办法都想了，能帮的忙我也都帮了，您看我们也有业绩考核，再说新行长刚刚上任，杨副行长又不在，我一个人也做不了主呀！要不您再跟公司里的人说一说，看看谁能帮个忙。我想您这儿也就是一时资金调配不开，等过几天调配开了，欠款立马能还上。冲您这人品，大伙还是乐意帮忙的。”

我知道王主任确实已经尽了全力，再逼他也无用，还是得从自身来想办法。

“那好吧，也只好这样了，我回去再想想办法，下午给你回信，可能会晚一些，希望你这边能多配合我们。”

“没问题，能做到的，我们绝不推辞。”

我和小田火速赶回公司，立即召开了中层管理人员会议，严峻的形势刻不容缓。我事先让小张已经把公司面临的形势向所有与会人员公布，希望能够集思广益，找出解决之路。

“公司出了一点特殊状况，我想小张已经跟大家说过了，我只想说三点：第一，W县的项目公司必须做，为了公司能够发展下去，也为了大家不丢掉饭碗；第二，公司没有足够的资金来做这个项目，所以必须要贷款、融资，公司的信誉很重要；第三，前段时间由于我的疏忽，咱们下属的一家公司的贷款逾期了，银行虽然对咱们网开一面，但限期半天时间要凑足罚息，可是公司账面上已经拿不出足够的资金来交罚息了，一旦咱们公司没有如期交上罚息，贷款就不可能了，后续的项目也做不成了，直接结果就是咱们面临散伙，你们另谋出路，我申请破产。”

“邢总，公司不能申请破产啊！”

“我们还想跟您一起创业呢！”

“我们出去找工作也不见得比这里好，我们想一直跟您干下去……”

“邢总，您说让我们做什么吧，只要为了公司好，我们什么都愿意干！”

“谢谢……”

员工的热情让我感动，更让我意外。作为一家中小企业，公司能够支付员工的薪酬并不高，能够为员工提供的福利也有限。我从不敢奢望在困境之中，在经济形势不好的当下，能够得到员工们的鼎力相助。

财务主管小田向大家说明了授信的方法，有不少员工主动站出来帮助公司渡过难关。我再次被员工们的热情所打动。为了他们，我必须坚持下去！

“我会尽快把钱还给大家的，让大家同我一起举债，我心里确实不好受。我不是说些漂亮话，是认真的，谢谢大家！”

我向大家深深鞠了一躬。原本，我一直以为在私营企业中员工很难找到归属感，也很难把公司当作家来看待。但事实上，我错了！无论任何企业都能够拥有坚实的团队，拥有忠诚的员工。遗憾的是，我要求员工对我绝对信任的同时，却没有给他们足够的信任。

这个激动的场面，我永远都不会忘怀。员工们争相在授信书上签字，那样的万众一心、那样的众志成城，如同在一起经历一场生死大战。我向每一位在授信书上签字的员工深深地鞠躬，把每一位在公司危难之际挺身而出的员工都铭记在心，这些人将是我日后要报答之人，也是我的公司永远不会辞退的人！这是我作为一名企业主能够给员工的最大承诺，并且终身有效。

罚息的事顺利解决后，另一方面的问题又出现了。虽然从事社会担保行业数载，也遇到了大大小小危机无数，但从来没有像今年这样，一波未平一波又起，仿佛陷入了一个无限循环之中。

作为社会担保公司，原本是解人燃眉之急的行业，但在经济环境下行的时候，救人不成反受其累的例子不胜枚举。近半年来，为了集中资金投入W县城镇化项目，我开始有意识地调整经营战略，不再拓展新业务，对于担保公司的资质也进行严密审核，旨在降低担保风险。但不到半年的时间，还是有两家公司出现了经营风险，并且给我们公司也带来了很大麻烦。

其中一家公司是由于不还款，现在处于退款阶段。另一家公司原本资质不错，也具有一定的偿还能力，却突然出现了崩盘，老板自知无力还债，居然携款潜逃，这样一来所有债务都转贷到我们公司，给公司资金流动带来了极大的影响。尽管我一向对担保对象的信用和偿还能力审核严格，但市场风险无处不在。越是貌似资质良好的企业，越容易毫无预兆地出现风险，而这些风险会自然转嫁到担保方。这是社会担保公司的无奈。

所以说，市场经济是公平的，高利润行业必然存在高风险。为了W县的城镇化市政工程项目能够顺利实施，我必须对公司当前的项目进行重新评估，保留优质项目，淘汰低利润项目，以抽取足够的资金用于W县项目。于是，我陆续展开了“撤离计划”。

近半年来，一些客户借款陆续到期，借款已基本上回收，留下一些资质优越具备偿还能力的客户。只是目前正好遇到银行领导调整，耽误了一个多月的时间，剩下的几户都是处于观望期，如果公司能进行续保，这些客户会毫不犹豫地还款。虽然信誉良好，但存在较大的市场风险，为了确保W县项目的顺利实施，我实在冒不起任何风险，只得安全撤出。甚至连存放银行的保证金和其他管理费也一并撤出，收回了几百万元用于公司的日常运营。

若在前几年，对于我们公司这样规模的企业，调动几百万元轻而易举。但今年经济形势不好，调动一百万元已经让公司捉襟见肘了。这种形势下，唯有把追求利润最大化的经营理想境界暂且放一放，能顺利回收资金、全身而退，已实属幸运。事实上，生意场有很多身不由己之事。即使是自己的资金，一旦投入市场与他人利益绑缚在一起，也就不再只听命于你了。

在调整低利润项目时，我遇到的最大障碍就在于此。有一家三方投资的公司，我作为三大股东之一，尚未谈到撤资，只是想调整投资计划，就已经遭到了另两位股东的强烈反对。一连几轮会议，搞得我焦头烂额。原本熟识的合作伙伴一旦牵扯到利益问题，就变成了陌生人。

周六午后，应另外两名股东要求，见面地点由茶兴社改成了我们公司会议室。周末的公司空荡荡的，没有员工的公司，电脑和打印机也都没了生命力，一切死气沉沉。我不喜欢这样的谈判场地，沉寂的气氛让人心里压抑，急躁的情绪很容易被释放出来。

椭圆形会议桌改成的谈判桌，以主客之道而分，我坐在背对阳光的一面，另外两名股东坐在对面。很自然地分派了立场。这样的谈判，从开始就充满了不和谐的气氛。

原本我打算撤退后，或者由他们出价购买，再以股票转让的形式完成撤资。但经济形势不好，两位股东谁也不敢贸然出资。虽然谁占的股份大，就能得到企业的实际控制权，但同时也承担了更大的市场风险。所以说，市场是公平的，权利与义务是均等的。但事与愿违，除因为利益的纠葛外，这两家公司也遇到了同样的资金问题——谁也拿不出足够的资金来购买我的股权。

为了保障这家公司继续运营下去，不因为我的撤资而产生影响，在征得另外两位股东的同意后，我事先接洽了一位有意向的投资者。找到这样一家公司的难度不亚于开发 W 县的城镇化项目。虽然找到了，但仍然卡在利益分配的老问题上。

我同这位投资人洽谈的底线是前期投入的银行保证金、托管金全部回收，当然能议价最好议价，这几年的付出总要收获一些回报。再说投资人借助我提供的渠道可轻松开拓一个新市场；我可以收回投入资金，而原有两位投资人也不会因为我的撤资而有所影响。可谓是三方共赢的利好之事。但另两方投资人却并不买账。他们总是感觉吃亏了。

所以，今天上午的谈判预计不会顺利。在此之前的数次谈判中，都出现过中断的现象。原本认为坚不可摧的投资模式如此已快分崩离析了。想到这里，三位曾经亲密无间的股东不仅隔阂渐生，还生疏了许多。

周末原本安静的公司，因为会议室沉寂的气氛显得死气沉沉。我们三人相视而坐，各怀心事。我不确定他们是否在私下里达成过什么协议，但有一点可以肯定——他们达成了一个利益联盟。我需要了解这个联盟的底线才能击破他们，实现我全身而退的目标。而且这次谈判只能成功！

"今天是周末，员工都放假了，也没给你们准备喝的，不好意思了。咱们就一切从简吧，先谈事儿，谈完了，我请二位哥哥去吃饭。"

"老邢啊，咱们之间不用这么客套。你约我们周末过来，不就是图个清静吗？咱们打开天窗说亮话，你这次撤资对我们两人的影响很大，为了你那个城镇化项目，总不能牺牲别人的利益吧？"

"是呀，当初咱们三个人投资这个项目时还说好的，要一起干下去，不说'有福同享、有难同当'吧，至少得有个团队精神吧？现在经济形势是不好，你也不能中途散伙吧，把我们两个人晾在这儿？"

话没说几句，桌上的烟灰缸已经树起了小香炉，我刚想说话，就被一口烟呛住了，咳嗽起来。

"我说老邢，你装咳嗽也没用，你咋安排的？你不是说有人想接手吗？

是个啥样的人？”

“是个这样的人！”

话音未落，一位五大三粗的东北大汉直冲冲走了进来，坐到我身旁。

“你是谁啊？”

“我就是你们要找的人。”

“你？”

“是我呀，咋地啦？”

两位投资合伙人满脸诧异地瞪着我。

“老邢，这就是你的不对了，你怎么也没说一声，就把人叫来了？”

“今天是我不请自来的，跟邢总没关系。”

这位东北投资人正是之前在金融群里结识的张总。他投资这家公司，一来有帮我之意，信得过我的为人，才想接下这家公司；二是也想打入S城商圈。虽然S城属于二线城市，但也交通发达，且经济形势正处于快速发展阶段，是投资的热门城市。所以，张总可谓慕名而来，想碰碰运气。我简单地介绍了张总的一些情况，两位投资人深思了片刻，便开始发问。

“既然张总也是诚心，咱们就不拐弯抹角了，你说你要接这个盘子，第一你有多少钱？第二你能给我们提供什么保障让我们放心，毕竟我们没有打过交道，我们和邢总认识几年了，之前合作也挺愉快的，彼此也信任……”

“咱们是不熟，多合作几次不就熟了么，我是诚心想合作，我知道你们的顾虑，我公司咋样，可以带你们去看，像资质什么的资料，邢总也都提供给你们了，你们对我也不是一点了解没有。今天我来就是想谈谈怎么合作，邢总怎么和平退出，我怎么和平进入咱们这个团队，就这点事，咱们也别拖泥带水，利索点，行，还是不行，咱们今天下午最好就把这事敲定了。三位看咋样？”

我自然是乐意的，越快解决此事越好，我可以抽出更多精力投入到城镇化项目中。另两位投资人窃窃私语了半天，最后决定同意张总的建议。

“张总打算出多少保证金呀？”

“邢总出了多少，我就出多少。”

“那年头也不一样了，现在是什么经济形势，再说我们对张总也不了解。到时候，老邢你拍拍屁股走了，我们两个人找谁去？”

我见这形势，便帮衬张总说几句。

“我知道突然撤资给二位老哥带来了不小的麻烦，但是张总的为人我是信得过的。其实保证金这东西，也就是银行存折上的一串数字，能顶什么用？这点两位老哥还不清楚么？咱们不是想办法让公司平稳过渡吗？再说咱们公司也不是铁饼一块，张总的资金比我充裕，他现在接手咱们公司，实际上是在帮咱们，总好过我一直拿不出资金来好啊，你们说是吧？”

两个人听我这么分析，也有些道理。两个人又陷入窃窃私语中。我和张总对视而笑。张总也关切地询问了我项目的进展。在这种场合之下，我当然只是泛泛而谈。

“好吧，我们初步商量了一下，既然邢总这么相信你，我们也看了你公司的一些资料，感觉还是有合作空间的。大家各让一步，我们原本打算要500万保证金，现在降到300万。如果张总觉得合适，咱们尽快谈一谈细节，您也尽快跟邢总办好手续。”

“成交。”

张总干脆利索地答应了。没想到事情的进展会如此顺利。抽身而出的我，终于可以全力以赴应对W县的城镇化项目了。我突然想起了宋总和苏大壮……

第十七章
整装起航

我退出成立多年的三角投资模式，虽然有堂而皇之的理由，但终究是违背了初心，突然撤资不仅给另外两名投资人带来了影响，也使我失去了一个市场，失去了两位并肩作战的兄弟。这些就是我所要承担的代价！但这次违约，我并不后悔，至少到现在我并不后悔。为了 W 县的城镇化项目，非得有孤注一掷、破釜沉舟之心不可！我需要把自己铸造成为一名真正的战士，随时准备上阵。

从 W 县凯旋后，大家各自忙碌，我和宋总还没有见过面，平时主要依靠电话、视频电话等方式联系。今天，宋总主动登门了。我颇有一些意外，因为事先没有征兆，我自然也没有准备。

“老弟，我今天也是不请自来。”

人未到，声先到。从声音听得出来，宋总今天兴致很高。我赶忙将他迎进办公室。

“宋哥今天怎么想到来我这儿了？”

“想你了呗！”

我呵呵一笑。相交多年，这位宋总的脾气我是了解的。他向来无事不登三宝殿，想来今天是有事情要同我商量，才会这般殷切。我亲自端来两杯咖啡，是宋总从国外带回来的巴西咖啡。我平时不大喝咖啡，招待客户一般用茶，这巴西咖啡是专为宋总留的。

“小弟借花献佛了。”

“好，好，还是这咖啡味儿好，喝着舒坦。”

宋总喝了一小口咖啡，脸上的笑意更浓了。我憨笑了一声。

“宋哥今天来找我是不是为了工程的事？”

“还是咱哥俩心有灵犀。”

“我跟那位苏老板谈过一次，时间的关系，当时谈得不太细，而且也有点早，咱们项目还没正式启动呢！”

“是啊，是啊，不过现在应该差不多了吧。设计院的设计图都快出来了。咱们这次开发的都是临街商铺，顶多三层楼高，好设计，施工上也没有太多难度，重要的是经验。”

我听出了宋总话中有话，便喝了口咖啡，刻意把节奏放缓。虽然表面上连道赞同，但心里不免怀着一丝疑虑。以我创业多年的经验来看，越是自说自话的人越没真本事，有本事的人都谦虚得很，因为深谙“天外有天、人外有人”之道。反观这位苏老板，话说得天花乱坠，却总是给人一种不踏实的感觉。

“老弟啊，你刚开始搞工程，还不了解这个行业，经验很重要，而且还得有同类工程的施工经验，这点就更不好找了。”

我能想象“苏大壮”这三个字在宋总嘴边兜了几圈儿。之前已经向我推荐过一次，我不温不火地推了。这一次若再被我拒绝，宋总面子上也挂不住。

“苏大壮在施工方面确实有经验，不过我还想多了解了解再做决定。”

“你见过苏大壮了？”

这种明知故问还能装出一脸无辜的本事，宋总玩得一绝，我甘拜下风。但他为苏大壮如此卖力牵线，又使我不得不深想一层——他们是什么关系？

“是呀，前段时间他来找过我，还打着你的旗号呢。”

虽然从宋总的口中套出他们背后的关系几乎没有可能性，但我还是说了出来，至少让宋总知道我的立场，在这件事上我并不想含糊了事。

“哦？这个我还真不知道，这家伙没打着我的旗号乱说话吧？”

“哪能啊，苏老板是挺有分寸的一个人，只是介绍自己时提到你，别的嘛，生意归生意，也不能乱扯人情啊！”

“是啊，是啊。”

我软硬兼施地表达了自己的想法。我想宋总也感觉到我对苏大壮的印象并不好。但他还是不达目的不罢休。

“话说回来，咱们这个项目还没定启动时间吗？”

“总得把图纸给李局和陈县长过目后再定吧！”

“你说得对，项目是咱们开发，可人家毕竟是甲方啊。我这边图纸马上就完工了，请了首都建筑设计院的老先生帮忙设计，水平没得说。”

“什么时候能出图纸？”

“这周末之前。”

“好，我联系一下。”

我刻意把施工队的事压了下来，先商量设计图的问题。并非有意回避问题，只是不想草率决定。我私下里曾把苏大壮给我的施工队资料拿给专业人士检查，也就其施工的项目咨询过相关部门，虽然施工质量不算太高，但也都符合国家标准，关键在于工时短，综合评定还是不错的。虽然有专业人士的好评，但我心中还是对他跟宋总的关系有些忌惮。但凡存在亲戚关系的合作，就很难做到公平、公正。人情债是最难还的……

“你抓紧,我等你回信,倒也不是催你,你现在的情况我多少了解一些。可是工程这个事,能提前就不往后拖,再说占用那么多资金,你不着急,参与众筹的那些股东还着急呢! ”

他提醒的这点极是。虽然这段时间兰芝没有主动提起工程进展的事,但我能感觉到她心里的焦急。她越是积极帮我寻找众筹对象,扩大资金规模,我心里越是发虚,紧迫感油然而生。

“邢哥,这种项目背后有政府,咱们只要放开手脚做就行了。”

“我第一次做这种项目,还是谨慎些好.现在资金盘子越来越大,一旦工程款出现问题,可就把咱们撂在中间儿了,这可不是闹着玩儿的。”

“这点我懂,可是你还有更好的办法吗? ”

说到这一点,我便沉默了。无论从哪个领域的人脉来看,我和兰芝都不在同一个档次上。虽然我们都从事金融投资相关的行业,但如同小巫见大巫一般,没有可比性。所以这样的争论,往往是以我的妥协而告终,仿佛是意料之中的结果。但是今天我们讨论的话题有点不同——我向她提起了苏大壮这个人。虽然是无心脱口而出,但说完后却又急于想听一听她的见解,无非是寻求心理上的支持。

“我觉得做工程的人品很重要,而且双方又是初次合作,对彼此的底细不太了解,我理解你想谨慎从事的心理,对你的那些‘怀疑’也能理解。我建议你再多做些考察,尤其是关于苏大壮个人的,人品、工作风格这些方面,多了解这个人的行事风格,做到万无一失嘛! ”

“好吧,我再搜集一些资料。其实,从表面也看不出这个人的缺点,加上他跟宋总的关系,也没有什么可怀疑的,我只是心里常犯嘀咕。”

电话另一端又响起了兰芝清脆的笑声。每次听到这个声音,我急躁的情绪便立刻得到舒缓。对我而言,这是有魔力的笑声。如果她在我身边就好了! 我知道这样的念头不应该出现在我脑海里, 可是近来它常常冒出来,而我却不能自拔。

“没事的,行事认真点就行了。我刚才也是乱猜的,万一这位苏大壮没问题呢？你想想,如果苏大壮真跟宋总有不一般的关系,也不见得就是坏事,宋总自己也在项目里,而且又是你最大的债权人。不客气地讲,你们是站在同一条利益链上的,真要出事儿,大家都不好过。再说,从目前咱们接触的几家施工公司来看,苏大壮的报价是最低的。你也说,项目正在起步阶段,应该一切从简。我想暂且确定苏大壮也不失为一个选择,只要盯紧工程进度和质量,应该不会出太大问题,当务之急是抓紧时间开工,多拖一天,对咱们越不利。”

“你说得有道理,是我太敏感了。”

原本我是一个决断力很强的人,但自从认识兰芝后,对她的依赖尤胜于我自己的判断,我不知何时开始失去了自我。在那一刻,我突然意识到个问题,但还是义无反顾地选择相信她。不知道这算不算是一种宿命。但有一点她说对了,我是该准备起航了。

这半年以来，我几乎没有从银行融资过一分钱，也没有使用民间借贷。为了给项目发展奠定一个良好的基础,我坚持立项时订下的债权处理原则——绝不轻易增加负债,以使公司能够轻装上阵。

但理想和现实总是存在差距。我苦熬半年多，眼见项目就要起航了,公司的资金还是没有到位。虽然兰芝和我在极力推进众筹解决方案,但过多地引用众筹也会使公司丧失对项目的控制权。而当前经济形势不好,有实力的投资商越来越谨慎,特别是对合作融资的看法也各不相同。

在融资合作中,有一家房地产开发商,资质相当好,也正是项目所需要的实力型合作伙伴,但这家公司碍于近年来的融资压力,已经陷于资金流断裂的状态,不过公司框架还在,而且对于创投管理也很有经验;更为重要的一个原因是,这家公司与兰芝所在的培训公司同属于一家总部。从隶属关系来讲,又近了一层。似乎我所合作的公司都与兰芝和宋总有关!

◎ 债权人

我和兰芝、宋总商议后，并与这家公司多次接触、深入了解，从银行到创投，连续几次考察下来，最终达成“以建设公司为融资主体，土地方作为质押，创投启动资金”的融资解决方案。

项目进展到这一步，想一想之前所付出的努力与艰辛都是值得的。W县城镇化项目的启动，为我找到了后续新项目的运作思路。但最让我开心的是接到了一个惊喜的电话，一个游说了几个月的债权人终于同意了我们提出的方案，用我们公司应收账款作为质押，朋友债权人的商户进行抵押，从银行贷款。这样一来，W 县项目又多了一个强有力的合作伙伴。我急着把这个令人振奋的消息和兰芝、宋总一起分享，约他们出来庆祝，顺便商议工地进驻的事宜。

首都望京区兴源茶社有一间长期包间，原本为兰芝公司洽谈客户的固定地点，近来已作为我们三人会面的固定场所。看着兰芝沏茶的动作，让我不禁想起了那位神秘莫测的王老师。回想上次见面，已经过去大半年的时间了，当时我还不了解城镇化项目，如今不但在开发这个项目，还创造了很多方法，与王老师当初的鼓励和引导是分不开的。

“多亏了当初王老师的鼓励，要不我也不会走到今天。”

兰芝笑了笑，递给我一杯茶。

“这都是你自己努力得来的，旁人的鼓励是有用，但终究还得自己下功夫。”

“王总这话我赞成，我一直都看好你，要不我能死乞白赖地帮你吗？”

我听罢这些话，无论真心还是假意，只管耳朵舒服，心里美滋滋的。兰芝主动请缨负责房地产公司的对接，原本我也是这么打算的。不过我们只是借用这家公司作为融资渠道，项目的施工建设还需要我们自己负责，这一点是迄今为止最让我头疼的事。今天我刻意提出这个话题，也是需要借兰芝之力探一探宋总的虚实，特别是与那位苏大壮的关系。

“哪里，哪里，多亏了大家的帮忙，项目才进展到现在，就凭我自己，真是寸步难行。”

“老弟，你太谦虚了。”

“不过，我还得请老哥再帮我一个忙。”

“什么事，你只管说。”

我沉思了片刻，把之前同兰芝商议的对策重新梳理了一遍。

“我想请老哥帮忙考察一下苏大壮的公司。”

“我？”

“恩，说实话，我不放心苏大壮。”

“不放心他？”

宋总一脸诧异。这个反应绝非装出来的。虽然打消了我内心的一些疑虑，但要我相信苏大壮却并不容易。

“其实也没有大碍，就是咱们第一次做工程，不大懂管理之道，万一苏大壮那边有什么差池，咱们也不好解决。”

宋总听我这样说，才放了心，脸色立时阴转晴了。

“你多心了，老弟，苏大壮这个人虽然好吹牛，但做起事来还是可以的，再说咱们可以找人在工地上监工啊！”

“宋总这个办法好，我也觉得应该请个人监工。”

原本我和兰芝都有此意，现在宋老板自己提出来，我们正好求之不得。兰芝立刻出来推波助澜。

“我觉得老哥你正合适。兰芝是女士，自然不适合去工地那种地方。我去的话也管不住苏大壮，再说工程上的事，我一窍不通，老哥你是行家，你去了，一定镇得住苏大壮。”

宋老板被我和兰芝一唱一和地吹捧了一番，乐呵呵地应下了这项工作。下面该解决这次会面的另一个重要问题——融资。有一个重大的利好消息，那就是杨副行长回来了，我把之前的欠款还清了，可以重新向银行申请项目贷款。

“这是个好消息,你预计能申请到多少？”

“我的目标是3000万。”

兰芝正盘算众筹来的资金,听了我的计划,底气更足了。

“如果你那边贷款能下来的话,加上咱们众筹的资金,已经过亿了,这样工程的首批款就凑齐了,可以正式动工。”

“那太好了,我就等这一天了,越早动工对咱们越有利。”

宋老板已经迫不及待了。他虽然加入得晚，却是最为着急动工的人。习惯做投机生意的他,对于长线项目一向没有耐性。这次若不是看中市政工程的高额利润,他也不会主动投资。

“现在咱们得研究一下资金如何运作了。”

兰芝在这方面是行家,我们也多赖于她的智慧,所以这一方面还是听从她的意见为好。我和宋老板几乎用眼神已经达成了一致。

“你说吧,这方面你有经验。”

“那好,我就当仁不让了。表面上,咱们的资金很充裕,但事实上工程有很多不可预知的因素,我们需要留出充裕的流动资金,才能保障项目后期的运作。现在用我们公司的信誉、应入账款、无形资产做了抵押和主体,我们是捆在一条线上的,我们公司希望所占比例能达到40%,在还款上我们各自承担各自的还款义务。如果顺利的话，我们启动第二轮融资方案，你们看如何？”

我和宋老板虽然心里都觉得有点被人拦路抢劫的味道,但眼下只得借用兰芝所代表房地产公司的渠道。虽是迫不得已,但也只得无奈接受这个“不平等条约”。我的公司虽小,但由于项目的立项、监管都由我来负责,故也占了40%的比例,剩下的20%归宋老板使用。但事实上,宋老板这一方的使用权基本上属于“干股”的性质。当然,这也符合他的行事风格。

难得三人都对分配方案甚为满意,也算是建立了一个良好的开端。从兴源茶社走出来的时候,天色已晚,霓虹灯下的首都五彩斑斓。我们三人又到附近一家酒楼吃了便饭，算作小范围的项目启动会。回程的路上，我不禁慨叹：合作伙伴的选择如此重要，如果当初我没有紧紧抓住兰芝，这个项目只怕早就与我无缘了。

我最大的幸运不是遇到这个项目，而是遇到了风雨同舟的人！

第十八章
内部矛盾

古人云:“土木之工,不可擅动。”家庭装修况且需要周密计划,何况是一项工程。动工前的多方协调会召开过不止一次,工程局、SY 市政府、W 县政府相关官员,主要投资方,甲方城建投公司,乙方分包公司等,原本毫无牵连的几方人马,因为开会而变得异常“面熟”。当然,以 W 县火车站项目为主题的协调会也单独召开过多次,在 SY 市和 W 县两级地方政府的主导下,项目推进很顺利。但在正式动工前,再次出现了意见分歧。

我基于项目资金运转的风险控制考虑,主张两处工程按时间段进行,先开发 W 县繁华地段火车站前广场的商业街,再开发两县交界处火车站的物流仓储区。但这一提议却遭到了合伙人的一致反对,尤以宋总的反对声最为激烈。

“一个工地干完了再干另一个,工期拖得太长了!我觉得两个工地完全可以同时进行,咱们可以多招些农民工,要想回款快就得缩减工期,把战线拖那么长,又搭人又押钱的,没必要。再说,万一有个变化,咱们都不好应付，我不赞成这么做！王总，你觉得呢？”

兰芝的拒绝虽然婉转，但这一次也确实没有站在我这一边。

“我也觉得不妥，工期拉长容易造成资金周转不灵，咱们这个项目又采取了众筹模式，认购股份的投资者很多，暂且不说回收成本的事，一旦这些投资人没有如期拿到分红，也会引起很大的社会影响，到时候光是媒体和社会舆论就够让咱们一败涂地了，这可不是把钱还上那么简单，多少企业由盛转衰就是败在了社会舆论上。”

我不得不承认，兰芝的话确实是经验之谈。我身边就有很多朋友因为没有如期返还投资者本利，以致面临破产险境。尤其在经济形势下行的当下，肯拿出钱来投资的人并不多，而投资保障更是投资者最为关心的问题。哪怕一次分红延期，都会引起投资者不小的情绪骚动，这一点我自己也深有体会。前一阶段的资金归集，已使我倍感吃力，特别是在银行贷款还没有办妥的前提下，两线作战必然使公司疲惫不堪。正在左右为难之际，苏大壮又向前推了我一把。

“邢总，您就放心吧，我手上农民工多的是，而且还是一个村儿出来的，又好管理，工钱还低，用咱们时髦的话说，那就是‘性价比’合适。别说两线开工，就是三线开工、四线开工，我也照样应付得来。我们以往做工程也都是同时开好几个工地，像什么技术员啊、技术工啊，用一批人就行了，也就是多雇点小工，不过小工也可以两个工地一块用，这边没活的时候，那边可以用啊，这样省了不少人工。您是算账的行家里手，我一说您就明白，这账就是秃子头上的虱子，明摆着的。”

苏大壮的话虽然不大中听，但节省人工这一点还是深深吸引了我。经过初步测算，两个工地同时开工，一天能省下人力成本近 5 万元，如按原计划工程要耗时一年，现在只用一半的时间就能完成，粗算下来可以节省近 2000 万元的人力成本，这可是一笔不小的开支。我当时确实被苏大壮的言辞打动，同意了两线动工的方案。但也就此埋下了祸根，尽管我们做好了充分的应急预案，但终究难以改变命运的结局。

兰芝公司的土地质押贷款顺利办妥，但为了保障项目顺利开展，我们还是决定再向银行增加3000万贷款，并且由我出面申请。所幸的是杨副行长挂职锻炼归来。重回银行上班的第一天，我送去了问候。

“领导，您终于回来了，我看到您在微信里晒的照片了，那边风景真漂亮，有机会我也想去，哪天您得空了，咱们再回去一趟，我开车去。”

杨副行长哈哈笑起来。

“你这个大忙人，还有时间旅游呀？”

“等我做完了W县的市政项目就去。”

“好，一言为定。”

“一言为定。”

两个人光顾着寒暄，差点忘记正事，赶快把话题引回来。

“领导，咱们先说说眼前的事儿，B城的办事处已经开业，听说您会去剪彩，需要我们提前做哪些准备吗？”

杨副行长机警地察觉到我的用意，原本银行开业的剪彩与我这个房东能有什么关系？我无事献殷勤，必是对他有所求。

“你啊，你这哪是问我要准备什么，是另外有事吧？”

“您怎么知道我有事相求？”

“其实你刚才一进来，我就知道你是为什么事而来的。”

我诧异地望着这位老大哥，轻叹了口气。

“不瞒您说，我确实是有事来相求的，是续贷的事……”

“我一回来就听说了你的事，项目做得不错。本来这种市政工程项目，政府对开发方都是大力支持的。不过这个W县是有名的穷县，每月财政收入还不如我们行下属一个网点一个月的余额多。让他们来支持你的项目，确实很难。”

“是呀，这个县太穷了，我们开发这个项目靠的是众筹，要不然也做不起来。”

“现在倒是很流行众筹，你之前做过吗？”

我摇摇头。杨副行长是听说我采取众筹模式开发项目的人中第一个这么问的。当时我并没有多想这问话的含义，只是急于解决那 3000 万贷款的问题。

“杨行，为了做这个项目，我把能用的资金全用上了，可还是不够。原本我以为众筹的资金可以应付工程的启动资金，可还是棋差一招，众筹的资金归集慢，项目已经批下来，正等着动工呢，我也确实有点等不及了。再说，现在经济形势不好，大众投资比较谨慎，我这个新兴项目，要不是沾了市政的光，恐怕也筹不到现在的资金规模。”

杨副行长点点头，示意我继续说下去。

“其实我这次来主要是想请您帮忙解决贷款的事，市政项目不容易，您又那么支持我，所以我就厚着脸皮来求您了。”

杨副行长二话没说，当即拍板同意了。虽然在我的意料之中，但幸福还是来得有些突然。

“好啊，我们银行愿意为像你们这样的企业和企业家服务，我们金融机构本来就是为企业实体经济服务的。你们做好了，我们才能赚到钱。”

“太好了，太感谢您了。”

“你想融资多少？”

“我们想融 3000 万。”

“需要这么多？”

“是啊！我们现在筹集了 7000 多万，如果能贷款 3000 万，就有 1 亿的启动资金。W 县能提供给我们的资金支持有限，所以我们只能靠自己了。”

杨副行长深吸了口烟。刚才在我絮絮叨叨阐述来意的同时，他一直在认真翻阅我带来的项目资料，脸上的笑意逐渐收敛起来。

“这个项目将来怎么盈利，怎么回收成本？据我所知，现在很多市政工程都走公益路线，政府拨款很少，而且回款也慢，不知道这方面你们公司有什么应对策略？”

我知道作为银行对于贷款用户的还款能力评估是极其重要的一环。倘若无法如期还贷，整个项目包括我的公司又有哪些能够抵债的资本？私交归私交，杨副行长可以看在私交的面子上额外给我一个阐述项目的机会，听取我的项目报告时认真一些，甚至可以帮我简化贷款流程，帮我向上级申请政策，但他绝不会徇私舞弊。这也是我佩服他的地方！

“您问的这些问题都很关键。一方面我们还是需要等政府的回款，这也是我们承接这个项目的初衷，当然我们也不能光指着政府回款，这个项目本身也具有带动地方经济发展的作用，而且W县也是一个穷县，让政府一下子拿出来这么多钱也不太现实，所以我们还采取了众筹的方式，在加速回款的同时，还起到了广告的作用，吸引招商资源，也可以减轻政府的负担；另外，项目之一的商业街在工程建设过程中，我们也对外招户外墙体广告，可以作为工程的另一个收入项。”

杨副行长认真地听取了我的报告，甚为赞赏。

“小邢啊，你这些思路不错啊！我看值得现在很多搞工程的企业学习。”

“您过奖了。”

“我这可不是恭维你，在资金回收这方面你们确实走到了很多企业前面。”

本就不善言辞的我突然脸颊一红，不知该说些什么是好。但是杨副行长听得饶有兴致，又追问我还有什么好措施。

“其实也没什么，主要是我之前参加了一个金融群的活动，恰巧认识了一些也是做城镇化工程的群友，大家在做经验分享时，给了我很多启发，像我们现在正在推的互联网和城镇化项目相结合的模式，就是和我的一位群友合作的。现在从网上推广，吸引了很多投资人，不但得到了W县政府的支持，还得到了很多社会关注。我们推广项目简直是如虎添翼。”

杨副行长起初只是认真倾听，到后来甚至做起了笔记。这令我颇感意外。作为一名国企高级主管，一位金融行业专家，对工程项目的热衷，对贷款客户的关心，让我对他的敬业精神深感敬佩。

“小邢啊，你这些宝贵经验，估计将来要成为W县项目开发的标杆了。”

“哪里，哪里，您过奖了，我们这些做法也都是跟人家学来的。”

“关键是你学会了呀，还学以致用，这可不是谁都能做到的，有前途，我看好你！”

“杨行，您确实过奖了，我们也还在摸索阶段，这不是老生常谈的问题，又找您帮忙来了吗？”

杨副行长哈哈一笑，兴致勃勃地又向我打听了很多关于项目开发的细节，我自然知无不言。

“小邢，你们公司最近的经营业绩怎么样？”

他突然一问，我虽然稍感突然，但所幸早有准备。我事先把财务主管小田也一并带来了。小田把厚厚的资料递给杨副行长，杨副行长带上眼镜，认真地翻看。

“你们公司的业绩还不错，纳税情况也还行，流水还不错，初步看起来还是具备贷款条件的。你们对于项目的加款也有自己的想法，给了我们银行一定的信心。我觉得我们班子成员可以研究一下。这样吧，今天你们先回去，我们仔细研究一下，完后再给你们回复。”

我和财务主管小田心满意足地走出银行大门时，夕阳的余晖映在对面大厦的玻璃墙上，折射出五彩光芒。我喜欢这五彩光芒，内心闪过一道曙光。

“邢总，杨行对咱们的项目很感兴趣，会不会在贷款上帮咱们说话？”

“以杨行的为人，我想他一定会的。”

“那太好了，这次我们一定能成。”

事实上，我心里还是不停地嘀咕。我对于杨副行长能帮我们说好话这一点毫不怀疑，但我更肯定的是，一切的帮忙都要在合理合法的范围内进行，否则那个人也就不是我认识的杨副行长了。但也正是如此，我才会对贷款的结果有所保留。

“但愿能搞定,否则连给你们发工资都成问题了。”

我低声嗫嚅,却被小田听到,他的脸色立时阴沉下来。我并非想散播负面情绪,而是不想给他们不切实际的希望。万一贷款不成,唯一的出路就是借款。而这种情形下的借款无异于出卖股权。我知道,宋总对我手上40%的股权早已垂涎欲滴,而那是我万万不想看到的结局。为了降低这一情况发展的可能性,我必须多找几家银行问问。

翌日,我和小田赶赴W县的一家村镇银行,牵头人正是陈县长。作为本地项目,村镇银行的兴趣更浓厚一些。尽管从银行的规模来看,与S城发展银行有着云泥之别,但我还是力争一个好结果,毕竟项目启动在即,而我们公司也经不起任何风波了。

陈县长因为公务在身,未能陪同我们前来。我和小田站在这家村镇银行门前,望着门可罗雀的营业厅,确实产生了一丝灰心。无论如何我们也看不出这样一家简陋的银行也可以办理贷款业务。

走进营业厅,迎面墙上贴的利率表吸引了我们的眼球。这里的月息竟比S城银行高出许多。我们事先了解到村镇银行享受了当地政府特殊的吸储政策,但没想到力度会这么大。看来W县政府下定了经济发展的决心。我在心里默默祈祷今天能够延续昨天的好运。

进了村镇银行行长办公室,一个五旬男子迎上来,头发微秃,戴着眼镜,一眼就能看出是“业内人士”。他递过一张名片,上面烫金字写着王行长,手机号后面4个8。在县城,这是有钱人的标志。之前我来W县考察时,听陈县长的好友张总提起过,所以略知一些。

刚刚坐定,我便直奔主题。

“王行,我们大老远赶到这里也不容易,咱们也别相互耽误时间,我就开门见山了。我想为我们公司正在运作的项目争取一笔500万的融资,我想陈县长事前已经与您沟通了。”

王行长眼珠子滴溜乱转。这说明他的大脑正在飞速思考。

“不瞒邢老板说,你的企业我们都听说了,我们这种小银行非常乐意跟你们这样的大公司合作,只是没想到像你们这种大公司还能遇到资金困难,而且还要500万,这个数目对我们这种穷乡僻壤来说,确实有点大。”

“我知道确实有点大,可我们做的项目也是咱们W县最大的项目。陈县长想极力促成这个项目,而且是越快开工越好,才能带动你们W县的经济发展。”

王行长听罢,笑了笑。

“您说得对,这个道理我们懂,只是我们以前信用贷款、担保贷款都做,今年出现几个逾期不还的客户,影响了银行的资金回笼,搞得我们现在也不敢大肆放款。”

我不想空手而归,但这位王行长的态度诚恳,不像故意所为,加之有陈县长的关照,我便想各让一步。

“300万如何?”

“确实困难。”

听到这话,我顿时心凉了半截。从S城老远跑到这里贷款,结果能贷的金额还不足S城发展银行可贷金额的零头,这使我不得不思考这一趟远行的意义。

“你们行真是这样还是不想放款?”

“确实是这样的。今年银行资金也面临着存款不足、贷款收不回来的困境。我想邢老板从您那边银行的贷款情况也看出来了吧?今年形势不好,并非我们银行不作为,而是确实爱莫能助。”

走出村镇银行大门时,我的心情如似冰冻。虽然王行长使出浑身解数帮我们凑到了300万元的贷款额度,但杯水车薪,距整个项目的需求差得太远了!

我再一次陷入了困境……

第十九章 临阵换将

人生总有风雨同路。从最初的辞职下海，到经营资金担保公司，从一个新人铸造成行家里手，从线外跨入线内，我珍惜每一个风雨袭来的日子，更珍惜每一次积累经验和智慧的机会。当然经历风雨的过程异常痛苦，但与千千万万的创业者一样，我喜欢挑战自己，喜欢风雨过后的彩虹！

此次 W 县城镇化项目对我来说是一场艰巨的战争，它既能帮我打开一个崭新的领域，也能把我打回原形。所以，我必须时刻保持战斗状态，才能应付各种各样突如其来的“意外”，避免必然中的偶然发生。即使如此，行业经验匮乏带来的缺陷仍然让我遭遇了一波又一波的险境，甚至在临门一脚时被队友从后方铲断。登时，一股悲壮爬上我的心头。

就在工地动工前半个月，正当一切谈妥，安排农民工入驻工地时，我第一次真正意义上经历了冰与火的考验。所幸的是，我的考验从好消息开始，这使我的心理承受能力得到了一个缓冲的空间。

又是一夜未眠。我望着窗外灰白相接的天空发呆，树叶上的露水摇摇欲滴，晶莹的露水映衬出玄青的远山。我靠在沙发上，等待第一道晨曦的到来。自从决定做W县项目以来，不眠夜已经成为我的习惯。压力无处不在，即使梦中依然紧紧相随。

“原来你在家啊，我还以为没人呢。”

早上五点钟，妻子值完夜班回来，一面换拖鞋，一面朝卧室张望。卧室的门打开着，床整整齐齐，没有丝毫睡过的痕迹。她立刻转向我。

“你的脸色不太好，这么憔悴啊？”

“嗯，最近有点失眠。”

“已经有大半年了吧？”

我点点头，看着她在厨房和卧室间进进出出整理衣物。

“是呀，你刚下班吗？”

“嗯，昨天有个急症病人需要抢救，我临时加了班。”

“哦。”

妻子从厨房出来，看了看客厅的钟表。

“时间还早，我去做早餐吧？”

“不用了，我不太饿。”

“可是我饿了！”

妻子怔怔地望着我，沉默了片刻，然后语气低沉地向我道了这么一句，负气而去。当时，我并不理解妻子的行为，甚至觉得她的脾气越发古怪。真到后来，当我重新试着去理解妻子时，才发现我错过了太多，太多。

半小时后，妻子端上来热气腾腾的早餐，素包、小酱菜、白粥、油条……种类不多，但都是我爱吃的口味。虽然妻子并没有对我说一句话，但我看了一眼便知，早餐是为我准备的。

我坐在餐桌前，自己盛了一碗白粥，夹起一根油条来，刚刚放进嘴里，电话响了起来。

“邢哥，你醒了么？现在打电话是不是吵到你了？”

是兰芝的电话。我下意识地看了妻子一眼，她正在认真地吃早饭。关于我的生意、我的电话，她从来不过问。没有一个女人是不在乎丈夫接到异性电话的，她的平静，是故作淡定，还是无所谓呢？

“没有，有什么重要事情吗？”

兰芝的聪明即在于分寸拿捏到位。我在家时，她总是先发短信或微信消息，然后静静地等我的电话。今天的反常令我颇感意外，如果不是天塌下来的急事，她是不会在这个时间打电话给我的。所以，我断定发生了大事。

“还是贷款的事，杨副行长那边有消息了吗？”

“还没有，一会儿银行上班后，我就去找他，再争取争取。”

“一定要成功拿下来。”

她的语气显出几分焦急，尽管刻意掩饰，仍然未能逃过我的耳朵。

“到底出了什么事？我觉得你的情绪不大对头。”

“不仅仅是我的情绪不对头，是咱们的项目出了大问题。”

“什么大问题？”

自我认识兰芝以来，还从未见她这样焦躁不安过。

“邢哥，你怎么还能这么镇定？”

“我怎么了？”

“你真的不知道？”

“我应该知道些什么吗？”

“看来你还没看到新闻。”

新闻？与我和我们的项目有关的新闻？近来我一直沉浸在四处奔波贷款一事中，确实对新闻关注较少。于是，迅速打开电脑搜索近期新闻。

“是什么新闻？”

“你看下创业板海外新闻就知道了。”

我打开网页，头条标题赫然写着《青石公司海外工地涉嫌违规建设，几百名中国务工人员身陷塌方事故中》的新闻。青石公司的老板正是我最大的债权人宋总。

“我马上打电话问一下情况。”

“要快，如果是我的话，现在已经在赶往机场的路上了。”

“我明白，等我消息。”

挂断兰芝的电话，我立刻联系了宋总。起初电话是无人接听状态，在我连续拨打下才接通。

“宋总，我看到新闻了，你那边情况怎样？”

“老弟，事情紧急，我原本打算到了那边再跟你联系。”

“情况很严重吗？”

“闹出了人命，损失惨重，搞不好还要吃官司。”

“工地怎么会突然塌方呢？”

“搞工程可不是闹着玩的，老弟，看来这次我不能跟你一起干了，W 县那个项目只能拜托你了，我一时半会儿是回不了国了。”

“宋哥，你放心吧，项目的事有我呢，你安心处理好那边的事情吧！”

“交给你，我一向放心。就有一点我不大放心。”

“你说吧！”

“那个苏大壮是施工队里的老油条了，你是新手，跟他处事要格外小心，隔行如隔山，你自己身边要有懂工程的人才能不被人糊弄。”

“我知道了，宋哥，你放心吧，我能解决好！”

“这次老哥对不住你了。”

“宋哥，别这么说，要不是你帮忙，我也做不成这个项目。”

“那好吧，我快登机了，咱们回头再说，有什么问题及时联系我，发微信也行。”

“我知道，虽说我也帮不上什么忙，但还是想说一句，您公司这边有什么需要照应的就知会我一声。”

“好。兄弟，记住我的话，万事小心。”

“放心吧，宋哥。”

挂断电话后，我瘫坐在沙发上，心里琢磨这算不算“出师不利”呢？宋总虽然在做生意上算不得厚道，但他在工程管理方面的经验可是我学不到的。我立即把这个消息告诉了兰芝。突如其来的变故，打乱了我们的阵脚。好在项目的建筑设计图稿已经完成，宋总在施工阶段的主要工作是工程进度管理，也就是工程监督。我和兰芝简单合计了一下，这部分工作改由我负责。少了宋总坐镇，面对苏大壮，我心里难免有几分发怵。

“邢哥，宋总公司的事件很严重，我想咱们要从长计议了。”

“我也是这么想的，由我负责施工工程的监督没问题，不过眼下还有一件更要命的事。”

“什么事？”

兰芝听我这么一说，语气登时就变了。

“我之前向宋总贷的款，有很多快到期了，他公司出了这么大的事，给我续贷是万万不可能了，我估计他公司的人很快会找我催还贷款。”

“有多少？”

“两千多万。”

“怎么这么多？你们公司发展什么项目用得了这么多资金？”

“也不是一两个项目的事，是多少年累积下来的，之前我也没在意，他也没催过我还钱。但这次不一样，他公司出了这么大事，只能拿钱来摆平，正是用钱的时候，我估计他们公司会迫于压力催我还钱。”

“你现在能调用的资金有多少？”

“两三百万吧。”

“什么，怎么这么少？”

兰芝听我这么一说，着实被吓了一跳。

“就这些还是东拼西凑的，我公司账面上能调用的资金根本不足一百万。”

“这够应付什么呢？”

“我一会儿还得去找一趟杨副行长，就像你说的，那 3000 万的贷款必须拿到，否则我们的项目也快塌方了！”

“等你消息，我也想想其他办法。”

挂上电话后，我的眉头深锁。但更令我发愁的是，我着实不想去见那根老油条——苏大壮。可是，临阵换将已然不可能了。我站起身来，看着空荡荡的客厅，才发觉妻子早已吃完早饭回卧室休息了。我看到餐桌上压了一张字条：

“粥凉了，热一热再喝吧！”

我舀了一勺白粥含在嘴里，细细品尝它的味道，手中拿着妻子留下的字条。外面起风了，树叶娑娑，吹打在玻璃窗上。雨将至！我又要冒雨前行了。还好，有这样一碗简单的白粥。

九点钟，我和财务主管小田再次找到杨副行长。尽管之前已经与杨副行长磋商多次，也全力配合银行取证、提交各种材料，但始终没有得到银行方面的准确答复。这一点不免让我心焦。尤其在宋总出了那样的事情后，杨副行长已经成为 W 县项目生存下去的希望。

“小邢啊，你来得正好，我正有个好消息要跟你说。”

看着杨副行长满脸春风的样子，我的心情也稍稍平静了。但我并不敢奢望贷款批下来。就目前我们公司的情况，偿还能力很难达标，今天来找杨副行长也是抱着试一试的态度，再搏一次。

“快坐，快坐。”

我们刚刚落座，杨副行长便亲自沏了两杯茶端过来。自从我们相识以来，还从未见他如此殷勤过，我和小田有种受宠若惊之感，赶忙接过杨副行长手中的茶。

“杨行，您今天心情不错，到底是什么好消息？”

杨副行长故意卖了个关子。

“我先卖个关子。因为我想听邢总一句真心话。”

“什么话？”

我茫然地望着杨副行长，脑海里飞速揣测他会提出怎样的问题。

“能告诉我，你为什么做W县的城镇化项目吗？”

从我对外公布准备开发W县城镇化项目以来，不止一个人问过我这个问题。虽然情境不同，我的心境也有所改变，但值得骄傲的是，我坚持下来了，并最终让项目得以付诸实施。我知道我的答案对贷款的结局影响不大，但足以影响杨副行长对我的看法。所以我经过深思熟虑后郑重作答。

“我不想把自己说得多么伟大，做W县的项目，实际上是相互需要。我们公司面临困境，我需要一个项目转型，而我恰巧就遇到了这个项目；W县也正处在转型发展的起步阶段，他们需要的不仅仅是一家有实力有经验的公司，更需要一家能够把利润降到最低点的公司。所以说W县这个项目太重要了，关系到一个企业的生死存亡，也关系到一方百姓的生活，做得好是双赢，做不好是两败俱伤。所以我一定要拿到贷款，因为W县拿不出资金周转，也给我们公司提供不了像样的项目贷款，除了贵行，我真是走投无路了。”

说这番话，我再次想起了王老师对我的嘱咐——用真诚打动对方。在商场之中，难免尔虞我诈，保持一颗真诚的心是极其难得的，不仅仅是给对方的信任，更体现了合作的态度。当初我用这招打动了兰芝，现在也用这一招打动了杨副行长。杨副行长听了我的一番话，连连点头，脸上不时露出赞赏的微笑。

“小邢啊，你这话说得实在，没有豪言壮语，但就是能打动人，让我见到了你做这份事业的决心，也不枉费我的一番努力。”

杨副行长转身从办公桌上拿过一份文件递给我。

“你看看这个。”

一进门我就预感到贷款的事有眉目了，现在亲眼见到这份贷款协议，内心的激动还是无以言表的。我仔细翻看协议，担保人一栏赫然写着“杨旭东”三个字，协议最后还有杨副行长的签名。我怔怔地看着那个签名，想起杨副行长刚刚问我的问题，其实在他心里早已认可我了！

“杨行，这……”

我没有想到杨副行长亲自做我们这个项目贷款的担保人。对于我们公司薄弱的基础条件，对于工程类项目中那些无法预知的意外因素，对于整个项目评估中预测的诸多风险，他都了如指掌，但他还是义无反顾地“陷”了进来。

“杨行，我该怎么谢您才好呢？”

我激动得有些语无伦次了。杨副行长则轻描淡写地笑了笑，甚至跟我开起了玩笑。

“你是得好好谢我，我这个签名可不是随随便便就能拿到，那在我们总行里也是有一号的。”

气氛顿时活跃起来，我和小田也放松了许多。

“那是，那是，杨行可是到总部挂职锻炼过的，您这次回来可是要大展拳脚了。”

杨副行长志得意满地点点头，点起一支烟，向我们侃侃讲起银行业未来的发展，捎带讲到了社会担保公司与银行合作模式的探索，也讲到了众筹。

“众筹的方法好，你们这次做的项目主要也是靠众筹筹集资金，这样既缓解了政府的压力，也降低了你们公司的风险。我可是把你们这个项目当成了案例来看，我向好多人推荐了你们的做法。再说现在众筹越来越大众化，你看淘宝上还有电影的众筹呢，拍电影都依靠社会大众的投资，民生工程用到众筹方法，我觉得是理所应当的，大家的事情大家办嘛。政府是有责任，但不能只依靠政府，社会大众都受益，这都受益的事依靠大家共同出力，也在情在理呀！”

◎ 债权人

杨副行长的话说到了关键点上，但很多人恰恰没有这样的觉悟，也是众筹模式推广的思想障碍。特别难得的是，作为国企金融行业的负责人，能够看到众筹模式的优势，对于我们这些中小投资者无疑是巨大的鼓舞。

“杨行，您说得太好了，有你这句话，我做项目更有底儿了。”

“是你们做得好，也给我上了生动的一课。看到你为了市政项目这样拼命，我这个国企人有些汗颜了。”

“杨行，您太谦虚了，在金融行业，您是我的老师，很多事情，我们还看不准，还得仰仗您的专业和经验。”

杨副行长高兴得哈哈大笑，连连给我们倒茶。

“小邢啊，我发觉自从你开始做 W 县项目以来是越来越会说话了，身边是不是有高人呢？”

我腼腆地笑了。在高人面前的隐瞒是一种愚蠢的行为，特别是杨副行长已经与我们站在同一条船上了，作为“合作伙伴”更需要相互坦诚，才能相互了解，同舟共济。

“这个人有水平，你们这个项目一定能成。”

“借您吉言。”

双方相谈甚欢。就在半小时之前，这个项目还几近坍塌的边缘，现在又充满了希望。在短短半小时之内，我第一次经历了冰与火的考验，也第一次体验到生死一线。

临走前杨副行长嬉笑着补充了一句。

“你这个贷款要是到期还不上，我可是要被银行追责的哟！”

我怔了怔。杨副行长貌似插科打诨，实则却一语道出了担保人的风险。作为在危难之际给我鼎力相助的人，我当然不能辜负。

“您放心，到期一定还款，就是倾家荡产也得还上，不能让您为难。”

第二十章
风起云涌

起风了!

走出银行大门时，我竟然有种恍如隔世之感。进去时还是阳光四射，出来时天色已渐阴沉，凉风袭来。正是入秋的季节，脱去夏天的闷热，留下怡人的清爽。我终于在最美的季节开启了人生的第二次旅程。尽管有些踉跄，尽管还有那么多不尽如人意的地方，但终究起航了……

小田问我是否有一种“如释重负”的感觉。

我也这样问自己!

当从杨副行长手里接过贷款协议时，我确实松了口气，也有过片刻的激动。但只是片刻。望着车水马龙的街头，我脑海里已满是W县那个破旧、简陋的火车站广场。走出银行大门的那一刻，我的心已飞向了那里。

我并没有回公司，而是直奔首都，我知道有个人正迫不及待地想知道这个结果。我应该亲口告诉她，我想看到她同我一起兴奋的样子。

◎ 债权人

首都，望京区。

还是那幢充满无限可能的大楼，还有一队充满激情的寻梦人。

我回来了——一个找到梦的人！

仿佛回到了半年前，也是这个门口，也是这样一群怀揣梦想的投资人。那时的我，正在为挽救公司而苦苦寻觅良方。我悄悄跟在队尾，想给兰芝一个惊喜。

已经时近中午，按照惯例，会所为每一位金融群成员提供午餐，有几道会所的私房菜，也是兰芝的得意之作。我品尝过几次，除了色香味俱全外，最值得一提的是卖相，造型美观，颇具创意，如同一件艺术品，让你不忍下筷。我第一次吃的时候，还偷偷用手机拍了两张照片，一直保存着。

午餐按照与会人员的数量订制，这里不向外界人员提供餐饮服务。所以，我在进入餐厅前提前拐了弯，到餐厅旁的隔间去。那里是上菜的必经通道。通常这个时候，兰芝会在这里亲自监督餐厅人员上菜。她对菜品质量和上菜顺序都很讲究，每个细节都要做到精益求精。她说，做金融既要分秒必争，更要严谨细致。我喜欢这句话，并一直恪守这句话。

"嗨，我本想给你一个惊喜。"

我走到隔间门口时，兰芝正从里面出来，两人在狭窄的过道里遇见。我朝餐厅的方向努了努嘴，然后笑了。兰芝也笑了。

"你怎么会过来？"

兰芝有些惊讶。早上通电话时，我还在S城，而且今天上午要去见杨副行长，那是早已定好的行程，兰芝知道我上午的行程安排，才会有此一问。

我仍旧微笑，得意地微笑。时间停止了几秒钟。兰芝似乎察觉到什么，便试探地问。

"上午的事有结果了？"

我点点头。

"是好消息？"

我再次淡定地点点头。兰芝怔怔地望着我，时间仿佛再次静止。然后，我见到了一个从未见过的兰芝。她走过来，拥抱了我。虽然只是短短的一瞬间，而那样的拥抱也多出于礼貌性的祝贺，但对我而言，这是第一次，这么近距离地感觉她的呼吸！

在那一瞬间，我醉了，像骑士得到了公主的奖赏，内心有一股小小的满足感。

“在办公室等我一会儿，我稍后就来。”

兰芝的会所经常搞活动，为学员搭建交流平台，也宣讲一些金融投资知识。很多学员通过她的牵线成为合作伙伴，甚至帮学员找到了适宜的项目，其中不乏成功案例。当然，我并不算最为成功的案例，但应该是她参与最多、联系最为紧密的一个。

我在办公室等了大概一刻钟，兰芝亲自端了两杯咖啡进来。我把拿到贷款的过程一五一十、详详细细地跟她讲了一番，尤其是杨副行长给予的大力帮助，以及他对这个项目的关注。兰芝听得极其认真，并且频频点头。在这里，我成了她的讲师。

“这位杨行有见地、有眼光，又敢作敢为，在国企高管中可不多见。”

“是呀，我一直维护这层关系，也是看中了他这个人。”

“像他这样的人物，要维护关系可不容易，说说你的高招吧？”

我笑了笑：“我哪有什么高招。”

“没有高招，你是怎么说服这位杨行帮忙的？”

“也算机缘巧合吧，用的都是雪中送炭这种最烂俗的段子。”

“越是烂俗越奏效，烂俗才代表了大众需求，烂俗的段子能够流传下来，还百试百灵，那才是人类情感所需。”

“到底是讲师啊，眼光犀利。”

和兰芝在一起会觉得时间过得飞快，转眼已近黄昏。由于项目的部署规划还没有商讨完，那天我把兰芝带回了S城，安置在朋友开的一家快捷酒店。虽然档次低了些,但贵在朋友值得信赖。

宋总的临时退出给我们的团队带来很大冲击,他原本负责的工作需要重新分配,更麻烦的是工程上的事情主要依靠他的人脉,即使我们打着他的旗号去找关系,效果也不好。尤其是工程监理这方面,“吃拿要”已经是公开的行业潜规则,可“怎么送”却是一道难题。我和兰芝人脉都不熟,贸然送礼,那些老油条也未必会收。

“虽说工程监理也不能真让项目停工,但他们说一句,咱们还得返工,要是三天两头来工地检查一番,也够咱们受的,那工人还干不干活了? 误了工期,咱们可是要赔款的。”

我低声咕哝,眉头深锁。这一次真是把我难住了。兰芝突然灵机一动,想到了苏大壮。

“苏大壮在这方面应该有些人脉吧? ”

我马上摇摇头。至今我都不明白, 苏大壮明明是宋总推荐给我的人才,可为什么他在临走前再三提醒我小心应付苏大壮呢?

“他是有一些人脉,但还是不用为妙。”

“为什么? ”

“没有为什么,不用为妙。”

“总得有个理由吧? ”

我被兰芝逼得无言以对,只好把宋总临走时的情形,以及和苏大壮几次接触的感觉对兰芝描述了一番。兰芝听完后从冰箱里取出两瓶苏打水,随手递给我一瓶,然后优哉地坐在沙发上。

“我倒是觉得像苏大壮这种人也不必避而远之,用人之长即可,平时小心提防就够了。”

“找他出面,万一他从中……”

“你是怕他吃回扣? ”

我点点头。

“那也是没有办法的事，这些包工头手里要是没有钱，那些农民工还能跟着他。退一步说，你现在也没有办法真正避开他，工地上的事主要是你去跟他衔接，一个资方，一个包工头，利益链早就把你跟他拴得牢牢的，在工作中不见面是万万不可能的了。”

“可是宋总的提醒又是什么意思呢？”

“我看是你多心了。用人不疑，再说咱们现在也没有别的选择了。明天不如一起去见见他。”

“应该是他来见咱们吧！”

兰芝笑了起来。

“你这语气，怎么像个赌气的小孩子！”

她这么一说，我也意识到方才有些失态，脸一下羞红了。这是多少年没有的感觉。上一次，还是在大学时，在我的初恋女友面前。时间过得真快，一晃已经快二十年了。我忽然发觉，我们竟然错过了一代人的青春。

那天我们聊到很晚，若不是朋友来电话，恐怕真要秉烛夜谈。我安顿好兰芝后便匆匆走了。

“就这么走了？”

“对啊！”

“你就没想发生点什么？”

“得了，大家都是成年人……”

“就因为大家都是成年人，才应该发生点什么啊！”

奇怪的是，那一晚该发生的事，一件也没有发生。虽然也有过那么一闪念，但也只是一闪念。真正的喜欢源于尊重。何况兰芝虽然穿着时尚，但言谈中仍然是个传统的女人，这也是我一直欣赏她的地方。

第二天，我按照计划来到工地找苏大壮。工地已经开工月余，我作为资方代表却是第二次到工地。这一个月来，我被各种手续、合同、清单压得喘不过气来，已无暇顾及工地上的事，便全数交给了苏大壮。他也是肯担当的人，二话没说便应承下来。今天我在工地上转了一圈儿，现场物料、工具、人员都管理得井井有条。在这方面，苏大壮确实是行家里手。

“哟，邢总，您怎么来了，也没事先说一声。”

苏大壮见了我，老远便打招呼，一面说，一面把我请进他的“战地办公室”。那是一间简陋的临建，没有空调，闷热难耐。虽然已入秋，但坐了一会儿，我还是汗流浃背。真想象不到，平日苏大壮是怎么忍过来的。

“我就是随便看看。”

“领导，您这是指导工作来了，您看我们还需要改进点什么？”

苏大壮半开玩笑似的说道，沏了一杯茶递给我。

“你苏老板管理工地可是行家里手，我这个新人哪敢指教，今天是来找你帮忙的。”

“帮忙？”

苏大壮一听，眼珠立刻转了一圈儿，心里已经在不住盘算了。

“邢总，您别开玩笑了，您这么大的老板，还跟王总合作，哪用得上我呀？我就给您老老实实地看好工地，保证不耽误工期就行了。”

他似乎已经猜出我的来意，可不知为何竟故意避开了话茬。

“苏老板是有什么顾忌吗？”

“没有，没有，怎么可能呢，我实在是能力有限，做烙饼的做不了大席面。”

“苏老板太谦虚了，我知道苏老板的本事可不止于此，工地上的事全仰仗你了。”

“不敢当，不敢当。”

“苏老板，我今天来，确实是有事相求。”

苏大壮见我一脸严肃，也把脸上的笑容收敛起来。

“邢总，您看我只能试试，要真是办不了，只怕坏了您的事。”

“有苏老板这句话就够了，您只管跟工程监理维护关系，有什么需求直接跟我提出来，咱们目标一致，就是想让咱们这个项目顺利竣工，能简化流程就简化，咱们早点竣工才能向政府申请要款，你苏老板也好给工人发工资嘛！”

苏大壮假意为难地应承下来。据我私下打听，他同好几个工程监理都混得很熟，而且其中一位监理正好负责我们的项目。我听从了兰芝的建议，给苏大壮特批了一笔客户维护费，数目不小。苏大壮见了钱，眉开眼笑，立马开始办事。

项目开工之初的危机算是解除了，然而这仅仅是序幕。风还在吹，我已经感觉到真正的危机正在悄悄逼近。从项目开工之初，我就严阵以待，精神始终不敢放松下来。在项目运转顺风顺水的时候，我反而愈加小心谨慎。因为这时人最易放松警惕，很多异常情况也会被胜利的光芒掩盖。像供应商应付货款、偿还贷款这些问题，容易因为拖延时间而导致延误。一桩两桩，可能不会引起对方注意，但积少成多必会酿成大祸。

危机正式开始是在施工半年后的一个早上，我正在公司开会，突然接到工地打来的电话。一个急促的声音顿时把我拉进了另一个世界，心紧接着一阵揪痛。

“邢老板，不好了，工地出大事情喽。”

是苏大壮身边的一个工长，带有沉重的四川口音，加之声音慌张，根本听不清，但我预感到工地出了大事，而且事态严重，便立刻中止了会议，一边赶回办公室，一边保持通话。

“你慢慢说，别着急。”

“那个大胡子供应商带了一群人来，把咱们工地给围了，还喊叫没完。”

“围了什么？你能看到苏老板吗？”

“看不到哟，苏老板被他们围住了，要打他，邢老板，你快点来哟，再不来要出人命喽。”

我听到“人命”两个字，心知事态的严重性，便叫上助理小张和几名公司保安，直奔工地去了。一路上小张还在嘀咕要不要报警。

“先不要报警，到了工地看看情形再说，都是咱们的供应商，我记得那个大胡子还是陈县长家一个远房亲戚，好不容易维系的关系就这么搞僵了可不值。越是这个时候咱们越得沉住气，冷静下来才能控制局势。”

“邢总说得对，老陈，再开快点，咱们快点赶到W县工地。”

这是承办外省项目最大的弊病，两边跑，消耗精力很大。我既不能抛下公司，在W县长期滞留，也不能不管W县的工程。无论苏大壮再怎么精心监管，我毕竟是项目的资方代表，出了事情要负主要责任。所以，此刻无论我怎么掩饰，心急如焚的感受是骗不了自己的。

“小张，你马上联系小田，让他把最近半年供应商应付款而未付的名单和金额传过来，把时间也注上。”

“好的。”

“等一下，把未付款原因也标清楚，还有经办人，一小时之内传到我手机上。”

“好的，马上安排。”

四十分钟后，一份完整的报告传到了我的邮箱。我粗略看了一下，有十几位供应商延迟付款，而理由竟是公司账面无款可付。可是上月的账务报表上我明明看到公司账面还有余款，那些钱去哪儿了呢？我的脑袋顿时嗡的一下，头晕目眩。还好是在车上，否则真是不可想象。

“邢总，您脸色不太好，是不是不舒服？”

“没事，还有多长时间到工地？”

“五分钟吧。”

司机老陈估算行车时间向来很准。眼看快到W县了，我必须让自己尽快平静下来，先不管公司出现的问题，闯过这一关再说。我拨通了苏大壮的电话，仍然处于无人接听状态。我越发感到事态的严重性，极力控制自己的情绪，不能让身边人看到我的紧张。

“小张,你带好我的手机,一会儿有人来电,无论是谁,你都可以帮我接。”

小张接过我的手机,又问我是否需要继续给苏大壮打电话。

“不用了,马上就到工地了,到了现场看看情形再说。”

“好的。”

我们的车刚开到工地门口,就被一群人给团团围住了。有拿木棒的,有拿铁铲的,还有电钻的,看来是从工地上就地取材了。为首的壮汉瞪着一对牛眼,入秋的天气里居然袒胸露背,粗壮的胳膊比我大腿还粗。他从人群里挤进来,一巴掌拍在前机盖上,我们甚至感到车都为之一震。

“这家伙是运动员还是健身教练啊?”

小张吓得上下牙不停打架。他身材瘦小,170cm 的身高,才 54 公斤,比女生还要纤细几分。再看那壮汉,仿佛赤手空拳就能把小张撕成两半。

“没事,别怕他,他就是吓唬吓唬咱们,现在是法制社会,他还敢在众目睽睽之下行凶不成?”

我嘴上虽是这么说,但心里的恐惧不比小张少一分。

“主事儿的,给老子出来!”

那壮汉底气十足、声音洪亮,盖过了在场所有的声音。我听得清清楚楚。看来今天横竖是躲不过这一劫了,与其被人揪出来,倒不如主动站出来承担责任、解决问题。这是我该做的事!

我推开车门……

起风了!

第二十一章 缓兵之计

突如其来的变故常常让人不知所措。当彷徨、无助救不了你的时候，当焦躁、不安对你没有助益的时候，当沉默、妥协无法帮你摆脱困局的时候，你需要主动出击了。在这个紧张的局势下，我需要激发智慧，需要冷静下来，想出对策。

但眼前这群人并不打算给我思考的时间。人群里突然闪出一个身影，把一张发票贴在了前挡风玻璃上。小张仔细看了一下时间，竟然是半年前的，而且发票开具公司的名称也在小田提供的供应商名单之列。紧接着人群中又闪出几个身影，用发票和出库单几乎贴满了整个前挡风玻璃。

小张和老陈都吓坏了。老陈虽年长几岁，但也从未见过这种场面，不免惊慌失措。小张本身就胆子小，这些人又来势汹汹，现在已经吓得说不出话来了。

“小张，老陈，你们先别慌，他们只是要钱，我会想办法稳住他们的。”

说完，我推开车门，独自面对这一群人。这是我的责任！

“你就是老板撒？”

还是那个操着浓重四川口音的壮汉。我朝他点点头，随手从前挡风玻璃上揭下一张发票，认真核对上面的日期和公司名称，确实在小田提供的报告上。是我们欠了这些公司的钱，而且为了工地不停工待料，又打着市政工程的旗号到处赊账，恶性循环才导致了今天的局面。

“邢老板，您什么时候能付款呀？”

“各位请放心，这些单据、发票我核实后，会一一给各位付款的，不知道这些单据能不能让我们带回公司去？”

“不行，单据不能落到你们手里，那是我们的凭证，是你们欠钱的证据。”

“可是不带回这些单据，我们也没有办法核对欠款啊！”

我这么一说，人群中出现了两种声音，且越发地不和谐。此时，我才得以观察分析这些人。有几张面孔颇为熟悉，是供应商，他们应该是此次闹事的主使；比肩刚才那名壮汉的人物，还有几个，但都以那名壮汉马首是瞻；其次是农民工，有一些我之前见过，是工地上的临时工，想来是受了供应商的挑拨，糊里糊涂地跟着闹起来，全是来充人数的。

这样一番分析后，对策已经有了。我紧紧抓住他们相互争执的时机，进一步瓦解供应商的联盟，我发现他们之间并没有想象中的团结。

“这样吧，今天你们先把原件带走，一会儿我们把单据的复印件带走，等我们把钱打到你们的账户里，请各位老板再配合我们，把原件寄过来，大家看这个方案可行吗？”

“他说得也有点道理。”

“只能这么办了。”

那几名供应商分成了两派，再次争执起来。我在人群中见到了那位大胡子供应商。他远远地站在最外围，没有参与任何一方的意见，只是静静地观察，观察我，也观察其他的供应商。此时，我倒是很想听一听他的意见。因为据小田提供的报告来看，我们欠他的货款是最多的，只要同他讲和，这次事件也就能圆满解决。

“你们核对啥子，老子不管，单据上白纸黑字，写得清清楚楚，老子就是要钱，你们啥子时候能给钱？今天，你邢老板必须说清楚撒，要不你就叫你的跟班回去取钱，你个人留下来等着。”

那位大胡子供应商终于开口了，也是操着一口浓重的四川口音。我脑中突然闪现出那位苏大壮手下的工长。真正的较量才刚刚开始。

“我们先把单据取下来做记录，然后进屋慢慢说这个事，你们看怎样？”

那名壮汉的手还死死地按住前机盖，眼睛瞪着车里的小张和老陈。我看了看大胡子供应商，他是这群人中领头的，其他供应商都看他的眼色行事。看来我需要在他身上多下点功夫。

“这位老哥，你看我这办法还说得通吗？我不是赖账，是诚心诚意解决问题来的，咱们大家合作都是抱着相互信任的态度，我信得过大家提供货品的质量，也希望大家能信我一次，咱们站在门口也不得说话，再说天凉了，这位兄弟还露着背，赶快穿件衣服吧！”

那壮汉丝毫没有妥协的意思，直勾勾地盯着大胡子供应商看。我见大胡子供应商似乎有些犹豫，便把小张和老陈叫了出来，一起收前挡风玻璃上贴的那些单据。

“小心一点，这些单据马上拍照，原件还给人家。小张你拍完照片就发回公司，让小田马上核对金额，出一份详细的财务报告给我。”

小张和老陈四目相对，又朝四周扫视了一圈儿。老陈先撕下一张单据，见没人敢动，才小心翼翼地撕下其他单据。小张马上掏出手机一边拍照，一边发送文件。

“田主任，这些是供应商提供的单据，老板的意思是让你尽快核对，整理出一份报告发给他，一定要抓紧时间！”

小张特别强调了时间，我这才放了心。大胡子供应商没有阻止我们，也就等同于默认了我的提议。对我来说，这是个良好的开端，说明这些供应商的目的很单纯——要钱。我刚才大致扫了一眼单据的数目，估计有两百万之多，公司账面上一时之间确实拿不出这么多钱来，唯一的办法就是“缓兵之计”。先争取时间，再想对策。但是就眼前群情激愤的形势来看，这些供应商大概不会给我拖延的时间。

“谢谢大家谅解，现在咱们是不是找个地方坐下来谈，这个事也不是一、两句话能说得清的，再说我们也需要点时间核对账目。大家放心，大家这么配合我们，我作为公司法人，说话算数，绝不会坑害大家。”

我再次想起了王老师那一句“用真诚打动人”的提醒，才有了方才这一段话，而这段话也确实奏效了。在大胡子供应商的带动下，现场形势有所缓和。

“邢老板，希望你没得骗我们撒。”

“当然不会，我当着这么多人保证。”

“邢老板，这个年头，保证有啥子用嘛？”

人群中有人喊出这么一句，立即激起一众应和。毕竟在物欲横流的社会，金钱至上也是无可厚非的，况且我拖欠他们货款这么久，已经失去了信用，现在还有什么资格要求这些供应商相信我呢？

“还商量嘛，邢总，我们今天就要你一句话，嘛时候还钱？我为了给你们供货，跟银行都贷了好多款了，现在你不回款，你让我拿嘛还银行啊？”

现场刚刚平静下来的气氛，在这几名供应商煽动之下，再次沸腾起来。那壮汉一把抓住小张的手，手机摔到了地上。小张吓得直冒冷汗，不停喊叫着“报警、报警”。他越喝，那壮汉手劲越大，疼得他嗷嗷直叫。一旁的老陈刚伸手要去捡手机，又立马缩了回去，站在一旁，纹丝不动，像座雕像。

现场形势几近失控。而大胡子供应商却异常冷静，只是看着我，目光既无敌意也无友善。我看不透他的想法，但我能感觉到他早已看出我的妥协。

“各位，各位，大家先冷静一下，有话好好说，把事情闹僵也解决不了问题呀！”

“不给他点颜色，他是不会放血的！”

人群中竟然传出这样的声音，我顿时也冒出了冷汗。想着事态不能恶性发展下去，必须尽快想个办法稳定这些供应商的情绪。

“大家听我说一句，我们既然来了，就是带着诚意来解决问题的，钱我一定会还，一个月之内，把欠各位的货款全部还上。”

没想到我被迫喊出了这句话后，现场竟立刻鸦雀无声了。不仅小张和老陈一脸惊愕，连在场的供应商也一脸惊讶。

“你说话算数吗？”

“别听他的话，你们这些资方说话从来不算话，让他当场写欠条！”

有几个供应商仍然步步紧逼，丝毫不想放过的架势。小张在背后悄悄喊我。

“邢总，邢总，咱们账面上没有这么多钱啊？”

他声音虽小，却被很多供应商听到了。现场气氛变得更加紧迫。我转身朝小张使了眼色，小张却是一脸焦急。我心里明白他的顾虑，但话已出口，已不可能再收回来了。

“请各位相信我，我回去后马上向银行追加贷款。”

“你回去后真做假做，谁能证明？”

“我保证一个月之内，货款打到各位账户上，再说我们公司旗下还有一些闲置用地，做房产抵押也能还上诸位的货款，这点大家不用担心。”

大胡子供应商见我已竭尽全力，也退了一步。

“邢老板儿，我看你也是实在人，我也不想为难你，咱们可以暂定一个月的期限。我看欠条啥子也用不着写喽，我信得过你。你们说撒？”

没想到关键时刻，这位大胡子供应商居然站在我这边。既然他表了态，其他供应商也自然默认了。现场气氛再次恢复了平静，人群逐渐散去。只留下几名供应商等着取回单据。既然各位供应商退了一步，我们也应该拿出解决问题的态度。我立刻吩咐老陈和小张完成剩下的工作，然后把单据归还各位供应商。

这一场闹剧持续了半天时间，终于得到了解决。我知道如果没有这位大胡子供应商的鼎力相助，事情也不会进展得如此顺利。我想谢谢他，被他婉拒了。

“邢老板儿，你这么说，就看低我喽，大家推举我主事儿，我就得对个人的利益负责，拿你的话说，得对得起这份信任撒。”

我笑了，连连点头称道。

“不管怎么说，我都得谢谢你，今天要不是有你帮忙，我们得困在这儿了。”

“你太谦虚喽，一个月的期限可不算长，有你受的撒。”

“你放心，我会想办法的，明天回去我就向银行申请增加贷款，先把欠大家的货款补上。”

我一直没有见到的苏大壮终于现身了，老远便朝我打招呼，一脸无辜样。

“邢总，您辛苦了，我上午有事实在抽不开身，现在才赶回来。”

我朝他挥挥手，示意他过来说话。我正有一堆问题要向他问个清楚。不过几位供应商一见他，脸色马上变了，转身要走。

“这个龟儿子，懒得见他，邢老板儿，你最好多来工地上走动走动，小心被骗到喽，我们先走起，等你消息撒。”

“那好，随时联系。”

大胡子供应商临走时用力握着我的手，在我耳畔低语。

“邢老板儿，你这个人实诚，值得交撒！不过要当心你身边的小人撒！”

这话很耳熟，已经不止一个人提醒过我。提起苏大壮的人品，我比谁的体会都深，尤其是今天的事，我真想立刻中止与他的合同。如果他是我们公司的员工，我会毫不留情地辞退他。

“您看看，他怎么见我一来就走了？我可没得罪他啊！咱们这些供应商一个个都跟大爷似的,明明咱们是主家,倒要反过来听他们的,这是哪儿的理儿呀?”

苏大壮假装风尘仆仆地赶来,一脸假笑不说,一张嘴就是各种抱怨,没有半点惭愧懊恼之意。我见他这般,愈加恼火了。

“苏老板,咱们进屋说说吧!”

我能想象出当时我的脸色有多难看,也能感觉到苏大壮对我的不屑。他吃定了我在工程上对他的依赖,根本没把我放在眼里。这是我的硬伤,也是我最为郁闷的地方。

进了苏大壮的临时办公室,他那一脸奴才相尽露无疑。沏茶、倒水、递毛巾,一旁听训,活像旧社会大宅门里的管家。我受不了他这般举止,便让他坐下来谈。

“苏老板,今天这事儿,我需要一个合理的解释。”

我摆出一脸严肃,可惜苏大壮并不吃我这一套。

“邢总,这些供应商,哪个是善茬啊?一个一个的背景都不简单,就说今儿来闹事儿的这几个吧,那都是借了高利贷,人家高利贷逼上门来,他们不敢跟高利贷那伙人来劲,就跑来逼咱们,您说就冲这人品,咱能给他们钱吗?再说,公司里的情况,我也多少了解点,能给您解忧的事,我可是一点不敢怠慢。”

我看着苏大壮的嘴脸,越发觉得恶心。当初不知怎么鬼使神差地选了跟他合作。

“今天来闹事的供应商里,有多少是你负责对接的?”

苏大壮多么机敏的一个人,我一开口他就听出了我的用意,立刻改了口。

“哪能啊,今儿来闹事儿的供应商没有我认识的。”

“我怎么听说这些人都认识你呢?”

“那不可能,绝对不可能,没影儿的事。”

现在供应商都走了,无凭无据的事,他当然会死杠到底不认账了。好在他并不知道我让小张拍了发票的照片这件事。我立刻把小张叫了进来。

“邢总，什么事？”

“照片都传回公司了吗？”

“已经传完了。”

“好，你挑几张，让苏老板帮着看一看，挑出来哪些是公司业务人员负责接洽的，回去我分别找他们谈话。”

小张立刻拿着照片让苏大壮挨张辨认。起初，苏大壮还很镇定，编出各种各样的理由拒绝承认与供应商的关系，可是照片多起来，加上小张也没有把重复的照片挑出来，他才露了馅。

“苏老板，刚才您不是说不认识这个单位吗？”

“啊，我，我看错了。”

“是刚才看错了，还是现在看错了？”

“你，你这个人怎么这么较真啊？你一次问这么多，我哪儿记得住啊？”

苏大壮满脸怨愤，瞥了小张一眼。他自知难以自圆其说，便插科打诨地想方设法岔开话题。

“邢总，您看供应商走了，工人们也都复工了，工地上还有很多事，我是不是出去照应一下？”

我知道他难以自圆其说，想找机会溜走，便顺水推舟，让他走了。我和苏大壮原本就不是同路人，经过今天的事更显出他这个人的人性。

“邢总，跟了您这么久，有几句话，我不知道该不该说。”

回程的路上，小张坐在后排座位上，面露焦虑之色。我知道他和其他人一样，也在担心苏大壮这个人。

“说吧。”

“邢总，您说今天这事会不会跟苏老板有关系，我这不是搬弄是非，只是……”

“我明白，你不用说了，今天的事未必与苏大壮有关，不过他见势躲起来倒是真的。”

“我也这么觉得，这家伙脚底抹油，像条泥鳅似的。”

“这点我早就看出来了，不过在施工方面，他确实是个行家里手，再说工程正在紧要关头，现在把关系闹僵也不好，你和小田帮我多留意他。”

“好的，邢总，我们一定盯紧他。”

“还有，明天我们需要立即申请增加贷款额度，先把供应商的货款付清，否则工地就要停工了。”

“是，明天一早我就联系银行那边。”

第二十二章
小贷公司

成功是有一定概率的，且这个概率因人而异，即使再聪明的人，也不会事事成功。事事成功的人生也便索然无味了。所以，人们渴望成功不仅仅是为了达到预期的目标，还因为它不是信手拈来的物什，它并不存在尽遂人愿的美好，所以人们才会永远期待。

我不能肯定杨副行长还会再帮我一次。事实上，上次的贷款能够批下来已经是个奇迹，全因他挺身而出做担保人，否则项目到现在也未见得能开工。可是这一次情况不同。之前的贷款我还没有还清，且偿还情况也并不理想，中间有过延迟还款的情况发生，已被银行方面警告过。旧债未还，又添新债，作为银行来讲不可能不评估其中的风险。

我心里没底，再次找到了杨副行长。那是一个周末的清晨，公园里到处是晨练的人，三五成群，欢声笑语荡漾在秋波粼粼的湖面上，船中央的扁舟上有人在晨练开嗓，余音绕梁，仿佛置身于另一个世界中，让人完全忘却了都市生活的忙碌与烦闷。

不过以杨副行长的年纪，来这里晨练似乎又过于年轻了。放眼望去，这里年过花甲的老人不少，不是头发斑白，就是身体已经僵硬，虽然动作走形，但热情高昂，面色红润，精神面貌比上班时强了很多。反观杨副行长，烟酒不离手，五十岁的年纪却提前拥有了八十岁的身体，让他晨练是万万不可能的。所以，我猜测他约我来这里，一定有他的目的。

我远远望见杨副行长的身影，便走了过去。他正在围观一场棋局，还主动当起了解说。所谓“观棋不语真君子”，下棋的两位老先生一连瞥了他好几眼。他自知无趣，正想走，一转身看到了我。

“小邢啊，你来得正好，我正要给你打电话呢。”

这是杨副行长的惯例问候语，无论关系亲疏，也无论多久未见，在他嘴里都像亲朋故旧似的。

“杨行，您总能给我惊喜，这次又有什么好消息？”

我满怀期待地问道。虽然心里也没底，但还是不得不问。

“你小子，光想好事了，我这儿可没那么多好消息。”

杨副行长边走边拿出一支烟来，在手里摆弄。S城早已下达了公共场所禁烟令，尤其以医院、公园、公共汽车这些人口流动性较大、比较密集的场所。

“烟瘾犯了，憋着还真难受。”

“要不咱们换个地方谈？”

“不用，这里风景不错，适合谈事儿，咱们就开门见山吧！”

“好，杨行，前两天我提交的贷款资料被信贷部给退了回来。”

“知道原因吗？”

“信贷部给的理由是权限不够。可这个说法太笼统了！”

迫于供应商的压力，这两日我的心情一直焦躁不安，再加上贷款申请被驳回，使得我整个人的精神状态始终紧绷，仿佛随时都会断了似的。

“信贷部向我汇报过这件事，我也帮你查过，由于之前出现过还贷延迟的情况，银行内部操作系统已经默认你有不良记录，这样很麻烦，再加上这几次我累积申请的贷款额度已经远远超出了你的偿还能力，信贷部驳回你的贷款申请是正常操作行为，也没有什么可争议的。”

“可是杨行，我指着这笔贷款还供应商们的货款呢，时间一到我拿不出钱来，那些供应商会联名把我告上法庭的。”

“怕了？”

“说实话，我怕，不过不完全是怕吃官司，欠债还钱是天经地义的事，我怕会影响到工程，即使不停工，出了这种负面新闻，对项目总是不好的。”

走到一处长椅前，杨副行长示意我陪他坐一会儿。我感觉到事情还有转机，杨副行长是想给我指条明路。

“有什么大不了的事，再着急也得一件一件地办。”

“杨行，我确实等不了了，您看贷款还有没有别的方法能申请下来？”

杨副行长深深思索了一会儿，似有了主意。

“小邢啊，你可以找你的那个合作人商量一下嘛，我见过她，这个女人不简单，人脉广，头脑灵活，说不定她会有办法。”

“您是说王总？”

杨副行长点点头。他指的人正是兰芝。可是他并不知道，为了做这个项目，兰芝也向银行贷了款，她早已无力顾我了。

“怎么，有难处？”

见我面露难色，杨副行长又关切地问，估计他已经猜到七八分了。

“王总那儿也不容易，我们要是能自己协调，也就不来麻烦您了。”

杨副行长摆弄手里的烟蒂，无奈地笑了。

“老弟，说实话，老哥从心底里想帮你，可是你也明白，就凭你公司眼下的境况，先别说续贷的问题，下个月要到期的那笔贷款你还得上吗？你让老哥怎么帮你呢？这银行就算是我家开的，也有被掏空的一天吧？说到底，你还是得从自身想办法。以贷还贷的法子，那就是滚雪球，欠债越滚越大，到最后就把你自己陷里面，想出都出不来了。你自己也是做担保生意的，像这样的例子不用我给你举了吧？”

我点点头。杨副行长的话深入浅出，一语道破了我内心的纠结。我也怕债台高筑，一旦超过了公司能够承受的底线，会导致崩盘。可供应商的货款也不能不还啊！

“供应商的款我必须还，有些老关系的供应商都赊了三个月的货，实在说不过去了。眼看一期工程马上竣工了，这个时候供应商要是停货，工地就得停工，那我就得不偿失了。再说只要一期工程验收通过，W县政府会拨一期工程款的。所以我觉得我的偿还能力还是可以的。”

“老弟，你也不是第一次贷款了，也不是第一天出来做生意。工程结款哪有谱啊，不都是一拖再拖吗？不要说银行了，就是小额贷款机构也不敢拿这个当成你的偿还能力来评估啊，到时候还不上，人家不是也要血本无归了？”

杨副行长一番话，我竟无言以对。现在提到工程项目，回款慢是出了名的，且风险太高。之前我跑过很多家银行申请贷款，都因为这个问题被拒绝了。

“杨行，您说的这个我懂，也深有体会。之前要不是您亲自做担保，恐怕我这个项目现在都启动不了呢！所以，这次……”

“老弟，你的困难我也都明白，但是这次你真的难倒老哥了。我但凡有一点办法，也不会袖手旁观的。老哥这脾气你还不了解吗？”

我无奈地点了点头，脸上写满了失落和焦虑。杨副行长看在眼里，想着无论如何总要帮我，便又给我出了个主意。

“我这个主意也不知是不是馊主意，罢了，就同你说了吧，你看能做就做，做不来，别勉强。”

“您说。”我听到事有转机，立刻来了精神，一扫脸上的乌云，瞪大了眼睛满怀期待地望着杨副行长。

“你虽说是做担保公司的，可是也并不妨碍你成为客户呀？你好好琢磨琢磨这是不是条道儿？只是找小贷公司贷款的话，你自己承担的风险要大一些，这点要事先考虑清楚啊！”

杨副行长的话不无道理。以我目前的情况，要从银行贷款，即使有杨副行长的关系，也是很难疏通其他环节的。除非造假资料，但那样做的风险更大，以杨副行长的为人，断不会与我同流合污。更何况作奸犯科的事，我也做不出来。

找小贷公司确实可以解我的燃眉之急，但其中的风险也是不小，我需要仔细合计。与杨副行长分手后，我接到了兰芝的电话。工地的事她已经获悉，一边埋怨我没有告诉她，一边询问我下一步的打算。

“供应商的货款怎么拖这么久不还呢？”

“是我疏忽了。”

“财务部门没提示过你吗？”

“之前财务报表中提出来过，当时我没在意，加上一些供应商又比较熟了，都是老关系，多赊些货也没问题，也就没当回事儿，现在后悔也来不及了。”

兰芝听后一阵沉默。

“那接下来你有什么打算？现在一期工程还没竣工验收，W 县是不可能给咱们支付工程款的，没有进项，你打算拿什么支付供应商的货款呢？”

“我再想办法吧！”

“你这么说就是还没想到解决办法。需要支付的款额是多少？”

兰芝自己已经被还贷压得喘不过气，我不想再增加她的负担，便咬紧牙关没有告诉她。

“你放心吧，数额不大，我能应付。你那边有没有熟悉的小贷公司？”

“找小贷公司？你自己也是做这一行的，以你现在的情况向小贷公司借款，简直是在玩火。别告诉我，你不清楚其中的厉害？”

“我当然清楚，不过我有信心，一期工程马上竣工验收了，合同上写好的，每期工程验收合格后，W 县政府会支付一半的工程款，到时候供应商货款、银行贷款都能还上，而且咱们还能有余款贴补二期工程。”

“万一工程验收没过，万一 W 县政府也没有足够的资金支付工程款呢？”

“没有那么多万一，兰芝，咱们可以乐观点吗？”

论从商经历，兰芝较我还要丰富些，加之阅人无数，也听多了商场上“成王败寇”的故事。况且作为合作伙伴和知己，感情又深厚许多。见我身上出现了不好的苗头，她心里的焦急自然比其他人多了几分。

“做生意不是凭乐观，是凭客观。邢哥，你也从商这么多年了，哪些事是沾不得的，你比我清楚。”

我听出兰芝情绪有些焦躁，多半是出于担心我的处境。我嘴上虽然不说，但心里是暖暖的。有这样的红颜知己共同创业，真是人生一大幸事。

“你先别急，我是经过仔细测算的，而且今天早上我还跟 W 县的陈县长交流过工程进度，也提了提咱们现在的困境，他挺理解的，在工程回款方面会积极协调。”

我把陈县长的原话同兰芝讲了一遍，可兰芝的态度却并不同。她没有我的乐观，更没有完全相信陈县长的承诺。

“陈县长的话值得推敲，万一到时候工程验收过不了关呢？你还有什么后手？”

这一点倒是我没有考虑过的。因为对于 W 县的工程，从技术角度来看，难度并不大，只是需要的人力较多。而苏大壮貌似不务正业，但在施工质量上可是夸下了海口。之前我去工地检验时，带上了一个做工程监理的朋友，从检查结果来看，工程质量也是过关的。所以，对于工程顺利竣工的结果，我丝毫没有担心过。但此刻，无论我怎么保证，兰芝都不会相信一个描绘中的未来。她是一个现实主义者，对于还未实现的事，从来不抱幻想。这一点虽然是经商者的优势，但过度现实也会染上市侩的色彩。

“我知道，现在的保证代表不了最终的结局，不过我还是对工程质量充满了信心，之前也请专业的工程监理悄悄做过阶段性质检，质检报告你也看了呀，怎么又对自己的工程没信心了？”

“这不是没信心，而是做好万全准备，客观分析当前局势，做好最坏的打算，才能让项目更健康地发展。”

我从没见兰芝如此焦急过，也没有听过如此絮叨的她。这说明我们之间的关系已经发展到为彼此絮叨的程度了。想到这里，心里泛起了一丝甜蜜。但兰芝此刻似乎没有心情考虑这些。

“货款到底有多少钱，咱们还是再想别的办法吧！我再去试试银行贷款。”

“没事，货款数额不大。你那边已经压力很大了，我不想再给你增加麻烦。原本工程和贷款都是由我负责的，现在出现问题当然也该由我来解决。况且这还是牵扯到面子问题呢！”

我打趣地道出了心里话。兰芝似乎也意识到了这一点，便没有再坚持。作为朋友、知己，不是把自己的意志强加于对方身上，而是尽自己最大能力去满足对方的需求，特别是男女之间的友谊。兰芝在这方面的分寸拿捏到位，总是能给我留出恰当的余地。

“好吧，需要我做什么配合吗？”

“帮我找家信得过的小贷公司。”

“放心吧，明天告诉你联系人和电话，就是 S 城的。”

“我就知道你有办法。”

话音未落，我们两人都听到了对方的笑声。

那天晚上我没有回家，而是驱车前往 W 县，约了陈县长和当地银行一位行长在一家小酒馆见面。由于路上堵车，我赶到 W 县时已经是晚上七点钟。陈县长和那位行长已经到了，坐在早已订好的包房里喝茶。我进门时，他们正聊得火热。见我来了,陈县长马上起身介绍。

“李行,这位就是咱们县火车站项目的开发商,邢老板。老弟,这位是李行长,我们县最大一家银行的行长了。”

“邢老板,一直听陈县长提起您,今天终于见面了,真是年轻有为呀!”

“李行,哪里,哪里,做些小生意而已。”

陈县长见我们寒暄,便道:“都是自己人,就不讲虚礼了,都坐,都坐,时间不早了,咱们长话短说吧!”

“还是先点菜吧,咱们别饿着说。”

我把菜单递到陈县长和李行面前。陈县长一推菜单, 让我们两个点菜。我知道陈县长素来好吃,但上了酒桌后从不自己点菜。我叫来服务员,点了当地几样颇有名气的小菜,花生豆、豆腐、炒肉干、一个小火锅、几瓶啤酒。

“两位领导看这几样菜还合口味吗?”

陈县长笑了,指着炒肉干便道:“你是从哪儿打听到我好这一口的?”

当然,李行长也对这道菜赞不绝口。我心里也有了底。

菜很快上齐了,我和陈县长先干了一轮。男人之间有酒下肚,也就找开了话题。

“老弟,你的难处我们都知道。现在事情进展到哪一步了?”

我喝了一口啤酒,把当前面临的处境如实汇报了一遍。

“实际情况是这样的,我们月底急需一笔资金给供应商解决,我想再贷些款,利率高点也可以……”

我一口气把条件都说完,等着对方答复。陈县长边听边喝,落得轻闲。旁边的李行长则越听眉头越紧锁。

“利息最近一路上涨,已经达到了 4 分,我们行是小行,目前在贷款上没有太多优惠。”

“这么高?我们从来没有贷过这么高利息的。”

“我们现在都不借了，如果有领导替你担保可以考虑一下。”

我看了一眼陈县长。他只是闷头吃菜，完全游离在我们的谈话之外。我想找他担保是万万不可能了。

“邢老板现在这么难，大家都在帮你，你还在考虑这个，有总比没有强。今年能拿到钱已经是非常不错了。小贷公司、村镇银行、银行都面临着存款不足，实体企业80%都出现了钱荒的障碍，你考虑一下，是否用。你这儿如果不用，我们后面一堆客户等着用。”

“好吧，我考虑一下，明天答复你。”

第二十三章
陷入困局

困局，大多数时候是自己走进去的。并不是事先考虑不周，也不是过于乐观，而是被心底那一份成功的渴望牵引着。我并不抱怨，一切都是我自己的选择。我不知道未来还会有多少个困局等待着我，也不知道还会走进怎样的绝境，但心底的渴望会一直引导我向前走。

W县村镇银行贷款的方案也被拒绝了。虽然在我意料之中，但得知消息的那一瞬间，仍然无限失落。W县村镇银行是我的最后一线希望。现在希望破灭，也唯有破釜沉舟了。

第二天上午，我果然收到了兰芝的回信。

“邢哥，小贷公司地址、联系人和电话，我发了微信给你。”

“我收到了。”

“你确定要这么做吗？”

“相信我，我不是个喜欢铤而走险的人，不经过深思熟虑，我是绝不会‘出此下策’的。”

“好吧，既然你都想好了，我支持你，还需要我做什么？”

“不需要了，你已经帮了我很多，接下来我能应付。”

我带上小张和小田两位干将，按照兰芝提供的地址找到了那家名叫鑫诚的小贷公司。在S城一幢老旧写字楼的顶层，简陋的装潢略显寒酸，门庭冷落，鲜有人来光顾。由于是顶层的缘故，屋顶比较低矮，踏进这里，便有一种莫名的压抑感，让人浑身上下都感到不舒服。

公司大门敞开，前台接待员见我们三人在门口张望才慢悠悠地从里间出来。

“你们有预约吗？”

“是金讯公司王总介绍我们来的。”

接待员打电话联系后，带我们到一间小型会议室。会议室里有一张小型圆桌，周围有八张椅子。一个中年男子坐在背窗一排的正中间，见我们进来，忙起身相迎。

“王总介绍来的稀客啊，快坐，快坐。”

招呼我们落座后，他又吩咐刚才的接待员去准备茶水，异常热情。

“先自我介绍一下，我是这家公司的老板，鄙姓董，单名一个勇字，与《天仙配》里那个‘董勇’的名字一模一样。”

这位董老板的性格倒是很开朗，不过过于殷勤，反倒让我有种上当受骗的感觉。

“您好，我想我们也不过多介绍了，想必王总都跟您提过了，我们是想借一笔款。”

董老板一边招呼我们喝茶，一边同我们闲聊起来。

“王总跟我提了你们的情况，我公司也不算大，经营情况你们也见到了。虽说生意是王总介绍来的，但是以我们公司目前的状况，要接手你们的案子，就得压上公司所有能调动的资金。邢总，咱们都是生意人，这么做，对公司运作的风险，我不说，您也明白。”

◎ 债权人

这位董老板既不想驳了兰芝的面子，又不想为我们的案子让公司陷入风险中。虽然是人之常情，但我心里也多少有些不痛快。于是，便借故出去给兰芝打了一个电话。

“兰芝，我到鑫诚公司了。”

“事情办得还顺利吗？”

“不顺利。”

兰芝听出了我的沮丧，便追问缘由。我不想对她有所隐瞒，便据实以告。

“我相信你的识人能力，比我强很多，但是这个董勇，我总是觉得他有点……”

“有点什么，不靠谱吗？”

“嗯。”

兰芝笑了笑，并没有生气，也没有直接反驳我。

“你别看这个董勇表面上吊儿郎当的，他可是个标准的‘创一代’，这家鑫诚公司虽然不大，而且表面上看经营情况也不太好，可还是底气很足的。董勇在金融投资方面很有见地，我的培训中心偶尔也会请他来讲课。”

“是吗？怎么一点也看不出来？”

“邢哥，你平时不是常说‘人不可貌相，海水不可斗量’吗？”

“可他刚才已经明确提出来，他们公司现在也有困难，说什么资金调动有问题。我现在虽然很困难，但是也不想牵连别人，别因为卖人情再让人家把自己搭进去。”

“我的邢哥，我还没有那么大的面子。再说董勇是个极聪明的人，他既然同意见你，就说明他有办法帮你。”

“可我心里还是不踏实？”

平时的我从未这样嘀咕过，最近见的人和事多了，胆子反倒变小了。若在以前，奸猾之人也不是没合作过，大家各自做好分内的事，有合同保障合作关系，也没什么担心之处。可是自从遇到苏大壮后，再遇到此类人，心里就自然而然地起了变化。

“邢哥，小心谨慎是好的，但是咱们也不能矫枉过正，你先跟董老板聊一聊，说不定会有收获！”

“好吧。”

被兰芝说服的我回到会议室，董老板已经和小张、小田聊得火热，虽然都是与合作无关的事，但看得出小张和小田对他的印象极好。看到这一幕，我心里又多了几分反感，虽然想照着兰芝的说法再深入谈一谈，但对他的警惕也自然增加了几分。

“邢总回来了，那咱们言归正传，继续开始？”

“好。”

我坐回原位，没有表露丝毫不满，但善于察言观色的董老板似乎已经看出了端倪。

“邢总，我们这儿洗手间的条件还不错吧？”

我怔了怔，赶忙敷衍。我想董勇一定知道我出去做了什么，他这样说是想暗示我他对一切了如指掌。紧接着，话风也跟着变了。

“刚才我的话只说了一半，其实有王总这层关系，再加上您打进门到现在展现出来的气场，满满的都是正能量，我就觉得您这个人很正，做事有板有眼，这点我非常欣赏。不瞒您说，别看我这个人有点油嘴滑舌的，其实骨子里是很重情义的。”

“呵呵，这点我也看出来了，董总是深藏不露。不过聊了这么多，不知道董总对我们公司的借款需求是怎么考虑的？”

应酬话我还是会说的，只是现在我没心情也没时间聊闲话，所以马上调转话题。

董勇仍旧一副嬉笑的样子，但眼球不停地飞转。我知道他在迅速思考。从借贷合同、额度这些方面考虑，也用不着这样费尽心思地考虑吧？

◎ **债权人**

“邢总，我听说您也是做这一行的，那规矩我就不用多说了，加上王总的关系，您出的数额我全接，不过利息嘛，按 8 分。我们也是担了很大风险的。”

“什么，8 分？”

“我没听错吧，这么高？”

小张和小田的反应在我的意料之中。事实上，我在来之前已经做好了 10 分利的最坏打算，8 分利也确实是给了兰芝面子。再说火中取栗，鑫诚公司赚的就是高风险下的高利润。现在我终于明白兰芝对董勇的赞赏。我沉默了片刻，最终还是同意了。事实上，也别无他法。

“成交。”

“邢总真是爽快人。”

“什么时候办手续？”

“您回去准备一些资料，明天办手续，钱后天到账。”

“干脆利索，多谢。”

从鑫诚公司出来，小张和小田立刻追问我为什么答应董勇的条件。尤其作为财务主管的小田，已经开始发愁数额庞大的利息要怎么赚回来？

“这是我考虑的事，不用担心。”

“邢总，咱们公司现在的情况，很多项目被迫停了，进项本来就少，W 县的项目离竣工验收还有一段时间，这么大额的利息，咱们到哪儿去筹啊？”

小张的忧虑也正是我所担心的。两个人虽然再劝我换一家公司试试，但他们不知道的是，对于一家偿还能力不可控的公司，根本没有担保公司愿意接手。若不是兰芝与董勇还有些私交，只怕这家鑫诚公司也不会接手的。

手续办得很快，钱也如期打进了我们公司的账户，供应商的货款总算有了着落。我原本以为紧绷的心可以稍稍松一口气了，但事事岂能尽如人意？坏消息总是接踵而来——我担保的一家公司银行贷款到期了。

早在一个月前，我就安排财务部门准备资料进行续贷。由于我们公司一直与银行保有良好的信用，日常流水和经营业绩都不错；再加上杨副行长的这层关系，续贷几乎是铁定的事。

可是世事难料。近来，银行开始严查各项贷款，任何不符合规定的公司将不再予以贷款。而杨副行长因为做了我们公司的贷款担保人，在上级部门重新复核我们公司贷款资格时，有好几项都未达标，杨副行长因为此事遭到了内部批评。虽然对仕途影响不大，但终究因为此事而遭到业内诟病，我也过意不去。近来一段时间，杨副行长为了避嫌，减少了与我的联系。所以此次续贷一事，他是帮不上忙了。

怎奈“屋漏偏逢连阴雨”，这期间又发生了供应商索要货款一事。我不得不先挪用准备还贷的一部分资金用于支付供应商货款，特别是闹事比较凶或其物料对工程影响较大的几位供应商，其中就包括那位大胡子供应商。即使这样仍然杯水车薪，我不得不绞尽脑汁地计划每一笔钱的用处。

然而，与这些突发事件相比，接下来的问题更加棘手。小田打电话联系这家公司的负责人时，得到了一条惊人的消息。

“他的股东已经变更了，需要和银行主动沟通一下。”

“什么？这是什么时候的事？这个公司不是与他手上其他公司不相干么，怎么也变更了？”

我的惊讶一如小田乍听到这个消息时的表情一样。

“他去年已经由于债务危机变更给债权人了。”

我听到这里不禁怒火中烧，声音都抬高了八度。

“为什么之前没人报告我这件事？人家变更债权人已经一年了，现在要续贷，我们才得到消息，你们财务部门是怎么跟客户沟通的，还有业务部门……小田，你把跟这家公司相关的人员都叫来，把这件事说清楚。”

我清楚发火解决不了问题，但此刻压抑的情绪一下子爆发了。小张听见我办公室里的动静，冲了进来。

“邢总，嫂子的电话。”

“我没空，你现在去叫业务部门的人都到这儿来。”

小张跟随我多年，深谙我的脾气禀性。他把电话递给我，又朝我做了个接听的手势。然后拉着小田一起走了。

“怎么发这么大火，出什么事了吗？”

我平抚了一下情绪，才淡淡地答了句“没事”。我对工作的事向来不愿多提及，妻子也习惯了，也从不多问。

“哦，我今晚值夜班，看你出门时没带家里钥匙，我把它放在老地方了。”

“哦，这点小事发个短信就行了。”

“我发了，你没回，就这样吧，你先忙。”

我挂上电话才发现妻子昨天就给我发过短信了，只是忙碌的我还无暇翻看手机。我突然发觉从昨天早上到现在，我还没有走出过这间办公室，已经 28 个小时了！我忽略了时间，也忽略了很多东西，也许妻子并不是想告诉我钥匙的事……

一场雷霆之火被妻子浇灭了，也只有她能做到！下午，我放下手头工作，带上财务人员，匆匆赶去银行。

“邢总还亲自跑来了，这样吧，我让客户经理带你们去办理手续，这样能快些，邢总可是大忙人，别把时间都耽误在这儿了。”

尽管信贷部的李主任热情如旧，但总是感觉疏远了。小田立刻反应过来，关于那个特殊情况，只能由李主任拍板，一旦被推到办事人员那里，事情就不好解决了。

“李主任，有个情况，我想先跟您汇报一下，我们资料已经准备好了，前一段就递到审核部门，本来初审都过了，结果中间出了小岔头，担保单位有个小变化，股东变更，您看会不会有影响啊？”

“哦，出现变更了，那为什么呢？”

李主任眉头紧锁，眉心的朱砂痣愈发凸显出来。

“我们也不太清楚，可能是原来老板不愿干了吧，或者有新的业务发展。”

“这样就不大好办了。”

“是不好办了，所以我们才来求您帮忙，您说让我们怎么配合，我们就怎么配合，只要能续贷就能救我们公司。我们公司的情况您也了解，每天都像行走在刀刃上，花一分钱都得左右算计，这日子实在不好过，也经不起折腾……”

这还是小田和小张第一次见我这样求人，两个人怔怔地看着我。李主任左思右想，一脸为难，但还是尽量帮忙。

“这样吧，我也不敢打包票肯定能申下来贷款，咱们两条腿走路，我这边替你们向行里争取一下，你们可得按时还贷，抓紧时间准备好各项材料，然后等我消息。尤其是这家担保公司的新股东，最好跟他们谈一谈，如果两家能一起承担贷款是最好不过了。这样又增加了筹码不说，你们公司承担的风险也能小一些。”

“好的，我们马上回去准备，再次感谢李主任。”

“不用，不用，我送送你们。”

“您留步，留步。”

回程的路上，我坐在车子后排，脸色阴沉，一语不发。小张和小田几次想说什么，见我情绪不佳，又把话咽了回去。

“现在也没有外人，你们两个想说什么就说。”

小田犹豫了一下，主动向我承认了工作疏漏。

“邢总，这次是我们财务部疏漏了，工作做得不细致。”

“也不能全怪你们,人家要是故意隐瞒,咱们就是想知道也难啊。”

我虽然声音低沉,但显然已经没有责怪财务部的意思了。小田这才放开胆子把心里的担忧说了出来。

“邢总,不瞒您说,这事儿一出,我心里确实犯了嘀咕。我觉着这事儿没那么简单,也许真像您说的,对方是有意隐瞒咱们。”

“小田说得有道理,刘老板的公司发生债务危机也不是一天两天了,再忙着应酬债权人,就凭他跟您这层关系,总不会连打个电话的时间都没有吧?当初说好了两家公司一起出资做担保的,现在他单方面把债权转让了,也不知会合作伙伴一声,这事儿办得有点说不过去啊!”

刘老板,是我中学同窗,虽然平时联系不多,但总算有生意往来,还是偶尔会有联系的。这次事件让我最为气愤的也正是他!

“是啊,邢总,要不您再跟刘老板联系一下,至少咱们先了解一下那位新股东的情况,也好心里有个谱,再约人家出来谈啊!”

道理虽是如此,但我此刻正在气头上,给刘老板打电话只会火上浇油,反而弄巧成拙,彻底把关系弄崩了。小张和小田见我没有回复,也不便再多劝。

回到办公室又是黄昏了。余晖穿过玻璃窗洒进来,一片红色的光。我独自坐在办公桌前,一页一页地翻看手机通讯录。拇指在那个熟悉的名字上停留了两秒钟,还是翻了页。这时一个电话拨了进来。

是他!

第二十四章
深夜惊铃

有一个阶段，我烦透了电话铃声。在忙得不可开交时，在身心俱疲时，在烦躁恐惧时，我关上了铃声，但电话依然会振动，有一种无处躲藏的感觉。

电话铃声响了许久，我才接听。

“是你呀？”

“怎么，有点意外？”

“你不打来，我才觉得意外！”

“行啊，老邢，都这个时候了，你还有心情开玩笑呢？”

“要不我过去打你一顿？”

“只要你出气，怎么整治我都行。”

“如果出气能解决问题，我绝对不手软。”

“咱们可是几十年的老同学了，犯得上这么狠吗？”

“你说呢？”

◎ 债权人

“好吧，老邢，我承认我错了，这次的事儿我确实做得不厚道，原本也没指望你原谅我，不过我知道你现在正需要我，又不想给我打电话，我这个贱脾气，主动给你打个电话吧！”

世上有一种人最为可恶：他明明欺侮了你，还装成大公无私来帮你。

“你把股权变给谁了？”我颐指气使地问。

刘老板却不急不火，照旧一副慢悠悠的样子。

“老邢，你先别急。这一年来我公司的债务情况你也了解，我能挨到现在已经是奇迹了。我当时也是迫不得已，眼看银行贷款马上到期，手头又拿不出钱来。当时你正打算开发 W 县的市政项目，作为老同学，我帮不了你，总不能再把负债留给你。不过那时正好赶上你在外地考察，我就把股权转给了一个熟人，人家资金充裕，又肯帮忙，我就擅自做主了，事后怕你生气一直也没敢向你开口，结果一直拖到现在。”

“这个人我认识吗？”

“你不认识。”

“哦，那你把电话发给我，我去会会他。”

听到我要电话号码，刘老板犹豫起来，有些支支吾吾的。

“老邢，给你电话号码没问题，不过你提前有个心理准备。这位股东年纪不大，而且是女的。我知道你准备找她谈共担贷款的事儿，不过凭我对她的了解，这事儿够呛，一来人家占的股权少，再说贷款是前面的事儿，虽然转让股权时我跟她提过这家超市有债权债务，不过人家律师搬出一大堆法律条款，都快把我说蒙了，结果就是人家不承担还贷，因为当初……”

“当初是我单方面贷的款，对吧？”

“老邢，你是明白人，我也知道你现在有难处，兄弟我要不是泥菩萨过河自身难保，我是真心想帮你……”

“行了，把电话号码发给我吧，后面的事儿我去解决。”

“好吧，你试试，但愿你能成功。”

接下来，一连几天，我不停地给这位新股东发短信、打电话邀约。可对方总是不冷不热，而且每次接电话的都是一位秘书，一直没有机会同这位新股东说上话。我心急如焚，因为我几乎每天都会接到李主任的催款电话，到最后已经不好意思亲自接了，只好让小张帮我挡一挡，可这个办法能够拖延的时间有限。说到底，还是要见到这位新股东的庐山真面目才行。

“你好，我想请你捎几句话给你老板。首先，我不是一个无赖的人，大家都在生意场上行走，难免会遇到难处，我是真心有事相求，才诚心约见一面；其次，我们‘被成为合作伙伴’也有一年了，至今还未曾见过面，是不是有些不合情理。关于良泉超市未来的发展，作为仅有的两个股东是否应该一起商量一下？”

我的情绪有些激动，说完后，电话另一端沉默了良久，我怀疑对方是否在听我讲话，还是因为最近被我“骚扰”了太多次，已经厌烦了？

“你，是邢老板吧？”

正当我胡乱揣测时，电话另一端传来一个甜美的声音。我的火气顿时全消。原来对方一直在听我讲话，而且这一次的声音与前几次不同，连问话的语气也有所不同。我应承了一声。

“你是……”

“我是张凝。”

张凝？真的是她？刘老板向我介绍过的那个张凝？我在心里默问自己。也许是被拒绝的次数太多了，有点不相信自己的耳朵。

“你真的是张凝？”

“真的是啊！前段时间我一直出差在外，电话都是秘书帮我接的，实在抱歉。您的情况我大致了解了一些，也从刘老板那里听说了一些，我知道您正在发愁贷款的事。我可以跟您见面。正像您说的，咱们合伙一年了，居然还没有真正见过面，这事儿确实有点滑稽。”

“你同意面谈？”

“是的，时间地点你来定。”

有时候幸福来得太快，反而让人不敢接受。挂掉电话，我又向刘老板求证了一些情况，才放心地准备约见这位美女股东。

时间定在周五上午十点钟，在S城华夏酒店的一个商务会客房。之所以没选择彼此的公司，是因为良泉超市本来就是双方的副业，其次为了表示公允，特意选择了第三方场所。

美女股东姗姗来迟，从谈判来看，对我方是极其不尊重的。但作为东道主，又是男人，就需要有绅士的风度和气度。她还带来了一位律师，律师还未开口，先递了名片。

我接过名片大致扫了一眼，是S城一家颇有名气的律师行，专做金融类案子。想必这位张小姐家资殷实，否则单凭她的年纪很难在社会上积累广泛的人脉，不说出得起钱来请这家律师行的律师，单单结识这家律师行已经不容易了。

“你好，我是刘总的同学，我们合作几年了非常不错。可惜的是，他去年出现了债务危机，我也是给他担保了，也是债权人，但是为了共同的利益，我的贷款到期，他也给我做过担保。不过这次良泉超市的股权转让时，我刚好不在S城，所以咱们一直未得见面，抱歉。”

礼貌性地阐述缘由，在我所经历的谈判中算是冗长的开场白了。这位张小姐只管落座，礼貌性地向我问好，其余时间都由她身边的律师代劳。以至整场谈判，我都觉得自己是在跟律师沟通。

“邢总，咱们开门见山吧！”

“好，良泉超市的贷款到期了，虽然数额不大，但作为合伙人，我希望咱们能共担这笔贷款。”

“据我方掌握的情况，这笔贷款是以您公司的名义申请的，虽然用于良泉超市的装修和扩建,但与我方公司无关。不知您所指的'共担'是什么意思?"

律师提出的异议在我意料之中,虽然这家超市在股权转让时连带将债权债务也一并转让了,但其中并不包含这一笔贷款,我确实无权请对方帮助我还贷,但以目前的情况我别无他法。

"我知道我无权要求你们共同还贷,可一旦贷款逾期未还,银行会视为违约,提起诉讼,会严重影响我公司的信用,以后再想贷款就难了。"

"以后可以由我方出面申请贷款。"

律师的话斩钉截铁,也丝毫不留余地。我见张凝面无表情,更像是旁观者。又继续努力了几次,结果可想而知:以我的口才和法律知识,怎么是律师的对手。几个轮次就败下阵来。

我灰溜溜地回到办公室,夜幕已经降临。电话再次响起。我打开手机一看,又是银行的李主任,想来是催促利息的事。心里虽然烦透了,但还是勉强接听了。

"邢老板,怎么利息还没有交上去?后天就到期了,这两天你们赶紧把钱打过来,一旦逾期还贷,你自己知道后果,你们手上那个大项目也会受到影响。"

李主任的话不是危言耸听,此刻我已经心急如焚。

"放心吧,李主任,我会尽快把利息打进银行账户,不让你为难,不过续贷的事还需要拜托你。"

"能帮忙的地方,我会尽力。不过,邢老板,你们这次冒的风险有点大,值得吗?"

李主任的意思是问我为了一家小超市一半的经营权不值得的,但我偏偏看中了这一半的经营权。这家超市的经营者是一位单亲妈妈,她靠着这家超市养活一双儿女,也靠着这家超市重拾自信。她是弱势群体中的强者!

◎ 债权人

我欣赏这样的人。当初宁可贷款也要买下一半的股权,就是希望把她留下继续经营她热爱的事业。今天，我之所以不想放弃这一半的股权,宁可四处奔走贷款也不愿将一半的股权卖给张凝,也是出于这个原因。因为张凝一直想转产,将超市改成美容中心,这样一来,这位单亲妈妈就失业了,她失去了一家赖以生存的活计,甚至会再次失去自信。我会尽一切努力阻止这件事情发生。

第二天，我再次来到了鑫诚公司。距离上次借款不足一个月的时间，我再次提出了借款。坐在董老板的办公室里,我四处张望,忐忑不安,心里有个声音在问:“你这么做值得吗?”

为了一个非亲非故的单亲妈妈,为了一个任性的理由,在自顾不暇的情况下,增加了借款额度,也加重了自身的风险。任谁都会觉得这是赔到底儿的买卖，何况是在我已经没有任性资本的情况下，做这样一桩蠢事，无异于玩火自焚。

“董老板,我需要增加 200 万借款。”

“工程上又需要资金了吗?”

“这次与工程无关,是一家超市,我有一半股权,现在经营不济,我想再借点款帮它渡过难关。”

董勇听罢,连连摇头,又好心劝我。

“邢老板,再借款,你不怕债台高筑啊?”

“我一定要帮这个忙。”

“以你们公司现在的情况,还之前的借款都很困难,再拉上新债,弄不好要把公司赔进去,你那个非做不可的大项目可就真得停工啦?”

“那也要做。”我坚定地道。

董勇打量了我一番，实在不解一个经商多年的人，本该非常理智,可为什么会做出这样愚蠢的事情来?

“邢老板，我能冒昧地问一句，你跟这家超市的老板是什么关系？你这么砸锅卖铁地帮对方，这事、这事有点说不通啊？”

董勇见我脸色不悦，又赶忙解释。

“邢总，您别误会啊，我不是想扒别人隐私，我就是想再劝您冷静一下。要说别的公司这么做，还解释得通，可是你们公司现在这么难，说句不恰当的话，那就是泥菩萨过河，自身都难保了，还怎么帮别人呀？再说帮人是在有余力的情况下，您这儿……我是怕最后救不了人家，反倒害了人家。”

董勇的一番好心我自然明白，但我的坚定他也领略到了。

“既然邢老板这么讲义气，我当然乐得赚利息。”

“感谢。”

晚上9点多，我拖着疲惫的身体回到家。一进家门，莫名的惆怅又爬上心头。这么多年来，每天披星戴月、早出晚归，没完没了地工作，我的生活里似乎只有工作，我和妻子、和朋友、和所有人谈话的主题仿佛都离不开工作。

我真的累了，非常累！

我浑身酸懒地躺在沙发上，两条腿似灌了铅，全身上下连一丝力气也没有。我不知道妻子是否在家，卧室的门紧闭，我想过去看一看，可是身体已经挪不动半步了。

这就是我努力奋斗所追求的生活吗？

10点钟，手机两次响起。我撑着身体，从茶几上拿起手机看了看，是个陌生号码。本想挂断，但还是本能地接听了。

“邢总，不好了，出人命了，您还是赶紧过来一下吧！”

是小张的声音，急促、慌张，我越发焦急起来。

“小张，你在哪儿，出了什么事？”

◎ 债权人

“邢总，一两句话也说不清楚，我在良泉超市呢，您快点来一趟吧，再不来真要出人命了。”

然后电话里传出了哭闹的声音，那声音有点熟悉，是良泉超市的店长，也就是那位单亲妈妈。

“我除了开超市，什么也做不了，超市要是没了，我和孩子们可怎么生活啊？”

“不会的，邢总正在想办法。”

“可是今天有家公司打上门来说要收购这家超市，这不是让我们没活路了吗？”

我挂上电话，立刻赶往良泉超市。这位店长的两个孩子，一个在读大学，一个正在读高中，正是花销最大的时候。孩子的父亲因病早逝，现在还欠了很多外债没还清。这位母亲靠辛勤工作养育两个孩子，还要偿还丈夫生前欠下的债务。每日生活在高压情绪下，心情已近崩溃。张凝的公司几次带人去超市看现场，欲改造超市。所以，我们公司原本是这位母亲唯一的希望。

可我们公司目前的状况堪忧，社会上也传得沸沸扬扬。这些负面信息让这位母亲整日惶恐不安，多次打电话给小张求证。虽然每次小张都解释过去了，但仍然无法打消她心里的顾虑。今天这家公司只是一根导火索，把这位母亲内心的顾虑、担忧全都激发了出来。

我一进门，这位母亲哭得更冤枉了，还有很多超市员工，其中大部分人是在贫困线上挣扎的。我了解他们对超市的依赖。

“邢总，您可不能让人收购了超市啊！”

“不会的，邢总正在想办法……”

小张一再解释，但这样苍白的解释对这些生活在贫困线上的人来说，是不可能理解的。

“小张，算了。”

我朝小张使了眼色。

“邢总，你们的人把我打伤了，您看这事儿怎么解决？”

人群中走出一个年轻人，捂着头，气哼哼地质问我。

“你是……”

“我是三河公司的市场部经理，来这儿是做市场调查的，没想到被你们的员工打伤了。”

三河公司不正是张凝的公司吗？我预感到此事并不简单。张凝想收购我手上的超市股权也不是一天两天了，之前也派人来实地考察过，可为什么偏偏在我为贷款四处碰壁的时候又来“考察”呢？

“我跟你们老板是合作伙伴，你们老板也是这家超市的股东。你口口声声地说‘你们员工’，不知道是什么意思？你是把自己分出去了，还是把你们老板也从这家超市给分出去了？”

“邢总，我可没这么说，您这是歪曲我的意思。”

这位年轻的经理显然有些急躁。

“你也不用急，小张啊，给张总打个电话，让她也来一趟吧！自家超市出了事，她这个股东怎么能不来呢？”

我猜测没错，听到我联系张凝，这位经理立刻松了口。

“邢总，这事儿犯不上叫张总来吧，这么晚了，我们张总早休息了。”

“可我不还是赶来了？”

“这……”

我拍了拍年轻经理的肩膀，把他叫到一旁。

“你放心吧，我明天会去跟你们张总解释，今天晚上就不打扰张总了，这种场面让你们张总见到也不好。”

那经理见我有息事宁人的意思，也没再说什么。我让小张带他去医院看病，自己则留下来安慰超市这些员工，尤其是店长。

第二十五章
酝酿祸事

做任何事情都需要付出代价。作为成年人，作为企业主、投资人，更需要为自己的一时任性买单。任何人都没有例外。

在一片反对声中，我再次向小贷公司借了200万元，用以还清良泉公司的贷款和一些外债。虽然暂时挽救了这家超市，但正如董勇所说的，我给自己套上了沉重的枷锁。若在前几年，200万元资金根本不需要借款。可是眼下，经济形势不好，公司又遇上了前所未有的困难，连调动几万块钱都有些吃力了。借款成了唯一的出路。

我借款救助良泉公司的举动，惹得公司上下议论纷纷。矛盾焦点集中在我和那位单亲妈妈的关系上：没有人会相信我为一个毫无瓜葛的人不惜让公司陷入举步维艰的境地，而供应商也不会就此宽容我拖欠货款。所以，我要为我的任性买单。

下午公司召开了紧急会议，并邀请了张总，共讨论了两个议题：一是良泉超市的债务问题；二是良泉超市停业问题。主要是由于公司近来不利流言四起，弄得人心惶惶。

“小张，你先给大家介绍一下良泉超市的近况。”

“好的，邢总。目前良泉超市处于停业状态，因为前期欠款比较多，现在已无资金周转进货……”

说到这里，张总打断了小张。

“我听说有供应商堵门、民间高利贷催款，连货架上货物也被抢购一空。前两天半夜邢总不是还被叫去良泉超市‘平乱’吗？”

此话一出，大家纷纷议论起来。

“张说，情况您只说对了一半。其实今天就算张总不提起这个事儿，我也要在这里说一说。前几天我确实深夜被叫去了良泉超市，跟超市很多员工待到了后半夜。但并不是因为超市出现了所谓的‘砸’‘抢’事件，而是有位自称是某公司经理的人去超市无理取闹，结果与超市员工发生冲突，这个人还口口声声地诬陷张总。当时有人想叫张总一起到现场对质，因为天色太晚被我拦下了。”

张凝听罢瞥了我一眼。她显然是知道这件事的，而那位年轻的经理估计学了另一个版本给她。

“为什么我到现在也不知道这件事，而且我听到的完全是另一个版本。”

“我料想张总听到的版本跟我所说的也是截然不同。不过，张总刚才说的这些并不能代表良泉超市的真实情况。这家超市长年经营低价菜，员工基本上都是下岗再就业人员，这些人需要这份工作养家、供孩子上学……”

“邢总，你说的这些是福利机构该做的事，超市打开门是要做生意的。既然做生意，追求利润才是目的，不赚钱就等于赔钱，我觉得这家超市的保留意义不大，既然现在已经停业了，干脆就趁这个机会转业，我们作为投资人也不至于血本无归。”

张总的意见得到了大家的认可，唯独我保留意见。会议室的气氛有些尴尬。见我和张总唇枪舌剑了半天,大家都不敢出声了。

作为企业的领导者，有时候是需要独断专行的。尽管可能是一意孤行,但当回过头来看时,才会发现当初的乾纲独断是多么正确。

“我想再讨论下去也不会有什么结果。今天请大家来,不仅仅是讨论,而是要拿出结果,怎么挽救良泉超市,而不是抛弃它、毁掉它。我请大家来,是希望大家能够跟我一起同舟共济想办法。明说了,我是不会放弃这家超市的,而且会坚持到最后一刻,也希望大家能够支持我。”

说完这段话后,会议室里又是一片沉寂,没有回应,甚至连一个肯定的眼神也没有。我第一次品尝到曲高和寡的孤独。虽然我早就料到良泉超市的问题终将落到我一个人头上,但事情真的发生时,心里仍旧有那么一点不愿接受。

“既然大家都没有异议,我布置一下工作。第一,由财务部负责与银行接洽,沟通超市货款追缴,在贷款时间未到期之前,请银行协助提前下还款通知书；第二由市场部协助财务部重新核算超市资产，同时跟超市人员一起进行实地调查，重新梳理进销存渠道，制订新的超市经营方案;第三,由我负责解决资金问题,先融资,如果找不到融资对象,再想办法转贷,以保障超市发展下去为最终目标。不知道我这样安排,张总觉得如何？”

张凝沉默了片刻,冷笑了一声。

“邢老板,我不知道今天你叫我来参加这个会议有什么意义,我就是一名旁听生,我的意见完全被忽略,不仅仅是我,在场所有人的意见都被忽略了,我们只听到了一个声音。既然这样,以后这种会还是免了吧,大家时间都挺宝贵的。邢老板既有胆识,也有能力,你自己说了算就行了,麻烦你以后有事也不用来通知我了。合同期满后,我会考虑撤资,希望邢老板的公司能撑到那个时候。因为那时候的良泉超市就完完全全属于你了,告辞！”

张凝带着她的队伍走后，我预感到良泉超市会成为我的死劫！然而，事情已经不可挽回了，就让我任性一回吧！哪怕是付出代价。

虽然挽救良泉超市的工作我可以强行推下去，但银行和小贷公司却是不好招架的，再加上工地那边又出现了新问题，可以用“内忧外患”来形容我的处境。

先说一说内忧。与事业上的不断进境相比，我的家庭生活可谓乏善可陈。结婚数载，我和妻子算是相敬如宾，但内心似乎总是隔着一层纱。因为每次我的情绪激动时，总是以妻子的妥协收场。我们从不争吵，也没有机会争吵。

我们从不干扰对方的工作，我去医院接过妻子下班，但从未踏入过她们的科室；自从我创立公司以来，她仅仅给我打过公司电话，也从未踏足过公司半步。有时候我们更像是同居一个屋檐下的陌生人。尤其在我开发W县城镇化项目后，早出晚归是必然的，妻子值夜班的机会似乎也增多了。最长的一次，有一周时间我们没有见过彼此。对于一对夫妻来讲，这样的生活并不正常。

有好几次，我想开口同妻子谈一谈，但都被琐事羁绊，待到闲下来时，又没有了当时的情绪。我也曾想过与妻子重温恋爱时的感觉，聚少离多的生活消磨了我们的激情，左手摸右手的感觉让我们觉得彼此更像亲人——既熟悉又陌生的亲人。

我知道我们的感情出现了问题，而且是不小的问题。不是出轨才叫婚姻问题，很多时候那些容易被忽略的细节才是导致婚姻生活悲剧的罪魁祸首，而元凶正是我们自己。

外患方面更不必说了。银行贷款、小贷公司借款搞得我焦头烂额不说，工地上总是接二连三地出现问题。

自从宋总退出后，我和苏大壮始终貌合神离。且不论上次供应商事件中他所扮演的角色，他对工地的管理过于简单粗暴，搞得农民工们怨声载道，甚至已经传到我的耳朵里。平日里他克扣农民工工钱也就算了，逢年过节时不但没有放手，反而变本加厉，这一点是我着实鄙夷的，但也是我无可奈何的。毕竟工地管理要靠他，协调工程监理也要靠他。这种被人牵着鼻子走的感觉让我厌烦透了。

另一方面，由于贷款、续贷等问题，与银行方面保持了十多年的良好关系第一次出现了紧张的局面。由于公司出现过延迟还贷的情况，续贷非常困难，且多项贷款即将到期，我面临山崩式的资金压力。而小贷公司方面高额的利息也压得我喘不过气来。

尤其最近一段时间，电话一个接一个打来，最多的一天，共接听了 77 个电话，会见了七批客人。巨大的工作量让我疲惫不堪，甚至几次把手机关掉，但我无法关掉公司里的电话。每半个小时就要接一通电话，每每讲得口干舌燥、头昏脑涨。我不知道这样高强度的工作还要持续多久，也许等项目结束就会好转，也许我等不到项目结束就已坚持不住了。

每每滋生这种想法时，兰芝都是我倾诉的对象。有时候我会深夜驱车赶往首都，和兰芝一起看初升的太阳，听国歌奏响，感受内心的澎湃；有时候我会独自驱车到 S 城的海边，然后在车里过夜，等待海边升起的一轮红日，在电话里和兰芝听同一首歌……

我的世界里少一个人，也多了一个人！

难道这就是所谓的“平衡”吗？

当然，无处不在的李主任是不会放过我的。尤其在我们公司屡屡曝出负面新闻的时候，银行和小贷公司紧追的步伐竟然格外一致。银行方面不再像以前那般热络，甚至有些银行还打起了官腔，拿着国家规定卡我。

“李行，我下周有一笔贷款到了，将近 500 万。这次我遇到点麻烦，工程款回来得比较慢，其他融资渠道也一直没有进展，压力比较大，你看看能不能帮我一下，先把款倒一下。”

我主动同一家银行行长沟通已经不是第一次，但这次却是最为重要的一次。

做工程回款慢，似乎是这个行业公开的规则。尤其是市政工程押款严重，很多工程队、小施工公司都吃过这方面的亏，原本好端端的公司，因资金周转失灵最终破产倒闭了。在我决定入这一行之前，我身边几乎所有人都给了我同样的忠告，而当时的我未理会，也没有提前做好预防，总是觉得自己有某些关系，对方会对自己另眼相待，但另眼相待与工程回款完全是两码事，并不能混为一谈。可惜，当时的我过于自信了。

李行长沉默良久，缓缓地道："今年的环境非常不好，大小企业都非常难，我们能感觉到，但是今年的信贷政策反而会更紧，所以你做好准备，提前想办法吧。"

这不是我想要的答案！

"我确实没有办法可想了，能用的办法都用了，要不也不会给您打这个电话了。"

"倒款这种事，我不方便出面，这是你们互保企业私下里的事。"

"李行，您也知道今年是什么年景，我但凡能找到互保企业也不会来求您了。"

"你们公司之前不是跟很多公司都做过互保吗？"

不提还好，李行长这么一提，我想起了去年一位同学的企业发生债务危机，一连波及他周边的很多朋友，我也是受害者之一。这种涉及的后果实在太严重了，他的违约、债务危机几乎也影响了我的融资渠道。

"问题就是我的互保企业有些麻烦，之前找的公司出现了问题，重新找互保企业又需要充分的时间，这毕竟是倒款，找一个信得过的企业很难！"

"你说的这些问题确实存在，不过银行也得遵循国家规定贷款啊。"

我长叹了口气。

◎ 债权人

“互保公司实在不好找啊，李行，‘信任’问题是最难解决的！您务必帮我想想办法，要不这个槛真过不去了。”

“哎，由不得我。最近我们这儿的企业也有几笔款出了问题，企业做得都不错，但是环境影响太大了，谁都不敢轻易冒进。”

“可是……”

“邢总，你还是抓紧时间找互保企业吧，这才是正道，还款期限马上就要到了，时间可是不等人呀！”

眼看所求无望，多说无益，我也只好挂掉电话。在将近半小时的通话中，我抛开了面子，放低了自己，为了项目、为了公司一家又一家银行地亲自协调、恳求他们施以援手。虽然我竭尽全力，但结果却不尽如人意。

我能够理解银行的做法。眼下这种环境，再加上我们公司近来业绩不佳，哪家银行也不敢冒如此大的风险。我最深的体会就是“昨天的朋友，今天的路人”，世态炎凉，遇到困境真正能跟你共担风险的人寥寥无几。所幸，我没看错杨副行长这个人。他受我的牵连在单位里也受到了诋毁，但这丝毫没有影响我们之间的友情。在避嫌期我们减少了见面，但他对我的关照并没有减少。比如良泉超市贷款申请续贷一事，虽然全程都是李主任在出面办理，但如果没有他在背后支持，也不会顺利续贷。这些好我记在心里，有朝一日一定要涌泉相报。

当然，小贷公司那边给我制造的紧张空气也不少。第一笔借款很快到期了。由于有兰芝这层关系，董勇对我总是客客气气的，先礼后兵。但我很清楚，一旦哪天我还不上钱来，这些人狰狞的嘴脸还是会露出来的。

“邢总，第一期借款快到期了，我这也不是催您，只是给您提个醒。各行有各行的规矩，想必您都了解，钱都是好借不好还的，您最好提早准备！”

董勇的话虽是提醒，但听起来还是有些刺耳。自从开发 W 县这个项目以来，我每天应付不同的债权人，也听到不同的催款声音。起初被催款，心里着实不舒服，立刻想办法筹款，仿佛是刻不容缓之事。后来，被不同的债权人催款，其中招数也算是领略了一些，再听到催款的事，心情平静了许多，能够有条理地分析公司处境，计划各种款项的使用，在保障收支平衡的基础上有条不紊地借贷，公司也渐渐走上正轨。

但良泉超市的问题打乱了我的阵脚。突如其来的状况让本就捉襟见肘的公司资金状况再次雪上加霜。为了挽救这家超市，替他们偿还供应商货款外，还需要还银行贷款，我不得不在计划外多向小贷公司借了 200 万元。在这样的经济环境下，在公司举步维艰的时候，我是冒着断送公司前途的风险来做这件事的。我不图超市那些员工感激我，也不求他人的谅解，只求自己的心安。

当然，200 万元的贷款还不足以让我压力倍增。最难解决的当数工地上连连曝出的各种事件。苏大壮的行为已经到了让人忍无可忍的地步，他在酝酿一场大祸，也在挑战我的底线！

第二十六章
罪魁祸首

我对苏大壮的放任，多少有些无奈，但仍旧免不了要为此买单。工地上的民工激愤难平，流言四起。起初只是关于苏大壮的一些不当行为，有真有假，虚虚实实。由于我的坐视不管，后来连带地把我也卷了进去。有人说我跟苏大壮是亲戚，不然也不会一再纵容他；也有人说我有把柄落在他手里，所以才处处被他牵制；还有人说我们原本就是沆瀣一气……

乍听到这些流言时，我心里总是不舒服。不明不白地做了苏大壮的垫背，还遭人误解，也不知是为了什么。我明明是老板，和苏大壮仅仅是雇用关系，我随时可以中止这种关系。

“兰芝，我想解除跟苏大壮的合同，单方面解除！”

“那是要赔钱给他的，连同他的工程队也会一并带走，到时候工地得停工，这个损失有多大，你自己很清楚。”

“他越来越过分，我怕会出大事儿。”

“工程监理方面的人脉你理顺了吗？”

兰芝提到这一点也确实提醒我了。看来流言不虚，虽然算不上把柄，但我的确被苏大壮抓住了短处，这是不争的事实。

“还没有……”

“做这一行的，有个小圈子，要打进去不容易，需要花些功夫。”

“我知道。”

许久没来首都的我，郁闷地坐在望京区一处大厦楼下的咖啡馆里，对面坐着成熟时尚又女人味十足的兰芝。本该轻松悠闲地享受午后时光，我却没有半点心情，兰芝则悠闲地品尝咖啡和甜点。她递了叉子给我。

“吃点甜食吧，有助于缓解心情。”

我接过叉子，勉强吃了几口，却是苦的。

“怎么是苦的？”

“是你上火了！别给自己太大压力，你急坏了，你的项目、你的公司都会受影响，没有人能替你解决问题。”

劝人的话谁都会说，但事情真摊到自己头上，心情怎么可能轻松得下来？我敷衍地笑了笑，望着窗外落叶漫天，已是深秋。工地马上要竣工，再拖下去就入冬了。

“苏大壮把工期拖慢了很多，他总说工地上缺人手，可我每次去都能看到一些人闲着聊天。”

“这个问题你同他讲过吗？”

“提过很多次了，表面上答应整改，可总是好不过三天就原形毕露了。他是吃定我不敢解除合作关系。”

“政府那边没催过工期吗？”

“倒是催过一次，也派人去工地做了督导，不过都是走走形式罢了，之后就没有下文。”

兰芝听罢，脸色略显几分凝重。

“这事情有哪里不对劲，有些蹊跷。”

“蹊跷的事儿多了，自从跟这个苏大壮合作，哪件事是顺利的，又有哪件事是正常的？”

我对苏大壮的偏见由来已久，已经是不可调和的矛盾了，只是等待一根导火索。兰芝明白这一点，也没有多劝。我们只是静静地坐了一会儿，享受片刻的独处。

可惜，偷来的时光总是过得特别快，我们被一个电话带回了现实。

“邢总，W 县工地这边出了大事，这次真是出了大事，有民工要跳楼！”

“什么？跳楼？”

我登时从椅子上跃起，眼珠瞪得溜圆。以往我也听过见过不少生意失败寻死觅活的人，那时也没有像此时此刻这样激动。可能是事不关己吧！但听到小张在电话里惊慌的声音，我马上意识到事态的严重性。工地是一个人员聚集的地方，容易受到某种情绪的影响。一旦形成燎原之势，就不好收场了。这才是真正让我心急如焚的地方。

兰芝也被吓了一跳，我挂上电话，她赶忙向我打听情况。

“有农民工要跳楼？是家庭问题，还是……”

我们眼神交会，已明了对方的心思。

“你猜对了，这个苏大壮脱不了干系。”

“你别急，问清情况再说，这事不能只听一面之词，还是先问问苏大壮吧！”

我们又想到了一处，但我不想直接与苏大壮对话，我怕情绪失控，便打电话给小张，吩咐他去找苏大壮核实情况。

“邢总，苏大壮已经不见人影了，我一接到消息就立马联系他，他的手机一直是关机状态，据工地上人说，已经有两天没见到他的人影了。”

“什么？为什么不早说？”

我在电话里吼了起来，整个咖啡馆的人都在看我。兰芝把我拉了出去。

“你这是怎么了？”

我整个人呆若木鸡，有气无力地回了一句：“苏大壮跑了！”

兰芝觉得我一定是气晕了头，神志不清了，便打电话去工地核实情况。结果一如我的直觉——苏大壮跑了！

我和兰芝火速赶往W县工地。此时的工地已经乱成一团，最先赶到工地的小张带着几个人在维持秩序。见我们到了，小张才松了口气，气喘吁吁地向我汇报情况。

“邢总，王总，你们可算来了，有几个农民工闹事，说是要跳楼，有不少人跟风，说咱们再不支付工资就集体跳楼，当地派出所和县公安局都派人过来了，正在维持秩序呢！”

我顺着小张所指的方向望去，黑压压的一片人头，确实有好些警察围在外面。二楼的临建上站着几个人影，由于背光，看不清脸。即使看清了，我大概也认不出来。

“苏大壮去哪儿了？”

小张摇摇头，叫来工地上另一名管事儿的。

“邢总，他是工地上管账的，我刚问出一些细节，正巧您来了，让他直接跟您汇报。”

“你把苏大壮近期一些账上问题跟邢总说一说。”

“好，好。”

这位管账的也是人到中年，个头不高，人有些木讷。我注意到他脸上有几块瘀青，想来是因为苏大壮的问题挨了打，被吓坏了。

“你别怕，照直说，把苏大壮的问题说清楚，他的事儿与你无关。”

“你把知道的事一五一十都告诉我们，才能撇清你自己。”

在我和兰芝再三劝说下，他才鼓起勇气开口。

“前两天苏老板突然对我说，让我把账户里的钱都提出来，说是要进材料。”

◎ 债权人

“你帮他取了多少钱？”

“248 万。”

“他让你取钱，你就取钱吗？”

“那他是老板嘛，你老板让你干啥，你能不干么？”

这位管账大哥倒是实在，一句话堵住了小张的嘴。

“工地上都是用现金买材料吗？”

兰芝换了个方式问。

“也不全是，有时候小钱就直接用现金付了，大钱要转账的，还要入账开支票，走这些手续。”

“多少钱算大钱，多少钱算小钱？”

“一般地，几百块以下的算小钱，上千元就大钱了。”

“那 248 万算大钱还是小钱？”

“这个……”

我点起一支烟，边吸烟边听兰芝和小张审这位管账大哥。

“他取这么大笔钱，你为什么不上报？”

“这，这，他说，他会去上报的，不用我管这些了。”

“这么说，当时你劝过他？”

“是。”

我见这位管账大哥是老实人，想来这种时候他也没必要包庇苏大壮，便想先放他一马。

“你先回去吧，等会警察提审的时候，你把跟我们说的这些话再跟警察说一遍。”

“什么，警察还要找我？邢老板，我是冤枉的，这事儿真的跟我没关系呀，我劝过苏老板了，可是他不听呀，真不怪我……”

“小张，叫人把他送到警察那边去吧！让他把问题交代清楚。”

小张叫人把这位管账大哥搀走了，可是他心里似又嘀咕起来。

“邢总，就这么算了吗？”

“算了吧，苏大壮已经跑了，抓住他也没用，钱不在他手里，还是把他交给警察吧，这样更安心。”

“可是……”

小张欲言又止，看了看身边的兰芝。兰芝立刻心领神会。

“邢哥，这个管账的就凭苏大壮一句话，就敢把248万元公款提出来，还以现金的形式提出来，你不觉得奇怪吗？”

“是有些奇怪，不过眼下我没时间考虑这些，还是把这个问题交给警察吧！我想他们已经迫不及待地想了解真相了。”

远处几名警察走了过来，朝我们三人敬了礼。

“请问，哪位是邢彬先生？”

我点点头，示意自己就是。

“你好，我是W县公安局经侦科的副主任于勤。”

“您好，于主任。”

“我想先跟您核实几个问题。”

“请说，我一定配合。”

“那好，请问你跟这家建筑公司是什么关系？”

“我是这家建筑公司的法人代表。”

“您认识苏大壮吗？”

“认识。”

“您跟他是什么关系？”

“合作关系。”

“能说得再具体些吗？他负责哪些工作？”

“项目经理，平时主要负责工地上的施工和人员管理。”

“那么工资发放这块是由谁负责？”

“工地上一个会计。”

◎ 债权人

"苏大壮有审批权吗?"

"有,工地上的人事我不管,全交给他了。"

"那么在合作期间,您过问过工地的工资发放问题吗?"

"没有,用人不疑嘛。"

"这一点跟我们掌握的情况不太一样。您跟苏大壮之间的关系是怎样的,可以描述一下吗?"

"我们两个人不太对付,他那一套我看不上,我的方法他也不愿意用。"

"也就是有过争执?"

"是的。"

"频率高吗?"

"不高,我们基本上不怎么见面。"

"这么说来,工地上的情况您了解得也不多吧?"

我停顿了一下,微微点了点头。

"可是苏大壮干了什么,我之前确实不知道。"

于警官见我情绪有些激动,立刻安慰我。

"您先不用着急,我们相信您对苏大壮的行为事先并不知情,但是现在的问题是工地的工人并不了解这些内幕,他们只是需要工资生活。我们需要邢老板配合解决眼前的危机。"

我朝二层的临建望去,几个民工拉着白底红字的横幅,上书"还我血汗钱"几个大字。看到这一幕,我登时僵住了,大脑完全不听使唤。

"邢老板,邢老板?"

还好被于警官的叫声拉回了现实。

"邢老板,事情总要解决。我们到楼上去看看吧!"

我从于警官的对讲机中听到楼上的情况不妙,谈判破裂,工人们誓死要拿到血汗钱,情绪愈发激动;而楼下的声势也是一浪高过一浪。现场警力似乎有些吃紧了。

事态大有愈演愈烈之势！此时，陈县长也赶到了现场。见到我，脸色立刻阴沉下来，待询问完于警官现场情况后，立刻把我叫到一旁，不由分说地数落开来。

“邢老板，这是怎么回事？”

“出了点小状况。”

“什么小状况，这叫聚众滋事儿，你不知道吗？这是要负刑事责任的，是影响和谐社会发展的。国家正在抓这种现行，你们公司倒好，直接往枪口上撞，让我说你什么好？咱们这个项目本来是利民工程，是推动W县经济发展的大举措，市里、省里那都是挂了牌儿的项目，现在闹了这么一出，你让我怎么跟上级领导交代？你们公司争取的政策扶持还要不要了？”

陈县长手叉着腰，越说越气，声音压了再压，仿佛是从牙缝里挤出来的。认识他以来，我还从没见他发过这么大的火，想来这次事件给他惹了不小的麻烦。

“陈县长，我也不想出这种事儿，其实……”

我想报冤枉，可又一想，陈县长正在气头上，无论我怎么解释，他都会把责任推到我头上；况且以目前的情况来看，没有人会把责任怪到苏大壮头上。在农民工眼里，苏大壮只是个包工头，而给他们发工资的人是我；在供应商眼中，给他们支付货款的人是我，他们虽然知道苏大壮为人贪利，也能想到他从中牟利，但不会把推迟货款的责任怪到他头上……我成了苏大壮的替罪羊。

所以，话到嘴边又被我咽了下去。虽然整件事看上去我是冤枉的，但毕竟我识人不明，有用人不当之失，也是导致项目进展缓慢、很多细节没有做到位的原因。

陈县长见我一脸委屈，似乎猜出了几分，又想安慰我以缓和一下气氛。

“我知道邢老板你有委屈，那苏大壮平素也不是省油的灯，他没少给你制造麻烦吧？”

我点点头，苦笑一声。

“老弟，我虽然相信你的人品，不会做出拖欠农民工工资的事，但说实话，以你们公司之前的经营状况，这件事很难不往你身上联系。再说哪个工地基本上都有克扣工资的事儿，你这儿也不算新鲜。只是一出现这种事儿，大家都会自然而然地往老板身上联系。”

“感谢领导理解。”

“先别急着谢，今天你得把事情圆满解决了，让这些民工马上复工，以后加强工地的管理就是了。”

“不瞒您说，我也想马上解决，可是我现在真的拿不出钱来。”

“我听说你最近贷了不少款？有这事儿吗？”

我无奈地点点头，并没有多作解释。良泉超市的事是我自己的选择，我早该料想到结果和后果。现在这些与项目无关，也自然与陈县长无关。

“钱呢？”

“我贷款的大部分是为了尽快还款，实际上就是拆东墙补西墙，日子过得很艰难，确实没有余力解决今天的事儿了，况且我每月都给这些工人发工资，克扣工资的人是苏大壮，我没有必要替他背上这黑锅？”

提起苏大壮，我的情绪无法抑制，声调也跟着抬高了几度。这个名字俨然已经成了我的死穴。

“老弟，你先别激动，现在最要紧的是平抚工人的情绪，只要能把他们从楼上劝下来，怎么都好说。”

这时于警官再次来催促，楼上的情况已经千钧一发，不能再拖延了。而且楼上的工人们听说苏大壮卷钱跑了，知道工资没了，情绪已经失控，扬言一定要见到我，否则就集体从楼上跳下来。作为政府公务员是绝对不能容忍这种事情发生的。陈县长和于警官几乎异口同声地要求我上楼去面对工人解决问题，而且于警官还再三承诺会有警察保护我的人身安全。

作为一个负责任的企业，我需要为员工负责，哪所只是一名临时工。不为别的，只为同是为生活奔波的人！

“哎……”我正要跟于警官上楼，被兰芝拦了下来。我看出她眼神中的担心；而她也看出了我眼神中的坚定。就在四目相望的刹那，我们已洞悉了彼此的心意。

“小心。”

“我会的。”

第二十七章

败局已定

有很多事情，败局早见端倪，只是我们不愿过早接受。如果当初我意识到苏大壮将成为整个项目的隐患时，果断不与之签约，那么也许不会给项目推进造成这么多麻烦；如果当初我了解到苏大壮一些不正当经营行为时，能够及时悬崖勒马，也许不会有今天的事情发生了。

陈县长的话说得有道理，今天的事苏大壮是主谋元凶，但我也不是没有责任！是我一再纵容苏大壮的行为，才会让他越来越放肆；也是我过度依赖他，才会对工地疏于管理，以致他能够轻而易举地运用资金漏洞，窃取公司资金。现在这场祸事必须由我来终结，才合情合理。

我安慰了兰芝几句，也为了给自己鼓励打气。

“放心吧，我不会有事的，工人们要的是钱，没有我，他们也没办法拿到钱了！”

“好吧，你说得也对，但是毕竟那么高，即使保护措施再完善，也不能排除发生意外的可能性，你要非常小心。”

我深沉地点了点头，同她作别。那一瞬间的心情极其复杂，也想到了很多。为什么此刻站在我眼前的人不是我妻子？为什么在公众场合我们会刻意地保持矜持？为什么我们了解彼此，两颗心却无法真正贴合在一起？

我转身跟随于警官在一队防暴队员的保护下朝临建楼去了。上楼时，一步一步踩在洋灰层的台阶上，心里突然闪过妻子的影子。想起我们刚刚结婚时，我们自己装修，从洋灰地到地板、地砖，从毛坯墙到绘着各色图案的艺术墙……那时的日子过得艰辛，但却是最幸福的一段时光。现在由小屋搬到了大屋，生活水平不断提高，我们却反而疏远了，不知道对方在想些什么、做些什么，蜕变为同一屋檐下的两个陌生人。这样的生活已经离我们的初衷越来越远了。

刚刚踏上二层楼顶，我就被叫喊声拉回了现实。

“邢老板来了，邢老板来了，咱们让他说清楚钱到哪儿去了？”

“对，苏大壮把咱们的血汗钱拿走了，他总要给咱们一个说法？”

见到我的身影，站在屋檐边上的两名工人最为激动，把横幅挂在房顶上的铁钩上，两个人叉着腰，怒气冲冲地瞪着我。其他人在他们的带动下，也是群情激愤。看来今天我不给他们一个满意的答复，是不会放我下去的。

“邢老板，我们知道你是一个好人，我们也不想为难你，但我们也得活下去，我们只想问你一句话，工地上这百十多人的工钱，你啥时候给发？”

我看了看那名农民工，面露难色。正如我跟陈县长所说的那样，公司确实已经拿不出钱来支付这笔庞大的工钱，而且苏大壮已经窃取了这笔钱，我若再次支付工资，不是等于在替苏大壮买单吗？这一点在我心里是无论如何也不能接受的。我现在只有一个信念——找到苏大壮，让他负应有的责任！

“拖欠的工钱我会想办法尽快补发给大家的，咱们能不能先下去再谈？”

我按照警方的提示，尽量稳住这些工人的情绪，并想办法劝他们离开房顶。不过我的方法并不奏效。

“下去？我们才不下去呢，一下去你立马就变卦了。”

“对，对，我们不下去，要谈就在这里谈！”

工人们的坚定令警方也很棘手。于警官始终站在我身后，时不时地在我耳畔窃窃私语。

“邢老板能不能先答应他们的要求？我是说少付一些工钱，先拖住他们，等他们情绪缓和了，我们再派人把他们救下来？”

“恐怕不行。”

我转头朝于警官使了眼色。于警官无奈地叹了口气，又在背后给我支起招来。

“这位警察大哥，有什么话大声说出来，你们两个是在商量怎么对付我们吧？”

几个闹事工人中有一个人头脑灵活，学历不低，平素主意也多，原本是工地上技术过硬的技师，但由于与苏大壮不睦，一直未得到重用，于是愤愤不平，总是在工地上制造一些诋毁苏大壮的舆论。虽然其中也有一些实话，但从效果来看，毕竟蛊惑了很多人心，导致工人们情绪不稳定，给工地施工管理制造了很多障碍。我虽然也与苏大壮不睦，但同样不齿于他的行为，也不愿与这种人“沆瀣一气”。但于警官的想法却截然相反。

“你很聪明，我们就是在商量怎么对付你们。今天就算你们从这里跳下去，邢老板从人道主义立场支付了抚恤金、丧葬费。但说句到家的话，这些钱毕竟有个限度，总有花完的时候，到时你们的孩子还小，父母也都老了，就靠老婆一个人，上有老下有小，怎么支撑起一个家？这些你们都考虑过吗？迈上房顶之前，心里考虑过你们的妻儿老小吗？”

“用不着你管！我们就是为了妻儿老小才冒这个险的，今天我们必须拿到钱，否则咱们同归于尽！”

从工人们强烈的反应来看，于警官戳到了他们的痛处。

“我本来也没打算管，你们这个案子不在我的职责范围内，你们是死是活也不归我管，我就是替你们的妻儿老小说几句，作为男人，作为家庭的依靠，随随便便就把自己的生命豁出去，这算什么，这就叫负责任吗？我要是你们的老婆，我就打醒你们，少受人蛊惑！”

“你少胡说，我们才没受人蛊惑呢！我们就是要钱！”

于警官又趴到我耳边私语：“邢老板，看这架势，今天拿不到钱，这些人也不会善罢甘休。楼下已经聚集了大批记者，这事儿拖得越久，对你越不利，记者的笔可不饶人，还指不定把你写成什么样儿呢？我劝你赶快筹钱解决。”

“我也想解决，可我手上真的拿不出钱来了。”

“我相信你，可是眼前这些民工能相信吗？”

这时于警官接到了楼下同事的电话，说 SY 市里的一些领导也到了，工程局的李局长还要亲自跟我讲话。我这顶苏大壮替罪羊的帽子算是坐实了。

“李局电话，找你的。”

我接过于警官的电话，找了一处僻静的地方与李局通话。

“李局，是我，邢彬。”

“邢老板，今天的事不管是内有隐情还是有其他什么缘故，现在事态在不断扩大，市里领导也开始关注这个事儿了，再发展下去，对谁都不好，希望你能尽快解决。”

“我也是今天上午才知道这个事的，一时之间让我到哪儿去筹那么多钱？”

“咱们抛开责任不谈，现在市里领导要的是解决这件事，要结果，你明白吗？”

“您的意思我明白，但眼下我真有困难。W 县城镇化项目是您跟着一起谈的，您最了解这个项目，到现在我没有拿到一分钱回款，虽说一期项目还没有完全竣工，但配套项目已经竣工，工程监理也验收完了，这部分费用总该结算一些吧？再加上物料费用……我现在已经垫不起钱了，银行贷款申请不下来，我们公司连调动几万块钱的流动资金都困难，您叫我往哪去弄这么大一笔钱呢？”

我越说情绪越发激动，把一肚子的苦水一股脑儿全都泄了出来。李局长听后也是一阵沉默。作为工程局局长，他既了解 W 县的政府财政状况，也能体会我们作为工程开发商的苦处。眼下也只能安慰，再安慰。

“邢老板，真的没有一点办法了吗？”

“我确实想不出办法了。”

“可是我记得当初你们做这个项目时是以一家项目公司的名义投标的，你的合伙人了解你现在的处境吗？知道工地上发生的事情吗？”

我不想把兰芝牵连进来，便矢口否认了。但李局长性格中的倔强和坚持再次显现出来。

“可怎么在工地上看到一位熟人呢？当初可是她把你引荐给我的，还为你们这个项目鞍前马后地跑关系，她不是你的合伙人吗？”

我沉默不语。

“邢老板，这正是考验团队精神的时候，再拖延下去，工地上会出暴动，到时候那个责任可就超出你能承受的范围了，我希望你考虑周全。”

挂上电话后，我的心情久久未能平复。站在二层临建的房顶上，望着楼下皮肤晒得黝黑的农民，想起他们风餐露宿为了生活奔波的艰辛……虽然我也是受害者，但他们所受的伤害也不小；即使我的处境再艰难，也没有到三餐不继的地步。与这些农民工相比，我还有余力；有余力即可帮人。更何况，抛开苏大壮的问题，这些农民工也是为了给我干活才落到今天的地步。现在我出面帮他们解决生活困难，既是道义，更是责任！

说服自己是最难的！

我需要足够的勇气来解决这件事。而勇气的来源是资金！

“兰芝,你找个僻静点的地方,方便吗?”

“好的,等我一下。”

兰芝躲到了警车后面，朝我这里望了望，尽管离得太远什么也看不清,但至少是一种心理安慰。

“你那边情况怎样?”

“我刚才接到工程局李局的电话。”

“给你压力了?”

“嗯,意料之中。只有我能解决这件事,也必须由我解决。”

“我明白,需要我做什么?”

未待我开口，兰芝已经猜出了我打这个电话的用意。我心里一阵温暖,但话到嘴边又咽了回去。向女人借钱,尤其是向红颜知己借钱,最难的是打破作为男人的那一点骄傲。

“兰芝,我……”

“苏大壮挪用了多少公款?”

“目前就掌握那248万公款。”

“都是农民工工资吗?”

“是的。”

“我借你!我早就想对你说这句话了,这段时间你忙着四处奔走贷款、借款,其中的艰辛我最了解。其实你完全不用这么辛苦……”

“兰芝,我用不了那么多,能把今天的事应付过去就行了。”

我的声音越发低沉,感觉说出这番话后,在她面前就矮了半截。

“我觉得不把工资如数发给农民工,他们是不会善罢甘休的。”

“好吧,你说得有道理,就248万,算我管你借的,回去我给你写借条。”

手中有了存粮,我马上挺直了腰杆,回到自己的阵地。于警官和其余几名干警正与农民工对峙,现场气氛异常紧张。我的出现打破了对峙的局面,所有的目光瞬间集中到了我身上。

◎ 债权人

“邢老板，你终于回来了！”

于警官他们似乎已经顶不住了，见我回来，如释重负地松了口气。

我朝于警官点了点头，走上前去，郑重地向闹事的几位农民工宣布补偿工资的消息。

“各位请听我说两句，由于项目经理苏大壮的突然离职，导致大家工资被拖欠了几个月，我代表公司诚恳地向大家道歉；其次，我在这里宣布，拖欠大家的工资三日内会全额发放到各位手上，有县公安局的警察同志们作证，这事儿我说到做到。”

说罢，我深深地向几位农民工鞠躬，以示道歉。几名闹事儿的农民工见我态度诚恳，都怔住了。

“邢老板，你说的是真的吗？”

“当然是真的，有这么多人作证，我不会抵赖的。”

几名农民工面面相觑，看看我，又看看警察，然后窃窃私语了一会儿。几个站在前面的农民工率先朝我们走了过来。

“好，邢老板，我们信你，你跟那个苏大壮不一样，我们愿意相信你，再等三天。”

“邢老板，俺老婆孩子在家里等着我寄钱回去呢，你可千万不能骗俺呢！”

“邢老板就不是那人，你少在这儿说废话。”

“谢谢大家的谅解和支持。我保证，就三天时间，工资到账！”

“邢老板，有你这句话，兄弟们就放心了。”

为首的一名工人朝身后大喝了一句“撤了”，就在此时，事情发生了——拉横幅的一名民工在收横幅时，不小心摔下楼去了。

那农民工命大，从二层楼顶坠下，事先又全无准备，竟然没有摔到要害。他摔下去的瞬间自我保护意识相当强，两只手一直捂着头，因而蜷缩着上半身；但两条腿敞开，已完全走形，一条腿向内弯曲，一条腿向外弯曲。人虽然晕了过去，但应该是疼痛造成的休克。

工地上出了大事故，顿时尖叫声，呼叫声，人声鼎沸。有喊救护车的，有喊救命的，还有喊伤者名字的，现场一片混乱。警察见状，上前帮忙维持秩序，且迅速闪出一条通道，让一直在外围待命的W县急救中心的救护车开进现场抢救伤员。各家媒体记者也纷纷涌上前去，闪光灯咔嚓、咔嚓地响个不停，另外几家视频媒体在争抢最佳摄影机位。

当然，也有几个聪明的记者将镜头对准了楼上正在向下张望的我们，尤其是我，瞬间成为全场的焦点。所有人似乎都在等着看我如何收场。当我走下楼去时，闪光灯、话筒迅速将我团团围住。

“邢老板，请问你对这次事件怎么看？”

“您是否会赔付伤者医药费？”

“我听说你们公司从不给农民工上保险？”

“您觉得农民工摔楼，您应该负什么责任？”

“据说您现在已经负债累累，请问W县的城镇化项目是否还能如期完工？”

“请问出了这种事，W县政府对你们公司的施工安全是否会有担心？”

……

我不是凶手，而这也仅仅是一场意外！

对于我们公司来讲，这是一个天大的好消息。但对于楼下不明状况的人们，特别是等着“抓新闻”的记者们来讲，却是满心的失望！这样的剧情发展过于平淡，无法满足人们的好奇心。于是，我“被出事”了。

第二十八章
风口浪尖

舆论的力量是可怕的！工地的事故虽然与我没有直接关系，但作为公司负责人，我注定会成为舆论的焦点，各种矛头指向的对象。舆论有一种可怕的善良——无关乎是非，而是一味地偏袒“弱势群体”，为泛滥的同情心找一个出口，满足自己对正义的炫耀。所以，这场舆论大战从一开始，我就注定了败局。

站在风口浪尖的感觉是一种被动的煎熬。虽然我知道它总会过去，但什么时候会过去，怎样才能让它平息……这些却无从把握。舆论的力量是强大的，是摧枯拉朽的，让我无处可逃。从民工意外坠楼，到抢救，再到被抬上救护车；从警察维护秩序，到拉警戒线、现场勘察，再到陪同我直接上了警车……几乎是全程直播。网上无论文字新闻还是视频新闻，我都牢牢占据了头条。

在于警官等人的保护下，我乘警车“逃离”了现场直奔医院。W县医院的医疗条件有限，做这种大型外科手术很吃力。我当机立断，与伤员家属商量过，由我负责联系，只在W县级医院做了简单急救就立刻转到S城的三甲医院了。而那家医院正是我妻子任职的医院！

赶到S城三甲医院时，医院门外早已挤满了闻风而来的记者，急救车从夹道“欢迎”的话筒和闪光灯下缓缓驶进医院。急诊室医护人员已准备好急救床等候。

我和于警官等人乘警车跟随救护车进了医院。从警车上下来，总是给人一种被押解的感觉。我留意到身边异样的目光里还有一道熟悉的目光——我见到了妻子！万万没想到，时隔半个月我们会在这样的情境下见面。从妻子的眼神里，我感觉到误会已经形成了。所有人都觉得我该为受伤的民工负责，当然也包括我妻子。这是最令我伤心之处！

“病人家属到了吗？”

手术室外护士的叫声格外响亮。

“伤者的家属还在老家，正在往这里赶。”

我让小张派公司的车到老家去接受伤民工的家属了。但远水解不了近渴，病人情况危急，随时有生命危险，需要有人挺身而出在手术通知书上签字。

“多耽误一秒钟，病人就多一份危险，你们自己拿主意。”

医生已下了最后通牒。这时，医院手术室前鸦雀无声，所有的目光都集中在我身上。此时的我不仅仅是该为此事负责的“罪人”，更是需要为伤员生命负责的“家属”。关于生命的责任太重大了。公司濒临破产的困境时，被银行、小贷公司追债时，我都没感受过这么巨大的压力。

“邢总，怎么办？”

小张也六神无主，慌了阵脚。但我不能慌！为了那个抛下了所有工作一直陪在我身边的人。她坚定的眼神是我保持冷静和清醒的良药！

我被医生叫到一旁，讲解了手术中可能出现的风险、并发症和后遗症等等。负责侦办案件的于勤等几位警官也在场，作为见证。

◎ 债权人

我在手术通知书上签了字。我需要向他的家人保证他的生命，其次是他的健康！虽然我知道这很难，因为医生已经明确告知他双腿的骨折情况，没有截肢已经是万幸了。至于是否能够在辅助器具的帮助下行走，需要看术后恢复情况。但有一点已经被宣判了，这个人将彻底失去劳动能力。

听到这个消息时，我有一种五雷轰顶之感。最先想到的是他的妻儿将来如何生活，如何面对他；连带的马上意识到赔偿问题……

为了节省开支，苏大壮没有为工地上的临时工交保险，也没有签订劳动合同，这种违法用工行为虽然为他获利很多，但也存在极大的安全隐患。一旦出现人身安全问题，会成为企业和雇工之间理不清、扯不断的纠纷。从法律角度来看，企业对员工受伤没有必须赔偿的义务。但从道德来讲，我无论如何也做不到把员工推到一边。或许这就是我和苏大壮之间最大的区别吧！

我掏出自己的卡让小张拿去垫付了伤员的医疗费用。小张犹豫了一下，脸上略显难色。

"邢总，今天的事无论从法律角度还是道义角度，都与咱们无关，您何必……"

"这是责任问题。"

"那以后呢？您这么好心垫付医药费，可别人不这么想，他们还以为您是做了什么亏心事，要堵伤者家属的嘴呢？"

小张说的不无道理，兰芝也有此意。

"邢哥，这事儿我劝你三思，不是不管，而是要适可而止，舆论这把剑太厉害了。有多少企业是被舆论整垮的，前车之鉴啊！"

"你们说的我都懂，误会就误会吧，我做事凭良心，怕误会那人还救不救了？就看着他死吗？"

我尽量压低了声调，但难掩愤怒的心情。没想到我身边的人也这样想？特别是跟随我多年的小张。虽然他是出于好心，一心为我着想，但此刻我若不救这个伤员，会后悔一辈子。

“我相信社会舆论总有给好人说理的地方。现在情况紧急，没时间耽搁了，小张，你快去交费，让医生马上手术，能早救一分，他存活的机会就多一分把握，以后才能恢复好，一家老小还靠他养呢！”

小张原本还欲争论，被兰芝拦下了。

“照邢总说的做吧，他有他的道理。”

“可是……”

“没有可是，快去吧！”

小张走后，兰芝把我拉到楼梯间的僻静处。

“你真的想好要管这个人吗？”

“是。”

“管到底？”

“管到底。”

“你知道要付出多大代价吗？”

“我知道，他可能丧失劳动能力了，一家老小没了依靠怎么活？我听说他老家还有一大家子人呢！”

“那你怎么办？这可是个无底洞！”

“我知道，但坐视不管，我做不到。”

“可你知不知道，你的好心不会被人理解，甚至会被人误会，甚至影响公司形象，这些你都考虑过吗？”

“我知道。”

“那你还要做？”

“还要做。”

兰芝好话说尽，我就是听不进去。她越说越气，踱起步来。咔、咔的高跟鞋声，碾碎了楼梯间的寂静。而我坐在楼梯上，异常平静。我认准的事一定会做。这一点兰芝是领教过的。

“迟早有一天你会为今天的善心付出代价！”

兰芝推门走后，我独自在楼梯间坐了很久。现在比任何时刻都冷静！与兰芝相遇的情景，结识苏大壮，投标W县城镇化项目，四处跑贷款……我经历的这些事一点点浮现眼前，像电影一样。

我不知道自己做错了什么，怎么就一步、一步走到了今天？坏消息接踵而至，甚至没有给我一点消化的时间。我不断调整心态，逼着自己接受现实，接受逆境。但人总是有一个不能承受的极限。我想，我现在已经到这个极限了。

我点起一支烟，看着冉冉升腾的轻烟，大脑一片空白。现在的我仿佛在被一股无形的力量推着走，连我自己也不知道下一步要做什么。原本踌躇满志的那个我已经荡然无存了！

于警官找到我，径自坐下，问我借了一支烟。

“我还从来没见过当老板当成你这样的。”

我敷衍地笑了笑。实际上完全没听见他说了些什么。

“你是个好人，不过好人不适合当老板。”

“是呀，很累。”

“你这么付出，人家也未必领情。”

“我心里有准备。”

于警官顿了顿，深吸了口烟。

“伤员家属已经到了。”

“哦？我这就去看看。”

我刚要起身，被于警官拦了下来。

“你还是先别去了，你那个助理和王总正在应付呢！”

“应付？”

于警官居然用了这个词，让我颇感意外。

“出了什么事吗？”

“离家的时候还好好的，再见面时就躺着了，这事落谁身上都受不了，给人家点时间吧！你现在过去，只会加深矛盾。等她冷静下来，把实情告诉她，她会理解的。”

“那她现在……”

于警官看着我焦急的样子，摇了摇头，也拿我没办法。

“被你老婆劝到护士站了。”

“我老婆？她怎么会……”

我诧异地看着于警官。万万没想到在关键时刻，妻子会挡在我身前。于警官拍了拍我的肩膀，把烟熄灭扔进了垃圾箱，临出门时，语重心长地说了一句。

“老婆，到什么时候都是老婆。”

听了这句话，我内心更加久久不能平静。想起最近与妻子的种种，我对她的忽略连自己都察觉到了，何况是她。我甚至不敢奢望能在医院里与她说上一两句话，哪怕只是一个简单的问候，我不想打扰她的工作！可她却在我需要帮助的时候出现了。我只想马上找到她，对她说一句“老婆，我爱你”，但愿一切还不晚。

可惜消息不胫而走。记者们在医院里四处采访，虽然被院方几次勒令离开，仍旧不乏漏网之徒。我刚一走出楼梯间，等候的记者就蜂拥而至。

“邢老板，请问你打算怎么安置伤者家属？”

“你跟伤者家属见过面了吗？如果伤者家属打官司，你们公司能够承受的赔偿底线是多少？”

“听说你们公司用工都不签署用工合同，这是违法的，请问你怎么解释？”

……

记者的问题非常犀利，大有咄咄逼人之势。无论我是否回答，“真相”都会按照他们希望的结局呈现给大众。事实上，我的回答毫无意义。唯一能做的是不与记者发生正面冲突,免得我又给自己加上一条“罪状”。

我没有回答任何一个问题,而是径直朝外科手术室走去。虽然我并不知道那位意外坠楼的农民工叫什么名字,但担心手术结果的心情并不比他的家属少。可在记者眼中,我的行为却变了味儿。

“您这么关心伤者是出于什么原因?”

“伤者在你们工地工作是临时工吗?”

“这位伤者有没有签订合同?”

……

又是一连串问题,搅得我头痛。小张和兰芝见我从楼梯间出来就被一群记者围攻,便过来帮我解围。小张见记者提出的问题刁钻,大有歪曲事实之意,气愤不已,正要与记者理论,被兰芝拦了下来。

“别乱说话,这个时候需要冷静。”

“可是……”

“淡定!”

于警官见状也过来帮忙,疏散围观的记者和群众。我心中不禁感慨,社会还是有正义在的!在于警官的带动下,很多警察和医院保安一道维持秩序,并劝说记者离开。我心里暖暖的。

外科手术室门口,一个年轻的农村妇人孤独地坐在椅子上,目不转睛地注视着手术室大门,甚至没有感觉到我们走了过来。

“只有他妻子来了吗?”

我低声问小张。

“孩子太小,老人得在家看孩子,来不了啊!”

我心里一阵酸楚,也是上有老下有小的家庭支柱,出了这样的事,这一家人日后怕是要吃苦了。

“他家里人都知道这个消息了吗?”

“他老婆没让告诉老人,只说是城里有个活,让她老婆临时来试工。”

“他老婆知道他的情况了吗？”

“简单跟她说了一下，等医生出来再说吧！咱们也说不清。”

“是啊，我们过去看看。”

那伤员的老婆见我们来了，只是木讷地看着我们，两只手紧紧攥着拳头。

“您好，这位是邢总，你丈夫公司的老板。”

“弟妹，你好。”

没想到伤员的老婆不知受了何人指使，听到我是她丈夫公司的老板，立刻来了精神，朝我扑过来劈头盖脸就打，边打还边哭喊：

“你这个缺德的，没良心，你还俺男人，还俺男人……”

小张和于警官立刻上前阻止，把她拉开。这时兰芝也赶过来，劝服她。

“我不知道你是受了谁的挑唆，你丈夫受伤是自己不慎从二楼楼顶上摔下来的，与邢总无关，当时这位于警官也在场，他可以作证。”

“没错，当时的情况确实是你丈夫自己摔下来的，他很多同事也看到了，当时邢老板离你丈夫有两米远……”

于警官也赶忙解释。但情绪激动的伤员老婆根本听不进去，只顾大声哭诉：

“我不信，我不信，是你们逼俺男人的，是你们不给我丈夫发工钱，把他逼得没招儿了，只能跳楼了，俺男人可老实了，干活又在心，怎么可能从楼上摔下去，就是你们逼他的……”

“这位大嫂，说话要讲证据。”

于警官见她的哭闹声招来了记者，赶快替我找机会澄清。可是这位大嫂根本不想同我们讲理，不管我们几人如何引导、劝说，她只是一味哭诉她自己有多么不幸，她家里如何穷苦，她丈夫受伤后家里生计如何维系不下去，等等。

记者们像挖到宝一样，有录音的，有挑唆她哭诉的。而这位大嫂被无良记者利用了还浑然不知，以为这些记者是在帮她，我们几人百口莫辩。医院里其他病人、看热闹的医护人员不明就里，还帮衬那位大嫂说话，一个一个指责我的不是，似乎谁都有权力指责我的“不堪行径”。

于警官怕引起骚动，一边联系S城警方支援，一边组织人手和医院保安继续维持秩序、疏散人群，但也不敢再帮我辩护。

将近一小时后，人群才渐渐散去，记者们也心满意足地走了。我在楼道拐角处见到了一个熟悉的身影。

“你都看见了？”

我妻子点点头。

“有点误会，解释清楚就好。”

“这么大的误会，怎么解释啊？”

“我会解决的。”

妻子没再说什么，转身走在前面，我跟在后面。在医院的天桥上，缓缓而行，伴着月色，伴着星光，像回到恋爱时代，回到我们的青春岁月。

“很久没有像现在这样散步了。”

我追上去，轻声地说。

“是呀，很多年了，时间过得真快。”

“那时真好，我常常在医院门口等你下班，好像就是那儿。”

我突然停下脚步，指着医院门口的一棵垂柳，时光仿佛穿梭到过去。

“那棵柳树还在啊？”

“柳树还在，只是我们都变了。”

我笑了笑，妻子平日里便有些多愁善感，所以也并没有察觉有何异样。

“可不是嘛，这么多年过去了，我们都变老了。”

妻子突然回身，凝望着我，月色下的她，仿佛回到了十几年前，还是那样美。

“我错了，是我变老了，你还是那样，还是很美。”

我突然发觉已经很多年没有认认真真地看过妻子的脸，看过她水润的眼睛。

“邢彬，这些年你创业很艰难，我都看在眼里。你越来越好，我替你高兴。可我只是我，一个普普通通的住院护士，我需要平静的生活、温暖的家。而我又不想让这些羁绊你，我想给你自由，也希望你能给我自由。”

“老婆，你今天怎么了？”

妻子停顿了一下，看了看月色，郑重地说出了那句她酝酿已久的话。

“邢彬，我们分手吧！”

第二十九章
缘尽情留

每个人都有心理承受的底线。一旦这个极限被突破，整个人就如同决堤的洪水，士气一泻千里。有些人会就此沉沦，自毁、自残，甚至自杀，用消极的方式来面对自己的痛苦；而有些人罪恶的一面会被激发出来，人格分裂，走向另一个极端，用虐待他人的方式来缓解自身的痛苦；当然，还有一些人，依旧默默承受。并非他们自制力有多顽强，也并非他们能够自行化解，而是他们无处释放！

当妻子说出"分手"两个字时，我根本不相信自己的耳朵，情愿这只是一场戏。尽管在此之前，我早有预感，甚至无数次设想过这个情境，但当这一刻真正到来时，我还是彷徨无奈、不知所措。这两个字戳穿了我的心理底线——我，决堤了！

"已经决定了吗？"

"是的。"

"还有转圜的余地吗？"

“我是经过深思熟虑的。”

“能不能再等一等，给我点信心，也给你自己点信心。”

“我对自己从来都有信心，可是对你，我不敢信……”

“为什么，为什么是现在？”

妻子顿了顿，侧过身去，望着医院门前那条记录了我们太多回忆的小径。在盈盈的月光下，我看到了妻子晶莹的眼睛，而我的视线也渐渐模糊了。

“其实你也早有预感了吧？”

我不敢走过去，怕控制不住自己的情绪，只是远远地望着妻子的背影，如同那次从首都归来在门诊室外看她忙碌的身影一样，仿佛又找回了那种感觉。

“等我把这个项目做完，就有时间陪你了，你是不是嫌我没时间陪你？”

“别把生活和工作搅在一起，我没那么不讲理。”

“那是因为什么？总该有个理由吧？”

妻子突然转过身，怔怔地望着，欲言又止。

“连‘分手’的话都说出来了，还有什么不能说的吗？”

“算了，都随风吧！”

我强自按捺住决堤的情绪，想问个明白。

“看来你忍了很多事，到底有什么不满意的地方，直接说出来吧，就算分手也得明明白白的。”

“已经没有必要了，到了这一步，说这些还有什么意义。”

我沉默了。以妻子的性格，她不想说，我是无论如何也问不出个究竟的。可越是如此，我越有一种被冤枉的感觉。每天我早出晚归、拼命工作，也是想为她创造一个舒适的生活环境。虽然结果事与愿违，但我的出发点是好的，我对她的爱也从来没有变过，即使在面对形形色色的诱惑时，我总能为了她抵抗住。对于一个男人来讲，这不是简单的定力能够左右的，足以说明她在我心目中的位置。我爱她，容不得这份爱有任何瑕疵。

◎ 债权人

“不管怎么说，现在也不是闹分手的时候，我希望你再想一想，现在是我事业的低谷……反正现在我不会做任何决定。”

“我知道今天不是个好时机，可是之前有好几次我都想对你说了，你从来没把我的话放在心上。看今天的情形，你又会忙上一阵子，我只是不想拖下去了，选在今天提出来，也是因为害怕下次见你不知是何年何月，希望你能谅解。”

每次妻子提出旅游或是约会的想法时，我总是用这样的借口搪塞过去。我并不是不想跟她在一起，而是那时的我太关注公司，甚至忽略了身边的一切。现在后悔已然来不及了。当婚姻走到了尽头，才回过头来想起那些不该、不愿，那些忽略的、被自己亲手掩埋的美好，唯独剩下了唏嘘。

“你真的不能再等等吗？”

“邢彬，我们都不小了，我实在等不起了！”

我不想再问下去，怕问出一些心理承受不住的事情。没想到一向自诩坚强的我，只是外表强悍，内心却不堪一击。今天晚上这一幕已经触痛了我内心最柔软的地方。

夜，清冷。一阵秋风吹过，天桥上已是满地枯黄。趁着月色，我望着远处玄青的天际，望着霓虹灯下形单影只的路人，一切都变得不真实。妻子的身影越变越小，逐渐消失在夜幕中。而我，如同木桩一般，钉在天桥上，不知道该何去何从，仿佛整个世界都塌了。

我站在医院的露台上，想起这些年经历的种种，高兴的，伤心的。突然发现，我们是那样相敬如宾，是朋友圈中的楷模夫妻，是别人眼中的伉俪。可是我们却不曾争吵过，失去了很多夫妻该有的乐趣。每次我情绪不好时，妻子总是隐忍，不与我计较，但这样的谦让却使得我愈发地自我。

加上这些年我忙于事业，总是以为自己是家里的经济支柱，付出也最多。其实，妻子是一位极具奉献精神的女性，为了保持家庭的和谐，她把自己置于不重要的位置，并以此衬托出我的重要性。然而，这样的“不平等条约”却使我渐渐忽略了她的存在,忽略了她的需求,乃至情感。这是多么可怕的事情啊!

我关掉了手机,切断了与外界的一切联系,独自坐在冷风中,从事业想到家庭,又从家庭回想到事业,仿佛一切都像是一场梦。我在千头万绪中找寻导致自己走到今天这步田地的原因。直到这一刻,整个人才真正清醒过来。可惜糊里糊涂过了半生,这清醒来得太晚了!

第一道晨曦射向我,不知不觉竟在露台上坐了一夜。我从未想过会在这么高的位置俯瞰 S 城,也从没想到过会真的与世隔绝,虽然只是短短的几个小时,但似乎已经有一个世纪之久。

“一定有很多人找我找得快疯掉了!”

我知道我消失得够久了,便打开了手机,助理小张的电话马上顶进来,看来他采取了无限重拨的方法。

“邢总,您昨天一晚上去哪儿了?电话也打不通,是不是出了什么事?”

“没事。”

“大家找您都快疯了!”

“放心,我没事儿。”

“您现在在哪儿?有很多事情等您决定。”

“现在还能出什么事,该出的事不是都出了吗?”

“是医院方面的事。”

“医疗费的事,你做主就行了。”

“邢总,这次的事我确实做不了主了。您大概还没看到新闻吧,网上的各种报道已经铺天盖地了,都是对咱们不利的消息,咱们公司的名誉一夜之间创了历史新低。”

起初,我并没有把小张的话放在心上,只是顺口答应让他自行处理,但当他一条一条地把新闻念给我听时,我才意识到问题的严重。

“XX 公司老板拖欠农民工工资,迫使农民工坠楼,警方已介入。”

“救夫心切，家属晕倒医院。”

“黑心老板卷走农民工血汗钱，农民工无颜面对家小，选择跳楼。”

……

社会舆论来势汹汹，甚至有愈演愈烈之势。当天我乘警车离开工地赶往医院，是因为我们公司的车被农民工围得无法动弹，只能乘警车火速赶往医院。而这一举动竟然被只看到表面情形的记者以“据实报道”之名写了出来，甚至还进行了“演绎”。既然他们不打算给我解释的机会，事实上也没有人乐意听我解释，那我也不打算解释了，就让故事顺着大众希望的方向发展吧。

“可是邢总……您真的没事吗？我听您说话的声音不太对？”

“我没事儿，一会儿就回公司了，有什么事情你先应付一下。”

挂断小张的电话，我才发现手机上留有上百条未接电话，而留言信箱也塞满了。原来自从昨晚我从医院突然消失后，兰芝和小张等人就一直四处找我。作为助理兼知己，是最了解我行踪的人。可是，昨晚连他都找不见我，大家这才紧张起来。小张甚至跑去问我妻子，但结果可想而知。

我独自走在家门口的小路上。早上六点钟的阳光，透过树杈的缝隙洒下来，照见满地枯黄。一叶知秋，晨露微寒。我不禁把手伸进裤袋里，耸肩而行，更添了几分颓废之气。只是可惜了这景致。我日日从这里经过，竟从未发觉这里的幽静如此之美。我妻子一定常常欣赏这些美景。她每次下夜班回家，也差不多是这个时间。可惜我到现在才发现这里的美景！我想，她心里一定曾经期许过。

也许，我再也不会走这条路了！

我没有立即同意离婚，一方面是想给彼此一点冷静的时间，再想一想，不要做让自己后悔的事；另一方面是因为我还需要一点时间，把自己从婚姻中带出来。婚姻是一个奇怪的东西，能把人变得低能，变得习惯依赖。即使像我这样极少在家的人，也充满了依恋与不舍！

从家门前那条小径经过，我没有回家。一来是没有勇气，二来不愿接受现实。我只想回到昨天，回到妻子说出那两个字之前，就当一切从来没有发生过，我们都退回到原来的位置。可惜，我心里清楚得很，这样的想法不过是自欺欺人罢了。当那两个字说出口的瞬间，我们都无法回头了。

我不停地走，用我最习惯的方式。只是此刻的我，满眼呆滞，已经无力思考。我甚至不知道自己是怎么走回公司的。现在，恐怕我也只有这个去处了。然而，刚刚走近公司大门，早已等候多时的记者就蜂拥而上把我团团围住。摄像机、录音笔、麦克风这些电视里常见的采访工具悉数堆到我面前，而记者们也发起了连环提问的攻势。曾经雄辩滔滔的我，曾经机敏果敢的我，荡然无存。站在记者面前的我，如同一具行尸走肉，唯一的答案是沉默。

可是在无良记者的眼中，沉默也是一种态度，也是一种答案，甚至是他们最喜欢的答案。因为沉默代表了默认，也代表了无言以对。随着记者逼问的声势一浪高过一浪，关于拖欠农民工工资、关于资不抵债、关于项目的幕后黑手，甚至连昨晚发生的私事也被记者当作提问素材，一个不漏地列举出来。我第一次感到没有同伴支持的孤独与无助，站在嘈杂的人声中间，我只想快点离开这里。

所幸的是，在我抵挡不住之时，小张带着几名公司保安赶到，把我从人群中“解救”出来。

“各位记者朋友，今天就到这里吧，我们邢总有些累了，不便回答任何问题。”

“这是赤裸裸的逃避问题。”

“邢总这是承认了公司出现危机吗？”

……

只要我出现在记者的视野里，问题就永远不会结束。我不知道今天的采访结束后，网上又会曝出怎样的新闻。但此刻的我，已无力关心这些。既然封不住记者的笔，又何必自讨苦吃，还是想一想如何解决当前困境更来得实际。

令我吃惊的是，公司的一切井然有序。所有人员按部就班地忙碌着，仿佛没有受到外界环境的影响。我要感谢可爱的员工们，在公司遭遇前所未有的打击时，在面临成立以来最严峻的考验时，他们没有气馁，也没有舍我而去，而是继续兢兢业业地做好本职工作。这一点我要感谢他们，感谢那些在我身边默默支持我的人。现在这些人是我坚持下去的唯一动力。我不能让他们失业！

但噩耗袭来从不会提前打招呼。小张凑到我耳畔低语，说是小贷公司的董勇总经理登门拜访，已经恭候多时。在我与董勇的几次接触中，都是我主动上门找他洽谈业务，他还是第一次主动来找我。但这个举动来得不是时候，不由得我不去多想。

会议室里一片沉寂，董勇坐在圆桌一侧中央的座位，正在悠闲地吞云吐雾，见我来了，满脸堆笑，把烟蒂熄灭了。

“邢老板，等你多时了。”

屋里的烟味呛得我咳嗽起来。小张端来两杯茶水，我拿起一杯，一饮而尽。从昨晚到现在，我不但粒米未尽，连水也没喝过一口。若不是小张端来水，我木讷得连饥渴都感觉不出来了。

“董老板今天怎么来了？”

我坐在董勇对面的座位上，双肘撑在桌沿上，拿出一贯的谈判架势。而董勇也不客气，开门见山摆出了追债的架势。

“来看看老哥，顺便谈一谈咱们的账目，有几笔快到期了，不知道老哥准备好还款没有。”

“不是还有几天才到期吗？到时候我会还的。”

董勇笑了笑。

“老哥,不是兄弟不关照王总的面子,我这也是小本生意,本身您借的债就多,再加上昨天您又上了头条,兄弟这心里有点慌,在家里坐不住了,就跑到您这来了。我也没有别的意思,只是您这边的局势,我也实在不敢放松,我手下还有几十口子得吃饭呢!将心比心,咱们都是做生意的,我的难处您都懂,所以过来跟您商量一下还款的事。我也没有逼老哥的意思,就是问句话,求个心安。”

若在往常,我马上就能答复他,甚至可以提前还款。但眼下公司的情况不容乐观,而我也实在没有底气向他打包票。

“我不是说了会还么!”

“老哥,你现在公司的情况到底怎样,方便跟小弟透露透露吗?其实我这里也有些门路,说不定能帮上忙。”

这位董勇的背景,我也是有所耳闻的。他所指的门路也无非是涉黑的高利贷,那种钱是碰不得的,不管现在不会,以后也不会。我宁可宣布破产,也不会借那种高利贷,贻害家人。

“谢了,我心领了。目前我还应付得来。”

“真的吗?可我怎么听说,您这间公司快运营不下去了?”

“那都是记者胡乱报道的,董老板也是在商场上摸爬滚打多年,怎么连真言谎言也分不清?”

董老板笑了笑。

“那好吧,既然老哥这么说,我就先回去静候佳音了,希望老哥不会让我失望。”

送走董勇,我回到办公室,瘫软在座椅上,看着桌上堆满的文件,用“身心俱疲”来形容现在的我一点也不为过。为了W县的城镇化项目,我搭上了所有时间和精力,连公司的日常事务都疏忽了,很多项目错过了发展时机,以致公司的运营状况一落千丈。若在以前,我肯定不遗余力迎头赶上,各项工作都能抓起来。

但现在的我，有心无力，木讷地坐在办公桌前，手就放在文件夹上，却连一个都不愿翻开。原先看到项目策划书上的文字是何其熟悉，而现在却仿佛怎么也看不懂；财务报表上的数字原本了然于胸，但现在却如同天文数字，一行又一行，却完全读不进大脑。

心境对创业者的影响是致命的！

我需要立刻冷静下来，尽快调整状态，将个人情绪对工作的影响降到最低。但迷茫之中的我，各种琐事纷至沓来之际，已经不知该从何入手了。现在的我需要一位智者引路。

第三十章
醍醐灌顶

人在迷茫中是不容易觉醒的,非得借助外力的刺激不可。而我,正处于前所未有的迷茫之中,无论事业还是家庭,仿佛都走进了绝境。彻底的失败,也让我彻底失去了信心。我像个无助的孩子,等待各种噩耗的到来,然而却没有半点解决之力。

于是,我选择了逃避!这是人在迷茫中最常见的举动,也是最为无奈的选择。当然,我的潜意识里还有一个声音在推动我走出困境。感谢这个声音,它让我在最后关头做出了一个正确的选择——去首都求援!

所谓的求援,并非是找人来帮我解决危机。我明白"人助自助者"的道理。我要找的援助是精神上的,是一位能在迷航中为我指明方向的智者——他就是那位王老师。曾经以茶道点醒我的人,现在我再次需要他的醍醐灌顶。

我打开手机,翻开通讯录,迅速找到了王老师的号码。作为一名创业者,关键人物的保留和记录是必要习惯。但仅仅记录下来是远远不够的,还需要能在关键时刻找对人。王老师就是此刻我需要找的那位良师!

我拨通了他的电话,心里却在打鼓。许久未曾联系,不知王老师是否还记得我？嘟,嘟,嘟,铃声响到第四声,电话接通了。

“喂,您好,请问你是哪位？”

“我是S城的小邢,王老师我上过您的课,也交流过名片,还喝过您泡的茶……许久未曾问候您了,今天贸然给您打电话,实在有些为难的事,想请您帮我出出主意。”

“是小邢啊,好久不见了,遇到槛了？说一说吧,咱们一起来分析分析。”

王老师素来谦虚,语气也和蔼得如同一位长者。和他聊天是一种享受。

“哎,您说对了,最近我确实遇到了一个大槛儿。”

王老师笑了笑。其实,他早已料到会有这么一天,在我第一次向他请教城镇化项目时,他已经给了我忠告,只是那时的我还未曾体会。

“是资金的问题吗？”

我嗯了一声。

“做工程的企业十有八九都会遇到资金问题。是资金链断了吗？”

我再次嗯了一声,深深地叹了口气。王老师又猜想我还有其他事情。

“看来资金链断裂只是冰山一角啊,你这次遇上了大麻烦,不太好解决吧？”

仿佛我所有经历的事情都逃不出他的眼睛。曾经有一度,我觉得是兰芝同他讲过我的事情,后来我发现,一切都来源于他敏锐的洞察力。在我看来,这简直是不可思议的事。

我沉默了片刻,整理一下混乱的思绪。自从妻子提出分手的要求后,我的大脑始终处于崩溃的状态,浑浑噩噩的,彷徨无措。

“我承接了W县的城镇化项目施工,这事儿您知道。当初您提醒我的事情一件一件都发生了。因为朋友的债务危机,涉及了我,加上W县政府的财务收入困境，现在项目工程中已经竣工的工程迟迟收不回款，押了我们公司很多流动资金，这两下一来公司就入不敷出了。”

“你说的这个情况，很多公司都会碰到，我记得你不是搞众筹了吗？我还收到过你的短信，说是众筹很顺利，现在怎样？”

“众筹是很顺利，王总给了我很大支持。但我们毕竟是小马拉大车，为了做 W 县的项目，我几乎停掉了手上所有项目，只保留了两个项目，其中还有一个是因为……一言难尽啊，总之现在是进项少，出项多，公司的活动资金很快被套用没了。”

王老师对我欲言又止的项目颇感兴趣，我又将良泉超市的情况向他介绍了一遍。原以为王老师会对我的做法大为赞赏，却没想到，得到的是他严厉的批评。

“小邢啊，作为朋友，你非常讲义气、一诺千金，对那位大姐的承诺一直在履行，这点让人感动。但作为商人，你的做法并不明智。当时还有更好的办法，你没有采纳啊！”

我知道王老师所指的是我把股份转给兰芝这件事。一来我不想把这个负累转给兰芝，这些年良泉超市走的是平价路线，一直处于微利经营的状态，勉强够给员工发工资，这样的鸡肋我不想转嫁给他人；二来当时的我也不想同兰芝有太多牵扯；第三方面，正如王老师分析的那样，我对超市原来的老板有承诺，要帮衬这对母子，也就一定要做到。

“这件事，我确实有考虑不周的地方。不过还不是导致公司现在局面的主要因素。供应商的货款支付困难，加上前几期的贷款也都到期了，为了还贷我不得不借了小贷公司的款，高额利息和供应商货款让公司资金周转失灵。更要命的是，包工头还卷了农民工的工钱跑了，到现在连人影也找不着，有个农民工竟然还出了事故，现在还躺在医院里，我真不知道该怎么办了，请老师给我支支招吧！”

王老师听完我絮絮叨叨的陈述，先是沉默了片刻，整理思路后，才认真地给我支招。

“小邢啊，我听你的语气心情不佳啊！是不是还有别的事情？是家里面的事？”

“嗯，出了点状况。”

“不是小事吧？”

“是呀，您又猜对了。”

“你家里的事我不便多问，只是想劝你一条，把生活和工作分开，尤其现在公司是这个情况，你的情绪可能会影响一片人，甚至是整个公司的运作。”

“我知道，现在公司还好，各个部门也都能正常运行。”

“有很多事情不是看表面的，这一点你自己管理公司多年了，应该深有体会吧？”

“是。”

王老师不急不慢，淡淡地笑了笑。

“生活最大乐趣就在于不断地给自己找麻烦，找完麻烦再解决麻烦，你说是吧？”

“王老师，我现在真是过不下去了。公司现在的状况等于是在等死。”

“我不同意你这个观点，你这点困难才哪儿到哪儿啊？远的例子我不给你举了，就拿你熟悉的王总来说吧，你现在经历的这些事她当年也经历过，被合伙人骗了，另一半因为怕背债，也离她而去。作为一个女人，背着巨额债务，家不成家的，那日子比你现在怎样？”

我没作声，第一次听说兰芝的过去，惊呆了！我一直隐隐觉得她的过去不简单，却没想到经历如此坎坷。她谈笑风生的背后，居然藏满了泪水。我并不是视她为榜样，自认也没有她那样的经历，只是觉得有这样一个人在身边，由不得自己沉沦下去。

“小邢，首先你要有信心，这几年我见过的、处理过的这类案件很多，尤其是江浙沿海，前一段浙江已经有好几个企业，非常大的企业出现了连锁式的债务危机，规模、体量都非常大，大到二三十个亿，小到三四个亿。你现在要做的是如何化危为机、化危为安。”

“您能给我讲讲他们是怎么做的，怎么渡过危机的吗？现在心里很乱，一时之间也想不到办法。”

“别急，这事儿不是一两句话能说清楚的，况且每个人的情况不同，咱们不能照搬别人的例子，‘照猫画虎’容易‘画虎不成反类犬’，还需要冷静下来，根据自己的情况仔细分析，才能找出对策。”

“那我明天去拜访您方便吗？”

“明天啊，这么着急。”

“不行，我想赶紧见到您，让您给支支招。”

“那好吧，那明天见。”

我挂断电话，按捺不住心中的激动。王老师专门牺牲周末的休息时间来为我开小灶，这可不是谁都能碰到的机会。当中不免有兰芝的关系，但王老师的为人也确实令我敬重。

我用手机上的订票软件迅速订了高铁票，第二天早上八点钟直奔首都。一路上，我心情忐忑，对如何和王老师谈这些事情，理了理思路，以便王老师能对症下药，开出药方。

中午 11 点，到了首都。出站后，淅淅沥沥的小雨正映衬我此刻的心情。我把妻子的事抛在一边，现在已无暇顾及生活上的事，全身心地投入到解救公司上。非常时期，一切从简。我找了一家干净的快捷酒店住下，拿起电话，与王老师约定好下午 2 点去公司见面。中午我就在酒店门口的小排档吃了一碗桂林米粉，这是很久没吃过的味道。不免回想起创业初期，那些饥一顿饱一顿的时光，却是那样幸福。

下午 2 点，我准时到了王老师的办公室。王老师的办公室简朴大气，约 200 平方米的空间，被分割成几个不同的区域。王老师坐在茶几后面，正在聚精会神地沏工夫茶。我朝王老师打了招呼，径直走过去。

“今天比昨天的状态好多了。”

“想开了。”

“真的想开了？”

“嗯，怨天尤人不管用，还是想办法摆脱困境最有效。”

“你能这么想，我就放心了。现在说说你的具体情况吧，咱们一条一条分析。”

我把最近公司的债务和项目运营情况详细说了一遍，还带来一份临时让小田赶制的财务报表。王老师仔细地看了又看，眉头紧锁。我们公司的状况不容乐观，简直是糟糕透顶。但王老师并没有马上做判断，而是不急不慢地拿出纸笔，让我照着他的方法制作一张表格。

“王老师，我都火烧眉毛了，等着您给支高招呢，现在做表，来不及啊！”

“你就照我说的做吧，越是在这种时候，你的心境越要稳下来。”

“好吧。”

我拿起纸笔，开始做表。

“这样，首先呢，我先给你讲几个原则，现在我们国家企业平均寿命一般是3~5年，可以说都是短命企业。在目前的环境下，开办的企业和关闭的企业几乎是不相上下，这足以说明当前经济形势下，能保持一个长久发展的企业是非常不容易的，难得你有这样的意识。你遇到的债务危机是目前中国中小企业面临的普遍话题，因为这几年经济普遍下行，融资环境受控，对中小企业来说，融资渠道非常窄，也非常有限，创新能力不够，人才匮乏，还有很多非人力因素，都让中小企业举步维艰，所以企业才出现倒闭潮、老板跑路这样的问题。还好你在关键时刻没有选择跑路，敢于直面债务、直面危机，是好样的。但也恰恰是这种正直原则，让你吃了哑巴亏。苏大壮跑路，把所有责任和债务都留给了你，你是个负责的老板，冲这一点值得我敬佩。不过你现在需要静下心来，你有一个很好的团队，王总、你的助理和财务主管，这个团队要好好守住，这些人都是你离不了的。剩下就是摆脱困境的问题了。你先把手上的公司一一罗列出来，有哪几家，每个公司的名称和债务现状都写下来。”

我照着王老师所说将公司下属的所有子公司，包括良泉超市，一一列出来，并分别标上公司名称的债务。接着王老师又开始望闻问切。

“那就说W县项目这一块，你现在债务多少，你的民间银行、内部、供应商，你要一一罗列清楚数字，这样我们才好找到解决办法。”

“好吧。”

我把供应商的数字，内部员工的数字，还银行的贷款，民间债务都列了出来，并在每一个公司后面梳理出了另一个表，一目了然。王老师认真地看了看我列出的表，指着W县项目这部分，向我一一讲解。

“我告诉你一个方法，银行毕竟是你赖以生存的基础，还需要打交道的一方，你要尽量保留合作。其他民间债务，合作一年以上的尽量沟通，看能否求得大家的理解，找出能说服大家的第三方，或者有影响力的债权人联合起来给你支持，首先停息，第二逐步还本。第三要分类区别对待。比如说老的一年以上的，你应该采取一种办法，新进来的你要采取一种办法。高息的、危险性的你要采取一种办法。低息的、安全的你要采取一种办法。这样你才能分类清晰找出解决办法……”

经过近3个小时的交流，王老师对我的处境已了如指掌，同时也为我们公司如何摆脱困境提出了具体的方案，可以说是金玉良言，有醍醐灌顶的功效。我听得如醉如痴，如获至宝，一一记录下来。

正当我准备离开时，接到了助理小张的电话。

“邢总，又出事情了。”

“我正在谈重要事儿呢，一会儿再说。”

“不行啊，邢总，公司里来了两个人，非要见你不可。”

“我不是说了，一会儿再说嘛！”

◎ 债权人

王老师见我面有急色，想来是公司出了大状况。便示意我听一听电话。我叹了口气，有些不耐烦。

“什么人？”

“是一家讨债公司。”

“讨债公司？咱们有逾期借款吗？”

“有，有一笔。”

小张声音有些恍惚。我听小张怯生生的声音，心里愈发地烦躁起来。

“是哪一笔，直接说。”

“是良泉超市那一笔，当时咱们向鑫诚借了 200 万，是短期借贷，说过一个月就还的，现在已经逾期一周了。董老板来电话催过几次……”

“怎么一直没报我？”

“当时想报您，可是……可是您家里和公司都出了事儿。”

我叹了口气，想起那天董勇来公司找我，确实提起过债务的事，我还信誓旦旦地承诺他准备还款，没想到之后的资金调配又失败了，所以债务就一直拖着了。

“那今天是怎么回事？”

“讨债公司来了两个人，说是来要债的，拿的是咱们跟鑫诚公司签的借款协议副本。”

“还说了什么？”

“他们还说要限期一周还欠，不然只有请您去见他们大哥了。”

“他们大哥是谁？”

我刚说完这句话，手机上就收到了一条短信：

“十天后，下午三点，煤炭酒店 508 房间见！”

“我知道了，我会想办法的。”

挂掉电话，我一脸惆怅。王老师通过我们的对话，事情也了解得七七八八了。他提醒我这件事最好先礼后兵，先和平解决，解决不成再走法律程序。最好是请一位双方都认可的、有一定威望的人出面，作为第三方参与谈判。这个建议让我突然想到了一个人！

走出大厦大堂，外面又下起了淅淅沥沥的小雨。但我的心情已大为不同，不再沮丧，也不再抱怨，而是找到了前行的方向，心也跟着安定下来。正如王老师所说的那样，此刻的我如同一个病入膏肓的人，四处求医。幸好我遇到了一位名医。他多年经验与历练，是一笔宝贵的财富，是指引我走出泥潭的明灯。虽然困难依旧在前方等着我，虽然有很多无法调和的矛盾仍旧没能解决，但这些问题将不再成为我前进路上的羁绊。我已经做好了准备，让暴风雨来得更猛烈些吧！

第三十一章
鼎力相助

很多人把债权当作金钱，当作要挟他人的工具。而在我看来，它是一种责任，也是一种信任。作为债权人，不仅对对方有监管的责任，更有帮助的义务。既然对方能将资产抵押给你，说明对你的绝对信任，至少是对公司实力的信任。

作为第三方金融机构，本身不同于银行。从社会认知度到行业公信力，与专业银行是无法匹敌的，缺乏竞争力是必然的。说得通俗一些，要想从银行这些大老虎口中夺食，可不是轻松的事。而众筹这种新兴模式，似乎有望打破这种政策性的格局，而创立一种新格局。这是我所期待的，也是所有第三方金融机构的中小企业所共同期待的。

既作为金融机构，也作为客户，在这件事上，我具有双重体会。作为金融机构，在开发 W 县城镇化项目时，我品尝过众筹的甜头，也确实从中获益良多；但作为客户，与小贷公司的合作，也着实令我感到迷茫。小贷公司借款的及时到账，在关键时刻帮我解了燃眉之急，这一点无可否认。但高额的利息和超短的还款期限也着实令我陷入困境。

虽然我收到了讨债公司的最后通牒，但仍然没有放弃通过筹款的方式解决这个事件。正如王老师所说，能够和平解决最好不上升到法律的高度。因为一旦采取法律方式解决，无论谁输谁赢，所消耗的精力是一样的。而我们公司正处于如此危急的关头，多一事不如少一事。

所以，我采取了王老师的建议，发挥众多债权人的潜能，让自己同债权人站在一起，才能达到众志成城的效果。

想法是好的，但要振奋精神重新开始并不是一件容易的事。尽管有兰芝活生生的例子摆在眼前，可换作自己时，迈开第一步仍然异常艰难。所幸的是，每当我遇到困境时，总有贵人相助。而这次我的贵人又是兰芝。

我去首都求援的消息不胫而走，很快接到了兰芝的电话。

“来首都怎么也不来找我呢？”

“呵呵，有点事情，我还要连夜赶回S城，时间太紧了，有事咱们可以在电话里说。”

我表面上虽诸多回避，因为不想与兰芝扯上太多关系，特别是在她借款给我偿还农民工薪水时，心底的这个声音愈加强烈；但实际上，我自己清楚得很，我和兰芝早已分不清了，我欠她的实在太多，已经超出了金钱的范畴，而这些又是我无力偿还的。即使在我正式恢复单身后，我仍然不敢接纳她的情感，我更希望远远地欣赏她、敬重她。对于中年男人来讲，这是一种奇怪的但又容易理解的情感！我想兰芝会懂，懂它的人也一定会懂我！

“电话里怎么说得明白，你还在首都吗？”

“在，不过马上要坐高铁回S城了。”

“你等我一下，咱们聊聊，一起吃晚饭，然后我送你回S城。”

现在的我怎么有心情吃饭，但又不想扫了兰芝的兴致，便勉强答应了。

“那就这么说定了，我去找你。”

◎ 债权人

“我等你。”

曾经无数次有人劝我，跟兰芝这样的女人在一起要格外小心。她们擅长把陌生人变为朋友，再把朋友升华为知己。我自然清楚这一点，但也坚信兰芝不是这样的人，她有自己的原则和信仰，也有自己的处事尺度，这一点是我最为欣赏的。

“也不见得吧，到目前为止还是我占便宜的时候多。”

“那是现在，等把你骗到手了，公司、财产，一切都是人家的了。”

每当听到此类劝慰的话，我总是一笑置之，或是不置可否，反正所有版本的臆测最终都要折服于真相。兰芝的为人，我很清楚。无论是从合作角度还是私交，我都是占便宜的一方。当然，起初我也想不明白，甚至曾经怀疑过，但经历过众筹和苏大壮事件后，我对她早已深信不疑，也能够体会到她对我的情感。这是所有事情的起因，也是她帮助我的动力。我深知这样的关系很微妙，需要小心处理，但同时内心对这样的关系又充满了期待，甚至有时会泛起一丝遐想。特别是与兰芝单独相处的时候，自制力成了一场内战，一场胜负已定的博弈。

兰芝的灰色奥迪 A8 停在快捷酒店门口，有些抢眼。我走上前去，她摇下车窗，示意我上车。

“去哪里？”

“去了就知道了。你怎么住在这里？”

我没出声，脸上强挤出一抹笑容。目前的心境，我确实笑不出来，即使见到了我最想见的人，也找不回往日的壮志踌躇。我如同一只受伤的野兽，爬上了一条返程的船。累了，只想闭上眼睛，享受一刻安宁。

兰芝见我闭上眼睛，也没再多说。这就是她的好。虽然她并不会像妻子那样煮饭，也不像妻子那样照顾我的起居，但她知道我需要什么，这就足够了。

我醒来时,车子不知走了多久,眼前是一处独幢别墅。我睡眼惺忪地打量了一番,便问兰芝这是哪里,兰芝只淡淡地说了两个字"我家"。

我马上意识到这不妥,这种时候,在我最需要安慰的时候,在我人生最为失意、最落寞的时候,到她家里,这太危险了!纵使我的自制力再顽强,也抵不过生理的诱惑,何况现在的我正是心灵最为柔弱的时候……

"兰芝,我还是回去吧!"

"回哪儿去?"

"回酒店啊!"

"我已经帮你办了退房。"

"那我回S城吧!"

"你怎么回去呀?"

"打车。"

"这里是别墅区,打不到车的。"

我顿时有一种上贼船的感觉。可不知怎的,内心本该燃起的邪恶之火却没能烧起来。看来我是真的累了,只需要一个小憩之所。

"好吧。"

兰芝恳切相请,我只得恭敬不如从命了。第一次到兰芝家,难免有些拘束,我坐在客厅的沙发上,扫视四周。客厅并不大,后现代装饰风格,时尚大气,厅里的摆设带着兰芝的气息。我坐在柔软的沙发上,昏昏欲睡。这沙发如同有魔力一般,让人腿软、身软,连步子都挪不动了。

一阵饭香将我唤醒,那是妻子的味道,我仿佛回到了家。不知何时,我身上多了一条羊绒毯子。

"你醒了?"

我睡眼惺忪地望着饭厅的方向,一个身穿围裙的女人正朝我走来。

是妻子?

难道前天晚上那一幕是一场梦吗?

◎ 债权人

我疑惑了，在半梦半醒间游离。

“邢哥，你怎么了？”

兰芝的声音将我唤回了现实。原来我是在梦中……

“我没事，只是有点累，休息一会儿就好了。”

“来吃饭吧，尝尝我的手艺，我可是不轻易做饭的哟！”

“那我岂不是有很大面子？”

兰芝莞尔一笑，拉着我到餐桌前坐下。西红柿炒蛋、蒸茄子泥、干煸豆角、红烧黄鱼、紫菜汤，饭香四溢。我惊讶地望着兰芝。

“这都是你做的？”

“都是些家常菜，好多年不做，手生了，也不知道味道如何。”

“我尝尝。”

看到这些菜，就有一种家的感觉。我夹起一筷子菜放进嘴里，眼眶竟然湿润了。这一刻，所有的情绪一泄而出。在兰芝面前，我再不需要伪装。

人们常说：“钱债好偿，情债难还。”我曾经以为不欠情债就是拒而远之。但人是有感情的动物，每个人都有一个情感底线，这条底线一旦被突破了，人就会变得脆弱，不堪一击。在这一场情债中，兰芝成了我的债权人！

有了王老师的引导和兰芝的鼎力支持，我似乎找回了一些信心。虽然前路还是荆棘密布，但人的心境不同了，解决问题的思路打开了，心也定了。从首都回来，我的精神面貌明显有了变化，公司里的人见了我也觉得不同了。

“邢总，这两天您有什么奇遇吗？突然一下子精神焕发了。”

“邢总，见您精神好了，我们也就放心了。”

我笑而不答，果然应了那句老话“人助自助者”。前几日，我精神颓靡，连带的身边人也跟着木讷起来。可是今天，我的精神面貌有了改观，马上感到身边人也精神抖擞了。

回到公司后，我立即组建了一个危机公关团队，自己任团队带头人，由财务主管小田、助理小张及一些公司主干分别担任财务人员、律师人员、谈判人员、债权人代表，以应对形形色色的人员，进行沟通、谈判。

当晚，我约了众筹债权人、兰芝，以及一位特约律师在S城一家咖啡厅商量如何先解决当前债务问题。按照王老师的建议，现在的我需要一个智囊团，需要依靠团队的力量才能渡过难关。尤其在这种时候，一定要团结好债权人，取得债权人的谅解和支持，是解决问题的关键。

“我见过一个企业，离我们省会城市不远，去年因为债务问题，将近几十个亿民间债务产生，开始时还能坚持，最后终于没扛住，爆发了，这个过程中由于他之前没有充分的沟通和组织，最后团队散了，老板也不知道去哪儿了，这样的结局是我们所有的律师不愿意看到的，我们希望大家能皆大欢喜，这是我们最大的愿望。所以我们现在需要做一个事，就是写一个函，先告知小部分人员让大家知道你面临的困境和问题，求得大家的理解，给你时间进行重整、调整，不要让债务把你压垮。”

这个办法不错，我和兰芝都赞同。大家便集中精力讨论《告知函》的格式。我详细看了其中的内容、措辞，基本表达清楚了我的用意，便决定第二天去公司与众筹的几个大客户先行沟通。当然，兰芝也是我的债权人之一，我先征求了她的意见。虽然我知道她会支持我，但出于原则，我必须这样做。

“现在告知大家也好，这样避免让更多的人受到伤害和无辜的人牵连进去，今年这个形势，只有这样才能保护大家，保护你的企业。”

“好吧。”

就此商定后，第二天早上八点半，我带着事先打印好的《告知函》准时出现在公司。再次见到各位众筹的大客户，心情却与前次大为不同。那时的我意气风发、踌躇满志，现在的我多了几分憔悴。

◎ 债权人

“首先,感谢各位债权人百忙之中光临我们公司,今天请大家来是因为有一件事我想和大家沟通一下,看看合适不?”

“邢总感觉和以前不一样了,有啥好事呢?”

“是要还钱还是你融资有好消息了?”

“咱们那个项目的款项有眉目了,回来了?”

债权人连珠炮似的发问,搞得我几乎没有还口余地,差一点让我忘了主题。

“不是,咱们监事会的朋友也来了吧,我想统一说一下,把我最近的想法和近期的情况告知大家一下,好吧?”

我一本正经的神态,让大家也意识到事态的严重性,会场迅速安静下来。我拿出早已准备好的《告知函》,发给每人一份,请大家阅看。

“这是我最近经过深思熟虑和痛苦的斗争才决定的事情,我这次是向大家说清我最近的想法。我经过几个月的融资,包括去年感觉进展不是很大, 最近几个月回款又慢, 现在每天面临的压力和资金成本与日俱增,忙于筹集资金和应付各种还款,压力太大。今年形势又不容乐观,我经过考虑写了一个《告知函》,想让咱们这几个身边的朋友明白和理解,看能否支持和理解我,帮我共同渡过难关,说服其他债权人。”

大家低下头看,从债权人到监事会,大家脸色渐至凝重。《告知函》上将我们公司现在的处境写得一清二梦, 所有债务情况和资产情况和盘托出,想让大家知道最真实的情况。用王老师的话说“真诚”,把问题摆到桌面上,不隐瞒、不回避,与债权人一起解决困境,这才是解决问题的态度。

我从每个人的眼神中已经看到这次坦白无异于投下一颗重磅炸弹,让本已混乱的一潭水又溅起了大朵浪花。

“邢老板,《告知函》上这些债务都是真的吗?”

我点点头:“是真的,将近 1 亿。”

“你上次不是说几千万吗?”

“这是我全部的债务。”

“是真的？”

“千真万确。”

“你不会像刘总那样今天七千万，明天一个亿，后天两个亿，再一段时间三个亿，一直往上涨，债务永远不清底，让大家害怕，恐惧，但愿这是真实的。”

除了监事会的疑问，连债权人也有些承受不住了。

“我们没想到这么大个债务情况，怎么不早说？早说让大家有个准备啊，你让我们几个人怎么办呢？这公司能否经营下去啊，这样下去，你公司再出问题怎么办？”

“是啊，邢总，可不能这样了，你再这样把我们一群人全害死了，股东多少在看的啊，你不能再出问题了。”

大家你一言我一语，我一言不发。今天坦然面对大家，首先需要让大家接受现实，这真是一个痛苦的过程。

“邢老板，如果这是真的，第一我们目前不能对任何其他人说，一说的话很快连锁反应将会马上出现；第二你要看看，梳理你身边的其他人，是否有不安定因素尽快稳定；第三看看最近回来的款项有些什么，可以拿出来让大家进行分配，安抚的。我们几个先考虑一下，这么大的事情谁也不敢做主。”

很快到了中午时间，我们一行几人就在单位的餐厅吃了个便餐，餐后继续讨论，经过一个小时的探讨和几个人的私下讨论，大家基本上认可了我提供的数字。我的真诚得到了大家的理解与敬佩。

“邢总，感谢你对我们几个人的认可和信任，今天能拿出这个家底来让我们看，说明你是相信我们的，我们也愿意帮助和支持你渡过这个难关，但是我需要向其他大股东汇报，和其他相关人员沟通我们接下来如何操作。在这个过程中，我希望你一定要积极保持沟通，包括融资和款项，不能出现任何损失和意外事件，以免因小失大，爆发连锁反应，能不能做到？”

“只要大家支持和理解我，我一定全力以赴配合大家，我现在只有这样做，才能保证让大家不受损失，希望尽快化危为机，为大家找到一线生的希望。”

与债权人沟通完毕，我走出公司，感慨万分。要在别人面前自曝其短并不容易，如果没有王老师和兰芝的一路鼓励，我想，我也不会做到今天这一步。万里长征总算迈出了第一步，我为自己高兴的同时，也隐隐有些惆怅，因为迈出这一步也就意味着再无回头路了。

无论前面有多少荆棘，我都没有退却的理由。因为每走一步，我眼前就会闪现一个个熟悉的脸庞，他们是我多少年来相处过来的友人，内疚、痛苦纠结在我的心头。我长长出了一口气，如果现在不痛下决心彻底改变，以后会连累大家更加难受，那是我万万不愿见到的。所以，现在唯有与我的债权人一道，同心协力走出困局。

第三十二章
四处斡旋

生意场上很多事情在于斡旋。斡旋，是一种沟通能力。有些人斡旋能力强，遇到困境，也能得到众多帮助，难题迎刃而解并非什么稀罕事；但有些人不善于此道，只能自己挨着，甚至吃了暗亏。

我并不精于此道，否则苏大壮一走，工程上的事也不至于凉了半截。莫说一些供应商几次三番来闹事，一方面为苏大壮拖欠他们货款的事，另一方面也是想趁苏大壮离职的空档抬高价格，狠敲我们一笔，现在少了苏大壮从中斡旋，就连工程监理这一关也不好解决。监理这一关过不了，工程就很难竣工，不竣工又何谈收款。这一连串的后果，都是我始料未及的。

所以，斡旋，再斡旋，是我现在唯一能做的事！

自从苏大壮走后，工程上的事一直由我独自打理，难免力不从心。兰芝见我辛苦，精力也不济，便向我建议可以加入新的工程队，实际上等同于收编现有民工。这样，包工头是现成的，一来业务精熟，二来可以自带施工方面的人脉。由于中途接手工程的风险比较高，很多工程队不愿接手烂尾活,这也是无可奈何的。虽然价格上我们要吃一些亏,但总好过我这个门外汉摸着石头过河。工程可不像其他项目,一旦质量出了事,可就是人命官司,是要负刑事责任的。

想法是不错,但肯接手的工程队少之又少。加上苏大壮在圈里的名声并不怎么好,有好几家工程队听说是他经手过的工程,怕其中有陷阱,额外风险太高,都退却了。眼看工地上民工的士气涣散,一些临时工见拿不到工钱已经另找其他门路;只留下一些签过合同的民工,整日在工地上混日子。而工程进度可以说一落千丈。兰芝见状,也是急在心里,主动帮我联系了几家工程队。有一家比较中意,便约来公司详谈。

那是一个周一的早上,我接到了一个陌生电话。按以往的惯例,对于这类陌生号码,我一概拒之。但近来我不得不打破惯例。因为在网络和传统媒体上都做了广告,很多工程队和承包商打电话来咨询,说不定这其中就会有机会,所以每次我都认真沟通、小心答复。

“你是邢老板吗?我是前天那个工程队的经理,今天约了您在公司见面,提前打个电话沟通一下。”

“哦,是你啊,直接上来就行,我在公司。”

“那好,邢总,一会儿见。”

此次与工程队接洽,我汲取前车之鉴,格外谨慎。之前去工地实地考察,都是由小张负责接洽陪同,而一些工程上的情况也由小张负责介绍,所以与这位工程队经理还未谋面。

不一会儿,小张带着两个壮男一前一后走进来。我冷眼一看,十足的包工头形象。走在前面的虽然穿着干净,但衣服颜色款式都是前几年的,衬托得人比实际年龄老了十岁;走在后面的像足了农民工,鞋上全是土,走起路来满脸灰尘。这二人身上少了几分苏大壮那样的油头粉面之感,显得朴实多了,给人一种踏实感。第一印象他们已经赢得了我的好感。

二人坐定后,闲话少叙,直奔主题。这两人把在工地上看到的细节详细描述了一遍，哪里做得好，哪里做得不好，一一道出。所用的语言也基本上都是大白话，没有让我觉得生涩的专业术语。最为重要的是，这两人眼睛很毒，苏大壮在哪里偷工减料，在哪里糊弄了事，都一一罗列出来，有些能够补救的，也提出了补救措施。方案提得恳切，都是站在施工的角度，没有丝毫为了自己多获利。这一点令我着实欣慰。

尽管第一次见面，但是我觉得对方没问题，一定是干事的。便把话题引入更深的层次，直接谈起了合作。二人见我抛出了橄榄枝，马上接下来。

“邢老板，你放心，我们既然今天来了，就是冲这个活儿来的，现场我们看过了，心里都有数。俺俩也不瞒您，这活儿确实有难度，而且俺们接手的工程也不多，精心给您干是肯定的，但是我们水平有限，可能有一些地方需要您再请高人来，不过俺们也不贪，干不了的地方，提前告诉您，您自己再想办法，咱们以把工程做完为目标，您看我们这个想法能行不？”

我沉思片刻。一来他们对工地现状的分析头头是道，一听便知是行家里手，虽然经验不多，但经验这东西不在多，在于精，在于解决问题的能力，而并不是用数字累加出来的；二来这两人看上去实诚、肯干，这一点让我着实放心。我当即拍板，把后期施工工程包给了这家工程公司。事后我向兰芝提及此事，也得到了她的认同。

把工程转包出去仅仅解决了工程进度和质量问题，至关重要的工程监理方面还需要人脉渗透。这可不是一朝一夕能解决的，这需要长期维护关系。虽然我让项目公司一位副总去接洽工程监理方，但效果并不理想，始终未有实质性突破。工程监理对我们工地的监管还是上纲上线，鸡蛋里挑骨头的做派。当然，严把质量关是对日后的业主负责，也是对 W 县政府负责，这也无可厚非。只是人脉不通，办起事情来左右掣肘，往往一件事情要反复几次才能办好，这样就耽误了工程的工期。而我们与 W 县签署的协议工期马上要到期了，我心急如焚，想尽办法与工程监理方拉关系。

刘主任是工程监理的头目。所谓现官不如现管，找他解决工程监理方面的事正合适。为了彰显 W 县政府对我们这个项目的重视程度,宴请刘主任时,我特别邀请了 W 县的陈县长。当然,有陈县长这个招牌,刘主任也不好直接拒绝,只得恭敬不如从命了。

还是上次与陈县长把酒言欢的那家城郊酒店,这里远离城区,较为静谧,是商谈事情的好去处。另外,这家酒店有陈县长爱吃的菜,别具地方风味,而且菜肴价格不贵,又不至于违反国家三令五申的干部纪律,是最佳地点。

原本宴会这种事情都是交由小张负责的,但这次我亲自上阵,一来是今天的晚宴极其重要,关系到整个项目落地的情况;二来与刘主任的关系维护也在此一举,陈县长鼎力支持,我必须得做出点成绩来。

为了确保晚宴的品质,我提前到酒店试菜,并且在征求店家的意见后,选择了一些清淡、健康的菜肴。酒水方面也是我格外用心准备的,事先了解到这位刘主任酒量不错,但有高血压,不适宜饮白酒,我便从 S 城特地带来了两瓶意大利的阿玛罗尼红酒。这种酒散发着樱桃和杏仁的香气,入口有一种近似白酒的灼热感,后味辛甘,较为柔和,又不上头,是今晚的重头戏。

晚上六点半,客人陆续到场。饭菜很快上桌,分为前菜、正餐和甜点三部分,虽是风味菜系,但酒水受到了嘉宾的欢迎。饭菜一般,酒要好,这是我多年经商总结出来的经验。

一轮酒下肚,大家打开了话题。

“能请到各位领导光临实在难得,首先感谢各位领导百忙之中前来,今晚没有别的意思,咱们就是聊聊天、叙叙旧,我敬各位领导一杯。咱们今天不劝酒,但是一定要尽兴。”

我端起酒杯,一饮而尽。陈县长和刘主任也随之一饮而尽。虽说是闲聊,但一位老板、一位官员、一位专家,三个不同职业的人凑在一起,唯一的共同语言也就是 W 县在建的城镇化项目了。

“邢老板，最近国家城镇化出现新的话题、新的课题 PPP，你如何看待？”

“从以前的 BT 到现在的 PPP 是必然之路。因为政府 BT 让企业垫资的时代，已经在这届政府过去了。企业垫资可以，但政府财政困难就会让双方形成矛盾。现在政府收入依靠土地、财政，而且煤炭是我们省的老产业，尤其也是各地政府主要支柱税收来源，这几年煤炭形势惨淡，自然地方政府没有了收入，融资又受到国务院出台的“43 号文”限制，所以 BT 的模式自然无法再进行下去，PPP 出来是大势所趋。”

“你这个分析不错，你对 PPP 了解多少？”

“PPP 就是社会资本、政府共同组建一个项目公司，由项目公司进行项目运行，用项目收益来给社会资本回报，这样解决了政府融资受限，也解决了企业回款问题。但是 PPP 目前没有成形的样本，在双方沟通谈判，尤其在与政府的诚意和决心。如果政府不拿资产出来包装进去，社会资本融资投资进来，也得不到保证。同时这个项目也需要有收益，这样整个项目 PPP 运营才得以维系。”

“你说得很透，说明你对这个领域的研究有一定的深度。”

难得听到刘主任的赞赏，能得到专家的认可，意义不同。我的见解得到了他的认可，这是必然；但更为重要的一点是，受到了他的关注，这表明我们之间又多了一层关系。

“从我开发城镇化项目这一阶段的心得体会来说，以后要做 PPP 项目必须了解国家政策，还要了解项目 PPP 的运作，同时还需要上市公司的介入，对项目的成功推进是非常重要的。”

“你这个想法非常好，这个思路非常重要，值得跟之后开发城镇化项目的企业推广，真希望我们省、我们市，可以引进更多优秀的民营企业，为我们的城镇化基础建设推进大大的一步。”

我原本以为刘主任这样的专家级人物会比较闷，不善言辞，但通过今晚的了解，我发觉我之前的认识大错特错了。刘主任不仅谈笑风生，而且还极具幽默感，好几次都把我和陈县长逗得哈哈大笑。曾经担心宴会气氛冷清的我，现在只怕笑声太大，吵到周边房间的客人。

大家你来我往，沟通非常通畅，不一会儿一瓶酒下去，平时大家从来不去劝酒的，今天感到气氛非常融洽，所以多喝了点。

“希望以后我们多沟通，多交流，在以后的城镇化建设中我们联合整合相关资源，把事做成功。”

走出酒店时，我们三人都有点熏熏然了。我安排司机老陈去送刘主任，他老成持重，人交给他我最为放心；又让小张去送陈县长，一来小张为人机敏，从不多言多语，嘴比较严，二来小张也认识陈县长的家，比较方便；我自己则叫了一名代驾，开着自己的车直接返回了S城。

人生总是“按下葫芦起了瓢”。工程上的事情告一段落，资金链的大问题已经迫不及待地等着我了。虽然王老师的字字珠玑给了我很多启示，《告知函》也得到了诸多债权人的赞同，为我赢得了宝贵的缓冲时间，但眼前的困境还容不得我有半点喘息的机会。接下来还有一件更为棘手的事要解决，就是关于良泉超市的债务问题。

自从上次董勇来公司找我催债未果后，我再也没有见过他。期间我不止一次到小贷公司登门拜访，他都以各种理由拒绝相见，要么由秘书出面，要么由业务经理出面搪塞我一下。打电话没人接听，发短信更是从来不回，不知道我们之间的合作到底出了什么问题。我反省自己，除了贷款逾期未还这一条外，没有其他得罪他的地方。但我们公司目前资金链断裂的事，也是提早就告知他了，并且在我去首都前就曾与他商议过暂缓还款的事，当时他也一口应允。我实在想不出是什么原因让他前后的行为发生了如此巨大的转变？

“王老师，我觉得这事儿有点不对头。”

我在电话里将小贷公司前后反差巨大的态度向王老师详细描述了一遍，王老师也觉得事有可疑，并鼓励我从侧面打听一下小贷公司同讨债公司的关系。这一点也提醒了我。在第三方金融行业中，很多公司既是债权人也是债务人，甚至一些公司直接被曝出借钱放贷的丑闻，以致很多小型借贷公司不得不抬高利息、缩短还款期限，以保障自己在还款期内有足够的资金偿还上级借贷公司。当然，其中还有一些公司无力还债时，就干脆把债权凭证抵给借贷公司，行内有“以债抵债”之说。我虽然从不做这些偏门行径，但对他们的手法也略知一二。

我看着手机上那一条短信，心里不禁琢磨，小贷公司可能已经把我的债权抵给了这家讨债公司，否则这家公司也不会直接找上我！

通过这几天我派人在小贷公司附近蹲守监视，发觉董勇一直未在公司出现过。这说明他有可能把债权抵给讨债公司后就跑路了。所以才变成了讨债公司直接向我索要债务的情况。事情的真相虽然略显滑稽，但真实度却很高。这一次我不仅征询了王老师的意见，还把兰芝和小张请来一起分析对策。

“事情不太好办，对方可是龙哥啊！”

小张事先打听了这位龙哥的来头。谁知不问还好，一问着实把小张吓了一跳。原来这位龙哥在S城的黑道上是赫赫有名的人物，据说黑白两道都有相当的人脉，而且很少有人见过龙哥的真身，因而他成为一位传说中的人物。

兰芝听了小张一番话，淡定地笑了笑。

“我们现在要分析的，不仅仅是对方的身家背景，还要了解对方打算如何解决这件事。”

“依你看呢？”

因为兰芝见多识广，形形色色的人物也遇见过不少，处理这方面的事情比较有经验。这种事情，我更在乎兰芝的意见。

◎ 债权人

“我觉得这位龙哥也未必是不讲理的人。他要是胡来的人，也不会在黑白两道都经营得起人脉。我觉得与其我们花时间去研究龙哥这个人，不如抓紧时间研究我们自己的优势、劣势，了解对手很重要，但首先得知道自己有什么利器可用。”

兰芝的话正中我心意。现在对我们来讲，表面上看虽然满是劣势，但并非一点优势没有。至少我们和鑫诚公司之间是有协议在前的，龙哥想讨回债务，也必须遵循这份具有法律效力的协议。而协议上有一条很重要的内容就是“款项逾期清还，需由双方友好协商”。也就是说，我们的意见也很重要。

“另外，还有一点，我觉得龙哥既然号称‘江湖中人’，那么总是要讲几分薄面的。据我所知，跟你交好的 S 城发展银行的杨副行长与这位龙哥是有些交情的。”

兰芝的消息一向很准，况且我早前也有所耳闻，只是一直未得到证实。看来这次要请杨副行长出面了！

第三十三章 百口莫辩

在面对突如其来的挫折时，谁都有可能退却，有可能失去信心。是从此一蹶不振，还是坚强地重拾信心，决定权就在我们手中。在我人生的低谷，在我手足无措、几乎崩溃的时候，有兰芝、王老师、小张这些人一直陪伴在我身边，是不幸中的万幸。特别是王老师的字字珠玑，既是我的金玉良言，又在关键时刻成为我的锦囊妙计。结识王老师，是我今生最大的幸运。

而在关键时刻能够想起这些人，并且能够派上用场，也考验了每个人识人论事和人脉积累的水平，这就是引援的能力了。而面对不同的人和事，则需要引不同的“援”。比如这次对龙哥，兰芝的灵机一动，获悉杨副行长与这位龙哥是故交，之前因为债务担保一类的事件有过交集。这个讯息实在太重要了，这说明杨副行长既能在龙哥面前说上话，也具有处理同类事件的经验。所以此行，必须请到杨副行长相帮，才能占据有利形势。尽管我心里非常清楚欠债还钱是天经地义的事，没有什么可讲的，但仍然要为公司筹措资金多争取一些时间。

“杨行,好久没跟您联系了,最近怎样?”

“小邢啊,听说你最近麻烦缠身,怎么还有时间问候我呀?”

真是“好事不出门,坏事传千里”,何况还有媒体的推波助澜。一夜之间,我们公司在S城便街知巷闻了,甚至有些舆论认为我们公司是在炒作,是变相引起社会关注。我真是无言以对,要引起社会关注有很多种方法,可以做公益活动,可以捐赠。有正经方法,我有什么理由费尽心机地用这种烂俗的方法寻求关注呢?

这些天,关于坠楼民工事件,警方、媒体、民工家属、公司内部员工,以及与我们公司有业务往来的上、下游企业,几乎逢人必问,我虽不耐烦,但也必须妥善解释。尤其是面对记者时,心里虽有怒火,却也必须克制,小心回答问题,否则不知道又会惹出什么“新闻”来。精神始终保持高度警惕状态,令我身心俱疲,也消耗了我很多精力。

不过,我们公司、包括我个人对这次事件的处理方法也有诸多欠妥之处,所以才令媒体拿来诟病。在对待闹事民工的不同态度上,一碗水没有端平,对于意外坠楼的民工及其家属,公司非但没有给予任何处罚,还在医疗费、误工费和生活费方面给予各种优厚待遇;反观其他闹事民工,则给予了严肃处理。凡签署过用工协议的民工减了薪,临时工则结算工钱后不再留用。这种做法有失妥当,事后我了解到此事,虽然申斥了项目公司,但事已至此,也无可奈何了。

而我自己为了避开妻子,也暂时将医院方面的事全权委托给了小张去处理。他素来谨慎周到,事情处理得妥帖。但我始终未现身,又给媒体抓住了小辫子,拿来大肆发挥了一番:“黑心老板逃避责任”“民工工地坠楼,老板不闻不问”……

仿佛我们做的所有努力都被埋没了,而这样的报道还有很多,在社会上也产生了很多负面影响。当假话说了一百遍,也就变成真话了,何况很多不了解内情的人，最容易被误导。眼下除了债务危机外，还有一个亟待解决的舆论危机。我预感舆论危机比前者更难解决！

杨副行长是直来直去的人，又与我熟络，所以张口就问，还有些插科打诨的味道。我憨憨一笑，多少有一些无奈。

“杨行也信媒体那些报道吗？”

杨副行长见我满脸愁容，便给我支起招来。

“我看你现在浑身是嘴也说不清呀，记者那些伎俩，我还是领教过的，只要你不理会他们那一套，他们说累了，这股风儿也就过去了。”

“话是这么说，可是别人不这么看呢！”

“老弟，你又不是头一天出来处社会，还在乎别人怎么看呢？”

“可是现在的矛头都指向我了，我真是跳进黄河都洗不清了。”

“你也不用介意，明眼人都明白，这事儿跟你没关系，你是给那个姓苏的当了替罪羊。”

自从曝出民工坠楼事件后，除了兰芝、小张、于警官这些亲身经历过整个事件的人以外，几乎没有人会站在我这一边，媒体也是一边倒，全体同情受伤民工。而我虽然出资救助受伤民工，但也没有权力要求民工出面为我澄清；况且正如兰芝劝我的那样，这种时候如果受伤民工或家属出面为我澄清事实，可能会被媒体大众误以为是受了我的胁迫，反倒越描越黑了。所以，杨副行长是少数敢于仗义执言的人，这也是最令我感动之处。

“杨行，您这么理解我、支持我，太让我感动了。”

“老弟，我就是爱说大实话。”

说罢，我们两人相视而笑。愁云在我脸上退去，但我仍然轻松不下来，因为此行的真正目的还没有达到。

“杨行，我今天来……”

“我知道，你是无事不登三宝殿，咱们打交道这么久了，我还不了解你啊！说吧，让我帮什么忙？”

◎ 债权人

杨副行长的爽快让我毫无顾忌，把前前后后的事情原原本本地讲给他，并直接表明了来意，希望他能够鼎力相助。但我心里清楚这件事于他的难度。作为国有企业官员，特别是当前国家三令五申干部纪律的大环境下，让他陪我去见一个涉黑人物，不仅会有损他的名誉，甚至还有可能因此惹上麻烦。所以，当我说出请求时，他沉默了。我极少见他这样左右为难。

“杨行，要是为难就算了，其实这事也与您无关，我就是想您去了能给我壮壮胆。”

“壮胆？你又不是去打架，不管是谁，现在是法制社会，做任何事都不能逾越法律的界线，这是原则问题。”

“杨行，龙哥这样的人物会讲法律吗？”

杨副行长听到这里，微微一笑。

“老弟，这你就有所不知了，越是他们这样的人物，越懂法律，人家是把法律都研究透了再做事，要不怎么到现在警察不敢把他们怎么样呢？”

杨副行长的话貌似有些道理。像龙哥这样的人物，不可能没做过犯法的勾当，但能一直逍遥也确实有自己的一套方法。经杨副行长这么一说，我反倒对这位龙哥产生了兴趣，如果有机会想结识一下。

“如果对方对法律很熟悉，那我这边真是一点胜算也没有了。”

“怎么说？”

“协议上写明了还款期限，而我现在逾期未还也是事实，高额利息不还是不行的，可是我现在手头真没有那么多资金呀，别说 200 万，现在连 2 万元都拿不出来。”

说完，我连叹了三口气。杨副行长也沉默了。这件事由他出面是有可能帮我调停的，但碍于身份，一旦被人发现，他自己也会惹上不必要的麻烦。只看我在他心目中的位置了。

时间一分一秒地过去，我用恳求的眼神始终凝望着杨副行长。他夹着香烟的两根手指有频率地敲打桌面，“嗒，嗒，嗒嗒嗒”，像按电报码的声音。我的心也随之一颤一颤。

等待结果的滋味并不好受。我脑海中不停浮现各种各样的画面，我独自面对龙哥、龙哥来追债、泼满猪血的大门、铁链子，血淋淋的“欠债还钱”几个大字……早年间在电影中见到的古惑仔画面一股脑儿都冒了出来。我第一次感到害怕、无助。我太需要帮助了！眼前的局面已经不是我一个人能够应付得了的！

“杨行，但凡有别的办法，我也不想来麻烦您，您的难处我都了解，可我……可我实在是山穷水尽了。”

“我知道，小邢，不到最后关头，你是不会来找我的。”

杨副行长又是一阵沉默。他的眉头微微收紧，脸色也渐渐沉郁。对他来讲，这是一个艰难的抉择！半晌，他才做出决定。

“好吧，小邢，就冲你这个人，我去。”

“太好了，杨行。”

我差点从椅子上跳起来，双手紧紧握着杨副行长的手，激动之情溢于言表。

“你先别激动，我去做调停可以，但我得知道你的底线是什么，你对这件事的结果考虑过吗？到什么程度是你能接受的？”

杨副行长一语中的。现在我们两人是站在一条船上，作为我债务的担保人之一，我公司的经营状况直接关系到债款回收，从这个角度来讲，杨副行长帮我也在情理之中。

“杨行，我也不是不讲理的人，这件事从头到尾我考虑得很清楚，协议也都是事先签好的，虽然龙哥是从鑫诚公司手里拿到的债权，但我也不会抵赖，只是我还需要一段时间才能还清欠款，可是照协议里事先约定的利息，我怕是要付很大一笔钱，这是我计划外的支出，我确实没有办法解决。这也是我找您做调停的重要原因。”

“我明白了。这事儿有难度。”

“我知道。”

“现在就看龙哥了，人家要是想公事公办，走法律程序，你要提前做好打官司的准备，据我对龙哥为人的了解，事情极有可能走到这一步；若是咱们运气好，也没准儿能私了，不过你要支付的利息可能更高，只是还款期限可以再拖一拖。”

“这样啊！”

我略有失望。原本以为杨副行长出面一定能顺利解决，结果还是我过于乐观了，这么大的事，谁能举重若轻呢？

“你放心吧，我尽量帮你争取时间。现在咱们在这里乱猜也不知道龙哥到底是怎么想的，到时候咱们再见招拆招吧！”

杨副行长是天生的乐观主义，做事有信心、有勇气。我找他解决此事，除了想借助他的人脉外，也多少想借他的光时来运转。

刚走出银行大门，我就迫不及待地将这个振奋人心的消息告诉兰芝和王老师。兰芝自是不必说，连王老师也跟着兴奋起来。

“王老师，事情成了，这次成功说服杨副行长帮忙，还是您帮我出的主意奏效了。”

“不错，不错，能说动这位杨副行长帮忙，事情就解决一半了。”

“太感谢了。”

“到现在你还这么客气。小邢啊，后面的事还是不能松懈啊，尤其是工地那边，供应商的货款已经拖过两次了，不能再拖了，马上要月底了，你提前做好准备，以免再生事儿。”

“是的，我明白，前两天我已经让财务部准备资金了，先压一压给债权人的分红，把欠民工和供应商的钱都还上。”

“很好，很好。”

我刚刚放下电话，又有一个电话打来。这次是项目公司。近来我经常接到项目公司的电话，基本上都是新到任的两位包工头向我汇报工程进度。我习惯性地接通了电话。

“是邢总吗？”

怎么是项目公司经理？他熟悉的急促声传了过来，心中顿时有一种不祥的预感——工地上又出事了！工地自停工以后有一种不好的氛围，因为W县项目的现场管理人员都是外来务工的，自从苏大壮事件后，曾多次出现情绪波动和人员流失的现象。

“我是，工地上有什么事了？”

“工人们有些情绪，已经罢工了。”

若在以前听到这个消息，我立马会情绪激动，可现在却不慌不忙。

“你先别急，把闹事的几个人召集到办公室等我，我一会儿就过去。咱们搞个座谈会，让大家都准备准备，有什么想说的，放开了说。”

那位经理听完愣了半晌才回过神来。

“好的，好的，邢总，我这就安排。”

赶到工地时，会议室已经座无虚席，人声鼎沸。我走进去的瞬间，会议室立时安静下来。

“大家有啥说一说吧，别搞得这么紧紧张张的，有啥直说。”

“邢老板，我们将近7个月没发工资了，现在停工，我们也看不到希望，我们想回家，麻烦你把钱给我们结算了，我们回家吧。”

“我这次孩子要结婚，也要花钱，我想把我们公司的短期借款和投资的钱先拿回来，你看看这次能不能给我拿上啊？”

话语权一旦放开，各种各样的问题也随之而来了。

“你要多少啊？”

“将近30万吧。”

“哦，知道了。还有谁要说呢？其他人呢？”

◎ **债权人**

“我明天要回家需要拿上钱，看能不能今天下午拿上啊。”

“我们已经被房东撵得要走了，麻烦邢老板给我把房租拿过来吧。”

大家你一言我一语的，都是围绕着工资一事。我知道拖欠大家工资太久了。虽说这几日筹措，公司账上储备了一定的资金，但也不能一下子都发出去。事实上，即使全部用于发放民工薪金也只是杯水车薪。

“大家有些什么话都敞开了说，目前公司确实遇到了困境，大家也知道，将近 3 个月的时间没有一分钱工程款下来，公司在外面融资也遇到了挫折。小贷公司贷款下不来，银行贷款又不符合要求，希望大家能够理解，公司确实遇到了超乎想象的困难。相信大家也感觉到了，今年经济大形势也不太好，各行各业都在困境中挣扎。在这种时候希望大家能精诚团结，因为公司很快就会申请到一批款项下来，到时给大家优先解决。”

“邢老板这个话我们不敢相信了，上次到的一笔钱就没给我们兑现，不知道钱去哪儿了？”

民工们之所以群情激愤，不仅仅因为苏大壮事件的影响，更重要的是薪水问题。农民工撇家舍业外出打工，为的就是赚钱。可眼下，几个月不见钱，任谁心里也会嘀咕。而我，作为当初给过他们承诺的雇主，多次食言，连见他们都有些汗颜了，现在能做的也只有安慰，再安慰。

“关于钱的分配问题，我想请大家理解一下，前期公司是到过几笔款，但都作为货款支付给供应商了。为什么这么做呢？咱们在座的很多人之前都经历过供应商围堵工地的情形，我想现在很多人想起来还有点后怕了吧？不支付货款，咱们工地就得停工，停工的话，大家的工钱要怎么发？这个道理，其实大家心里都明白。我理解大家的心情，下一笔款一到账，我就给大家发钱。今天当着这么多人的面，大家都能作证，我说过这话。现场咱们公司的财务主管也在。小田啊，你记下来这个事，月底之前，给大家发钱，务必要发！”

“好的，邢总，一定办到！”

我表态发言结束后，现场鸦雀无声。我知道之前的所作所为，让大家心寒了。现在的表态发言，更像是一种搪塞。虽然民工们表面上没说什么，但心里也都在打鼓，等着看公司的实际行动。而我也暗自发誓，一定不让这些可爱的农民工吃亏，差他们的工钱，砸锅卖铁也得补齐！

第三十四章
坚守信念

信念是困难时刻帮我渡过难关的意志力，是逆境中推动我前进的动力，是绝境中射向我的一道光。我需要信念！没有信念的支撑，我不会走到今天；没有信念的支撑，我早已绝望颓废；没有信念的支撑，我只会在浑浑噩噩中度日。兰芝曾问过我，是什么支撑你走到今天？我说，是信念！

工地上的“问题”会议实在令我头痛，又不得不开。一方面这种直接沟通的方式省去了中间的传话环节，对于老板来讲有助于了解基层的心声，使决策能够直达一线；另一方面也有助于把老板的意图直接传达给一线员工，免得中层管理人员“克扣”老板用意。当然，任何事情都需要一分为二来看。这种面对面的沟通方式对老板来讲，一旦决策失误也就失去了转圜余地。所以，整个会议四十分钟是我最为煎熬的，不仅要保持高度的精力集中，还需要时刻警惕各种陷阱。

“请大家相信公司，现在也只有相信公司才能保障大家的利益都不受损害，工钱我会如期发放的，请大家再多一点耐心，等一等，就等到月底，这是最后期限，我说到做到！”

作为老板，我恳求民工们留下，请他们再相信自己一次。而实质上，也是我给自己设定的一个期限。因为火车站商业街的工程已经竣工，正在联系监理审查。一旦审查通过，我就可以向 W 县政府申请款。而这部分款项足以缓解公司当前危机，甚至在支付供应商货款、发放工人工资后，还有盈余偿还银行和小贷公司贷款，使公司一举摆脱债务危机。所有一切，都取决于工地能否顺利竣工，而竣工的前提是工人们复工，做好一期工程的收尾工作！所以才有了今天这一场别开生面的会议。

“既然邢老板都把话说到这个份儿上了，我们也不能太为难老板了。”

“是呀，邢老板说得对，咱们得先把活儿干完，才能收回钱来。”

“那要是干完了，还收不回钱来呢？”

“那我负责去要账！”

这个时候，作为老板，我必须挺身而出，就像为那位意外受伤的员工支付医疗费一样。既然作为我的员工，我就有义务为他们负责。这是作为老板的基本素质。

不回避矛盾，做最坏的打算，做最好的努力——这就是我的信念！

不仅仅是工地上的民工，我们公司的员工也已经两个多月没领到薪水了。虽然公司里一切井然有序，员工们也能够按部就班地工作，但我看得出来一些员工的心态发生了变化，尤其是中层管理人员的激情不在了。浮躁的情绪在蔓延，这是一个危险信号！

作为老板，越是在这种人心不稳的时刻，越需要冷静和智慧。为使 W 县项目顺利竣工，我和兰芝重新分配了各自的工作。兰芝负责游说 S 城以外的债权人，或增加投入，或延缓分红，为项目的运作和资金调配争取时间。而我则负责争取 S 城债权人的支持，协调银行、小贷公司、项目相关单位，为项目竣工扫清阻碍，尽快回款。

两个多月的时间，我见证了形形色色的人，有的在观望，有的在犹豫，有的在悄悄另谋出路。从原来的不理解甚至愤怒，到现在的平静面对，其中经历了一个怎样的心路历程，也只有我自己最清楚。

每周一是公司固定的例会时间，原本只有公司总部的部门主管参加会议，这一次与会范围扩大到了下属的担保公司、建材公司、贸易公司负责人。鉴于公司目前的困局，出现了一些人心浮动的情况，我需要尽早扑灭这种苗头，以保障公司内外能够团结一致、众志成城。

会议主题就是公司下一阶段的发展及调整，包括组织架构、人员、战略、业务等。因为我觉得就目前公司的发展情况，有必要重新整理规划，以便应对接下来的硬仗。

上午9点钟，公司总部会议室，人头攒动，议论纷纷。由小张主持会议。

“各位负责人安静一下，会议马上开始了。今天把大家召集起来，是由于目前我们公司一些不太好的苗头，人员浮动，跳槽、离职的情况比较频繁，业绩也持续下滑，基于这种情况，公司决定对下一步工作进行重新规划。下面，有请邢总发言。”

“感谢大家这么多年来对公司的支持，自从去年国家经济出现下行，企业面临的下行压力更大，所有的中小企业面临着前所未有的压力，我们公司也不能幸免。从去年11月份我身边的几个朋友企业出现资金链断链等一系列问题以后，我们不可避免地也陷入了发展的困难，面临一系列压力，尤其最大的就是也面临着债务危机。今天把大家招来就是想把公司改革的一些措施跟大家沟通一下，以便咱们团结一致，共渡难关。”

我清了清嗓子，开始讲解精心规划的方案。

“大家知道我们公司经过十几年的发展，成为初步具备一个良性发展基础的健康企业，由于种种原因我们决定在今年、明年用一年半的时间调整公司的结构。从业务方向，我们把一些不赚钱的项目和计划砍掉，把没有产生盈利但是刚刚投入的也停掉，把目前做的项目保留住，在资金、人员上进行重新规划调整。具体部署由小张给大家宣读。”

“第一，建设公司，我们现有人员50人，两个项目部，W县政府火车站项目开发已经半年多，但业绩平平，由于之前发生的一些特殊情况，影响了整个项目的进度，所以现在一期工程还没有竣工；该县另一处项目，是物流仓储施工，相对较为顺利，但也处于收尾阶段。下一步将两个项目的人员重新调整，没必要用的人员我们暂时劝退回家，对于管理人员根据工作量调整，冗余人员调回公司重新分配工作。”

建设公司的高管听后面面相觑，我观察到大家的脸色各显不同，看见有几个人窃窃私语，看来对规划方案并不满意。

“第二，贸易公司，由于连续半年以来的持续亏损，公司决定关掉进行裁员，老员工、新员工妥善安置。第三，担保公司保留现状，新业务暂不开拓，收回原有客户的贷款，看形势再做决定。第四，我们建设公司用下半年和明年时间把收尾竣工验收、审计结算重点做好，并且把剩余的款项集中所有力量进行清收变现，保持公司的现金流。总部人员根据现在业务情况，基本要决定裁到四至五个人，保留必要的工作人员，这是我对公司所有的业务和人员的基本调整。”

贸易公司和担保公司的负责人听后，并没有建设公司负责人那么强烈的反应，但难掩沮丧的表情。

“接下来我宣布一条重要决定，是针对公司总部管理人员的，中层以上管理人员降薪20%，先征求大家的意见。”

话音未落，已经有几位管理人员表现出不悦的神情了。这是人之常情。我但凡有一点别的办法，也不会用降薪这一招，这是没有办法中的办法。每个管理人员都明白这种做法意味着什么。当然，也有个别管理人员表示支持，因为看到了公司的困境，也愿意同公司一起走出困境。

“邢总，你的这些决定我们听了，我们理解和支持，就是下面的一帮兄弟从原来的大集团慕名投奔你而来，刚刚合作三年多，希望跟您大干一场,没想到正好赶了这个形势和政府的财力紧张,我们公司业务受到了影响。刚出生的婴儿就遇到了困难,我们这几个高管没问题,愿意跟着您一起扛下去。"

"但是我们原来的一帮兄弟,各位兄弟要走,我们公司要妥善安顿,包括他们的入股款,公司怎么考虑退掉呢?"

"正好你提到这点了,我跟大家说一下,所有的公司内部员工集资款,公司这次会做出专项的财务计划,根据每月每季度的收入情况,拿走三分之一专门用于退集资款和入股款。收益部分根据公司的财务制度进行补偿,不会让大家受到损害,我甚至可以用个人的信用担保签字,给大家一个保障,这样好不好?"

"好吧,我相信您!"

当然,面临抉择时,每个人的反应是不同的。有些管理人员虽然表面上唏嘘不已,但仍旧不愿意拿出薪金来贡献给公司。虽然不能就此判定这些员工对公司的忠诚度不高,但至少说明这些员工考虑问题更多一些。

"邢总,我们这个贸易公司从 2004 年走到现在已经 15 年了,风风雨雨走到现在非常不易,团队里面跟了我们的人 10 年以上的也有不少,有的人甚至把这儿当成家了,你说这次一下关闭公司,我们如何安顿啊?大家连个饭都没地方吃。没想到啊没想到啊!"

贸易公司对我的意义最为不同。从创业开始到现在 15 年,是贸易公司帮我赚到了人生第一桶金,也是贸易公司在创业的艰难期支撑公司发展下去。这个立下汗马功劳的公司,如今却面临关门调整的窘境,任谁心里都会难过。特别是我无法面对那些跟随我十年以上的老员工,与他们一起打拼多年,那份感情可以比肩战友之情了。但是现在形势危急,如果再拖延下去只会耽误了大家,与其长痛不如短痛,让大家各得其所,妥善安顿是更好的选择。

"我非常理解大家的心情,心里也非常难受,我想这样子,一些核心的老员工愿意留下可分配到其他分公司或总部相应的部门,其他人员公司也会给予一定的补偿,等到公司日后转危为安了,愿意回来的,公司热烈欢迎。”

“好吧,只能这样了。”

贸易公司负责人喃喃自语,无助地看着天花板。

“邢总,我们这儿的担保业务现在只剩将近1000万,将在10月份陆续到期。目前经过我们坚持不懈的跟踪和日常努力,好多客户现在属于良性状态,用几个月时间我们要集中精力让他们还款,把这块业务的资金保住,不要出现风险。这是我的目标。新业务我们暂时没接,不过现在比较麻烦的就是良泉超市拖欠供应商的货款,这家超市一直处于负债经营,这个您是知道的,我们现在还没找到更好的办法激活它……”

“这家超市的情况我比较了解,会后咱们单独讨论。”

“好的。”

其他成员纷纷表达了自己的意见和想法,也有部分人员始终保持沉默。我能够感觉到这些不说话的人已经在准备自己的退路,包括跟随我几年的司机老陈。可以说,公司所有的状况,他是最了解的,也最有发言权。他的离开很可能会给公司人事上带来一阵不小的骚动,但我不会为了公司利益而要求他人牺牲自身利益的。要牺牲,也是牺牲我自己!

经过近一个多小时的讨论和发言,我内心既感动又惆怅,因为公司经历这么大的一次危机,连续几个月发不出工资,还面临着债务危机,员工们不离不弃,能够理解公司的难处。这既是我的人情财富,又是一种鞭策。想想去年身边的好友出现危机以来,公司人员全部离职,高管们纷纷逃散,剩下孤家寡人,一人去面对众多债权人谈判的情形,相比之下,我幸运多了。我在心里默默给自己打气,身后的员工们给予我无限的力量。

讨论会持续了三个小时,比计划超出了2个小时。大家纷纷献言献策,虽然中间几度中断,但气氛热烈。会议目的已经达到了,无论高管还是负责人，都紧密团结起来，坚定了众志成城的信念！现在，我们不再是老板与雇员的关系，也不是合作伙伴的关系，而是并肩战斗的兄弟。

团结的力量大！

然而，正当会议如火如荼进行时，又一件意外发生了……

第三十五章
困境求生

我正在按照事先计划好的步骤展开脱"困"计划,无奈意外的事件再次发生了。正当我准备宣布讨论会结束时,几个男人踢开了会议室大门,并与公司保安撕扯,嘴里面还骂骂咧咧。

"还钱,还钱,姓邢的,今天你要是不还钱,我们哥儿几个就不走了。"

"姓邢的,别人五人六地坐着了,你装什么装啊?"

"你们这群笨蛋,姓邢的现在就是穷光蛋一个,你们还跟着他喝西北风?"

"姓邢的,你给老子出来……"

原本公司的保安工作一直委托给专业保安公司。专业人做专业事,这是我一直秉承的办事理念。不过今天,专业人士却并不灵验。他们不但没有拦住这几个闹事的,而且还有保安居然被这几个人打伤了。

他们吵嚷声越来越大,愈发地有恃无恐。我知道他们是故意激怒我,生怕我不接茬。我立刻看穿了他们的用意。这段时间以来,我陆陆续续地接到不少恐吓信、恐吓电话，心理承受能力明显增强许多。像这样吵吵嚷嚷的架势，不过是虚张声势罢了。我心里有底，所以并不真的惧怕他们。但会议室里其他部门主管、分公司负责人却少见这种阵仗，一个个吓得脸色铁青，有些人不停地喝水，有些则连喝水都忘记了，只是坐在位子上不住地发抖。

我看了小张一眼，他正在窃声讲电话，想来是正在调查来人的身份。小张似乎察觉到我正在注视他，便立刻凑到我耳畔低语。

“邢总，这几个人是我们一位债权人叫来的。”

我点了点头，心中泛起一丝不解。

“债权人的款不是还了一部分吗？怎么还来闹事？”

“前段时间咱们公司正吃官司，就把一部分货款先用来应付这良泉超市的借款了，所以还差一部分款没还给债权人，本来已经跟债权人都沟通好了，今天不知道怎么的，居然派人过来闹事？”

小张垂着头，默不作声。

我将会议室里的人都遣散了，让手下一位副总留下安抚这几个男人，而我自己暂时回避一下，也好腾出手来调配资金。

“几位哥们儿，我现在去给你们取钱，让我们公司副总先陪着大家，我去去就回。”

副总眼巴巴地看着我，一脸不愿意，却又满是无奈。

坐在办公室里，我忽然想起小张所提到的这位债权人，之前没怎么打过交道，所以不是很熟悉。当初也是经一位朋友介绍，说是想投资搞点项目，便邀请他一起加入 W 县的众筹项目。他一方面看中了 W 县项目的政府背景，另一方面也是看中我们公司的投资业绩，所以毫不犹豫地加入进来。可谁料想 W 县项目结款慢，又加上我们公司这一段时间以来经历了不少意外困境，把公司的周转资金全都押到项目上了，所以之前谈好的分红和回本计划也都延迟了。他原本是个好嘀咕之人，因为迟迟见不到钱，因而心里焦躁起来，之前已经同我们公司的人闹过几次，但都被劝了回去。眼见没结果，今天索性直接叫人上来闹事了。想着把事情闹大，我迫于压力，怎么也会把钱先付给他，可他没料想到的是，我眼下确实拿不出一分钱来。

我尝试通过电话与这位债权人沟通，然而他一听我的声音，情绪立刻激动起来，只说他的难处，非但完全不理会我的处境，甚至根本不听我的解决方案。

“邢老板，咱俩没啥好说的，你当初答应给我的分红和返现计划，到现在已经过了大半年，我迟迟见不到钱，那钱是打了水漂，还是被你私吞了，我怎么知道？”

“老哥，当初您选择参加我们项目的众筹计划，也是看中了这个项目，看中了我们公司的业绩，我能拿公司信誉开玩笑吗？现在公司真是有困难，您再支持我一下，最多一个月，工程就要竣工了，只要验收一通过，我立刻向政府申请款，咱们的钱马上就能回来……”

“行了吧，邢老板，你当我是三岁小孩儿呢？这话你跟多少人说过了？鬼才信你呢，我今天能叫人去，就是打破砂锅了，今天这钱，你是给也得给，不给也得给，我也不怕实话跟你说了，我叫去的那几位也不是省油的灯，你眼下叫那位副总陪他们，你就不怕一会儿再赔那位副总医药费？我看邢老板是赔医药费上瘾呀！”

他话里话外，用坠楼农民工的事来讥讽我，也无非是想激怒我，让我一时气愤忘了冷静，直接把钱付给他。可惜，他的如意算盘打错了。如今，已经饱受历练的我，怎么还会轻易上当，被几句话就气昏了头，乱了方寸？

“老哥，我一眼就看出那几位大哥的‘本事’，所以刚才我已经叫人去报警了，就不知道一会儿警察来了，您叫来那几位还能不能平安无事，也说不定他们一不留神就把您给供出来了，这教唆犯罪也视同犯罪呀！”

“老弟，你少唬我，这点法律常识我还懂，他们又没碰你那位副总，又是在你们公司里，警察就是真来了，又能怎么办，说到底，咱们这是经济纠纷，属法院管，可不属警察管。”

我一边打电话，一边给小张使了眼神，让他去会议室瞧一瞧副总的情况。一会儿他悄悄回来，给我打了手势，说副总一切平安，我心里才安定下来。紧接着，警察也来了。

我们统一被叫到了会议室解决问题，我向警方提供了与那位债权人所签署的众筹协议，以及后来签署的补充协议。由于前来协调的警察为当地派出所民警，一见经济类案件，便本着和平解决的精神，将我们这个案子移交给经侦科了。当然，那几位前来“要账”的狠角色，在见到警察后便偃旗息鼓，变成了温顺的绵羊，口口声声称自己是那位债权人公司的员工，替老板来沟通分红事宜的。

事情解决得有一点突然，却也在情理之中，我又一次战胜了困境，解救了自己。当然，我的奋斗之路还很漫长。

我走出公司大门时，已近黄昏。听小张说，受伤民工的手术伤口今天拆线，医生也会向家属通告手术治疗情况，并制订下一步治疗方案。作为公司代表，我准备亲自出席，以示重视。当然，也有想正式见一见其家属的想法。

兰芝和小张都怕再横生枝节，并不同意我亲自前去。兰芝甚至为了保护我，还打算叫记者去跟踪采访，被我婉拒了。因为那家医院正是我妻子工作的医院，而有一些记者是了解这个情况的。鉴于记者们的敬业精神，我选择自己前往，只是简单了解当时的一些情况。以我对他们的了解，我妻子是逃脱不了被曝光的了。但以我和妻子目前的冷战状态，还是互不打扰为妙，给彼此一个冷静思考的空间。

夜幕下的医院，依旧灯火通明。我站在门诊楼门口，等待急救车驶入。因为那时，我就能远远地看妻子一眼。已经有半个月未曾见过她了，想她了！若在以前，我经常出差半个月，乃至一个月，那时也见不到她，却没有现在这般想念。或许是因为失去了吧！

“邢总，我们该进去了。”

小张指了指手表。今晚和医生约了八点钟，现在时间刚刚好。我依依不舍地告别了门诊楼，走进了旁边的住院部大门。

第三十六章
竣工验收

儒家讲求“慎独”,除了要时刻严格要求自己的言行外,还有时刻保持警惕的意思。越是在胜利的前夕,越容易出现问题,甚至出现人生的逆转。不仅仅在体育比赛中,在各个领域都可能出现这样的问题。所以“临门一脚”才是整个事情的关键。

对于我来讲,工程验收就是这“临门一脚”! 新上任的两位包工头,还不熟悉监理这方的人事关系,办理竣工验收手续,我还是习惯性地让小张陪同。一来便于我及时了解工程进度,掌握项目的第一手资料;二来前车之鉴,记忆犹新,我绝不容忍第二个“苏大壮”出现,所以工程上的事情必须由我信任的人监理。提起这记忆犹新事件所造成的恶劣影响,直至现在仍未消除。

从医院出来,我的心情有几分沉重。医生正式通知那名受伤民工的家属,伤者腰椎神经断裂,下肢永久性失去了活动能力,也就是说他瘫痪了。这个结果早在我意料之中, 但那民工家属却不依不饶起来。她心里清楚,她丈夫受伤与我没有直接责任。连负责侦办此案的于警官也看不下去，不由地替我鸣冤。

“这位大嫂，你丈夫是意外坠楼，这一点在场很多人都亲眼看到了，也都作证了，你硬把‘罪责’怪到邢老板头上也没用。从法律上看，邢老板不是一点责任没有，但并不是主要责任方，他需要支付的经济赔付是有限的，现在邢老板又出医疗费，又出生活费，都是出于道义、良知，不是人家必须尽的义务。大嫂，这点你得搞明白……”

于警官话未说完，民工家属已经听不下去了。坐在医院走廊的地上，指着我们哭诉起来。

“你们都是一伙的，你们欺负俺们乡下人不懂法呀，可是俺们懂事儿。俺男人是不是给你干活的，他出了事，你是不是得管。”

“大嫂，你丈夫不是跟我直接签的劳动合同，是跟苏大壮签的。”

“你还提那个挨千刀的，他卷钱跑了，你咋不治他，你让俺男人跳楼，让俺们一家子都活不下去了。”

“大嫂，这事儿我会想办法解决。”

民工家属听我这样说，越发地来了精神。

“你咋解决？俺男人是俺家的天，现在天都塌了，你咋补天？你让俺娃咋上学，让俺老公公老婆婆咋生活，拿啥生活？还有俺……”

起初她只是啜泣，但越说越觉得自己委屈，索性大哭起来，边哭边说，也就听不清她说了些什么了。

于她来讲，她的家庭失去了一个丈夫的角色，她需要有人帮她把这个角色演下去。而无论是经济基础还是道义责任上，我都是最佳人选。所以，她要的赔付不是一次性的，而是经年累月的赔付；也不仅仅是金钱，是丈夫的义务。而这些已经远远超出了我的能力范围，也不是道义所允许的。

原本受伤民工的事解决过程都很顺利，但在最后关头不知道这位大嫂受了什么刺激或经何人挑唆，原本温和的态度 180 度大逆转。所以，世事难料，不到最后一刻，白纸落上黑字，谁也不能保证什么。

按照上周小范围会议的精神，我和项目公司的全体成员需要全力做好两件大事：一件是要把收尾的工程快速做完；另一件是在前期做完的工程验收完以后，抓紧办理竣工验收手续。两件事情都很棘手。

一周以来，我安排专人和相关单位对接，但反馈的消息并不理想。今天一大早，W县政府人员、施工企业、我及项目部主要人员又在城建局碰头商量。

“邢老板，今年的形势你也清楚。政府资金非常紧张，又面临着人事调整的风险，我们希望你把收尾和竣工验收作为头等大事，假如遇到人事调整风险，你们的项目，迟迟未验收合格或竣工验收未办完手续，后续的款项你怎么要？这种利害关系你应该比我清楚。”

李局长的话说得我直挠头，犹豫再三，我向李局长说明了想法。

“李局，我心里比你着急，前期我们拖得是太长了。这次大家都着急了，我们也想赶快验收完。所以，我希望局里派个代表和我们一块儿验收。”

李局长当即明白我的意思，有政府的人在场，也能说明政府对项目的重视，各个环节上的拖拉情况会收敛很多，也能加快验收速度，所以当即同意了。

“好吧，我派李工和你们的人一块儿去。”

大家商量完以后，走出城建局大门，又赶上了淅淅沥沥的小雨，已是深秋，天气转冷，李工不禁缩了缩脖子。

“邢老板，今天这个天气可不怎么地，监理能去验收吗？”

“能，约好了的，再说工程已经拖太久了，监理也想尽快搞完验收，两厢都省些事。别说下雨，就是下雪，他们也会去。”

“那好吧，我就陪你们走一趟。”

“太好了，有李工的支持，今天验收肯定顺利。”

大家一行冒雨赶往 W 县。为了保险起见,我陪他们去了第一家监理单位,监理单位在 W 县的老街小巷里。这也是这几年来,我第一次来监理单位。以往我很少和他们打交道,都是项目部的相关人员去接触,这次是迫于无奈,自己亲自出马。

这家监理公司是 W 县最好的,无论硬件设施还是人才配备,都堪称 W 县的行业翘楚。虽然无法与国内一线城市的监理公司相提并论,但在三线城市和乡镇来讲,也是数一数二的大公司了。走进监理办公室,我好奇地四处打量一番,办公人员的精神面貌略显萎靡,与这家公司新换老板有很大关系。按说新官上任三把火,往往换新老板都会有新气象,可这家监理公司却一反常态,我有一种不祥的预感。

与接待员寒暄了几句,旨在打探一下新老板的情况。可惜,这位接待员嘴严得很,任凭我们怎样下套路引诱都无济于事,照旧守口如瓶。我们心里打着鼓,也只好跟随她一起去见这位神秘的新老板。

中途正巧碰上了我们这个项目工程监理的直属领导刘主任,也就是那位 W 县陈县长的故交。不久前,我还宴请过他,并找来了陈县长作陪。虽说有前面的酒桌之谊,但在眼下的场合,大家都有默契地没有表露出来。

"邢老板,稀客啊,今天怎么想起来到我们公司了?"

"刘主任好啊,我们的项目快竣工了,提前来公司'走动'一下。"

"走动"两个字的意义涵盖广泛,我一说出口,刘主任就明白其中意思了。

"哦,那你们忙,我还有事。"

我们一行人在会议室里等了将近半小时,终于见到这位新老板的庐山真面目。四十开外的年纪,戴着眼镜,是精明强干的类型。接待员引荐我们相互认识后,便离开了。

"我也是刚接手这个公司,看了前期一些工程和监理项目的资料,对咱们这个项目了解不多,你们的来意我已经知道了。从合同标底来说,原本是几千万的项目,后来经过几次增项,总额已经过亿。到现在,施工已经一年多了，期间也有大大小小的工程竣工，我看了一下施工质量还可以,但是出现过停工、罢工这些现象,对工程质量还是造成了一定的影响。当然,城建投公司作为甲方，也是 W 县政府的代表方，一直还没有支付任何款项,也是一个麻烦的问题。我想邢老板有不少话要说吧？”

刘主任事先已向这位新老板介绍过我们公司和 W 县的项目，特别是提及过陈县长的重视。这位新老板是甲方 SY 省城建投公司李总的亲戚。李总与我关系不远不近，所以还需要重新维系一番。但刚才这一番话,他确实做到了不偏不倚,滴水不漏。

“王总,今天我们来,主要是有三个想法,一是咱们可以联手向 W 县政府申请款,或者直接向 SY 市申请款,这样力度会大一些;二是我们的工程眼看就要竣工了,之前因为工地出了一些事情耽搁了不少验收工作,现在想追回来,能否安排一下人手,近期集中验收,咱们也好集中向政府申请款。不瞒您说,我们公司的资金周转出现严重困难,确实维系不下去了,等着工程款救急呢！”

王总没说话。我使了个眼色给李工,他马上会意。

“王总,这样吧,既然我们今天来了,也希望你考虑一下,我回去给局长也申请一下,看能否少申请点资金,没多有少,算对你的一个支持,但是希望你这边支持邢总一下,加快验收速度,工程早点完工,大家都能早点拿到钱。”

王总考虑再三,才答应。

“可以。其实我们也希望工程早点竣工验收,早完结一个项目,我也能早点拿到监理费,这是大家都何乐而不为的事。我们也很着急。咱们 W 县也不是经济大县,财政收入有限,政府也是难得有这样的大手笔。作为我们监理公司,是非常支持的,不过也不能不顾工程质量。盖章很容易,可一旦落上戳了,就是责任呀！工程上可没有小事儿,一块砖头都能压死人,还是小心谨慎为好。”

几轮交锋下来，我感到王总思维缜密，可不是容易攻破的。我和李工对视了一下，互通心意后，便从监理公司离开，直奔下一站 SY 市规划设计院。一路上，我心里仍旧打着鼓。从人脉关系来看，监理公司的人脉关系要好过设计公司。而且，当初两处工程的设计图纸也是宋总帮忙联系的。现在宋总已经退出合作，不知道设计院那边是否还卖我们公司这个人情。

设计院在 SY 市内一幢气派的大厦内，是一个楼中楼的格局。进了设计院，秦院长很客气地请大家坐下来谈。毕竟前期已经沟通过工作，加之我事先让宋总也打过招呼，所以秦院长已经知道我们的来意了，大家开门见山。

“秦院长，这次 W 县的项目，咱们合作很顺利，前期宋总也多次跟你联系沟通，我们的来意您也很清楚了，我就直截了当跟您提要求了，我们需要咱们院在验收报告上给盖个章，就是例行公事的事儿，您看……”

秦院长听罢，眉头深锁。以往找我们要账是求着我们办事，今天好不容易我们的工程要验收了，也最终有求他的时候了，他必然要抓住这个机会跟我们提设计款的事。

“邢老板，你也知道，我们虽说是国企，但现在市场经济搞活，也是自负盈亏了。这两年，你这儿没给过我们一分钱。但是我们该做的工作一点都没落下。说实话，这次你要盖章验收，我们总不能不去申请吧，总得表个态，最起码你们得有个态度，看看何时给我们付款，让我们心里也好接受。”

“秦院长，钱我是不会赖的，这点你清楚，咱们合作不是一次两次了，但凡我们公司账上有钱，我是不会拖欠任何款的，可是这次有点小意外，W 县政府这边结款比较慢一些，我们公司已经在工程上垫了不少款，现在也是资金周转出现问题，才急着先把工程验收做了，好向政府申请款，等申请到款，该支付给谁，我是不会赖账的。”

李工也跟着一起游说秦院长。

“秦院长，我这次是代表工程局李局来的，回去还得向领导汇报情况呢！”

“这样，您看，您先把章盖了，我们争取在过节前给你打个报告，你看如何？”

秦院长点点头，就让文员打印了一份《申请催款报告》。我接过报告来，仔细看一遍。报告主要写了要款的内容，都是公务用语，没有过分的无理要求。

李工也看了看报告，一脸满意。

“秦院长，你的准备很充分。知道我们今天要来，已经准备好了。”

秦院长也借机道起了苦水。

“不瞒你说，最近我们公司确实也非常困难，也是到处要钱。今年款都不好要。因为我们打交道的基本都是政府，你们这一年多不给钱，这次又要盖章，我也给我们项目设计专员不好交代。因为他们的绩效都与奖励挂钩，希望邢老板能够理解。”

秦院长的难处，我感同身受。毕竟大家都是为了自己的公司能够在激烈的市场竞争中生存下去，尤其是今年这样的经济形势，对方提一些要求也是合情合理的。

“秦院长的苦处我能理解，咱们彼此彼此，也算是难兄难弟了。感谢秦院长的支持，不过我希望下周您能把章给我们盖完，我们争取早点把这验收完，我们把款项早日申请下来，这样咱们双方都得利，您看怎样？”

“好，我一定配合大家的工作。”

秦院长也是性情中人，一口答应了。时近中午，秦院长邀请我们留下吃便饭。我和李工看了看时间，因为之后还有行程安排，就没敢耽搁。

“算了吧，大家事儿还多呢，以后吃饭时间多的是，我们就不吃了，还得赶去办其他事儿。”

从设计院出来，我非但没有松口气，反而惆怅不已。

“李工啊，就验收盖章这么几件事儿，也够麻烦你了。等这验收的事忙完，我得好好请你。今天咱们先将就一下，吃个便餐，如何呀？”

我们一行人在街边找了一家面馆，草草吃完面，又继续下午的行程。最后一站是另一家监理公司，我心里估计结果也差不多。只靠嘴上功夫游说对方办事的年代已经过去了。

“后面的行程我就不去了，请你们总工麻烦跑一趟，我抓紧时间回去，把监理这个事儿解决了，我想设计院这块儿就会迎刃而解。今天我们来得也很及时，希望下周我们把这些事情都办完，邢总你看怎样？”

由于李局长关照在先，李工在办理监理手续方面确实给我帮了大忙，处处想在前，一心为了我们的工程快点验收，让我们早点拿到回款。我心里的感谢之情都写在了脸上。

“没有问题，只要把监理的事儿搞定，设计院、其他监理单位我想办法说服他们，毕竟人家的要求都不过分。”

“好吧，那我就不去了，我赶紧赶回去向李局汇报。”

送走李工，我和小张开始合计最近的工作安排。

“这几天，你什么事儿都别做，重中之重就是把竣工用的章盖好，只要这个盖完，我们才有下一步推进的机会，款项才有要的条件，就是磨也要把它磨下来。看看今天我们和设计院的谈判，亏得我提前和设计院进行了初步沟通，李工的机警配合，我们才这么顺利谈下来，要不咱们还得碰一鼻子灰。所有事都赶在一起了，也难为你了，最近跟着我跑东跑西的。”

“邢总，您别这么说，咱们公司正在难处，谁都得帮一把。您放心吧，我会想尽办法完成任务的。”

“我相信你。”

第三十七章 义字当先

人生是公平的。遇到一些人，成就一些事，也会失去一些人，遭遇一些逆境，如此才可称为“人生”！这段日子以来，与妻子的分手风波，加上公司身陷窘境，可以说让我焦头烂额。虽然有兰芝、王老师、小张、杨副行长等一众朋友始终在身边支持我，但我仍然觉得不踏实，漂泊之感一直环绕着我。

几次午夜梦回，自己明明躺在家中的床上，却感觉好似身在异乡，孤伶无助。尤其是夜深人静之时，我终于体会到妻子的孤寂。有那么几次，我拨通了兰芝的电话，却又立刻挂断了。因为没有勇气，更不想在这个时候，在自己失去判断力和自控力的时候，做出让自己后悔的事。

“邢哥，还没睡吗？”

“哦，正要睡了，刚才碰到了电话，拨错了。”

“那好吧，你早点休息。”

每次当我挂断电话后，兰芝总会回拨给我。她明知我是刻意打电话，也是刻意回避，却佯装不知。我明白，她是想帮我度过这个心理适应期，重新回到正常的生活轨道上。起初我也是这样想的，所以拼命工作，一处一处协调债权人，请客、拉关系、跑众筹……把计划安排得满满的，只是想让自己累到没有时间思考。可是每次当我躺在床上时，还是情不自禁地摸一摸床的右边。空荡荡的感觉，让我心里更加空寂。自从妻子搬出家门，我自己也极少回家去住了，很多时候宁可在办公室里将就。家，成了我不敢踏足的地方！

上次去医院解决受伤民工问题的时候，恰巧碰到了妻子。事实上，是我刻意绕了路，从急诊室通道走过。妻子还是那样神采奕奕，忙着带实习护士，忙着照顾病患，协调各种关系。她远远望见我，还是那样淡淡地微笑，但总是感觉好像疏远了许多。

"来解决那个民工的事吗？"

"是啊，事情有点麻烦。"

"我听说了，他家属在医院里闹过，闹得沸沸扬扬。"

"影响到你了吗？"

妻子摇摇头。我们仍旧走在医院的天桥上。午后温暖的阳光，照在人身上暖暖的，仿佛回到了学生时代，回到了我们的青春岁月。有那么一个瞬间，我竟恍惚觉得我们从未分开过，一切又回到了最初。

可惜，时光已逝。

"你最近怎样？"

我们几乎同时问出了这句话，感觉如此亲切。听到妻子还是挂念我的，心里一股暖流淌过。

"我还好，公司在慢慢好转。"

"那就好，我还要回去当班。"

"好，我送你。"

"不用了。"

◎ 债权人

望着妻子远去的背影，我的眼睛湿润了。事实上，公司的状况远没有我说的那么好。就公司面临的负债情况来看，王老师的机智建议和兰芝的多方斡旋，使我取得了债权人的谅解，也为公司的资金调配赢得了宝贵的时间，也算是让我逃过了一场计划之中的官司。对我而言，是意外的惊喜，也是偶然中的必然。我常常在想，一个人一生最大的幸运不是实现梦想，而是遇到了帮助你实现梦想的人！曾经踌躇满志要做成市政项目的我，遇到了兰芝，又在机缘巧合下遇到了王老师，是我人生中不可不说的奇遇。直到现在，我仍然时而恍惚，自己是否真的如此幸运？

与小张、李工挨家去跑竣工验收的事终于告一段落。能做的我们都已做了，能找的人，也都找遍了；能求的关系，也都求过了。剩下的，似乎只有“听天由命”了。我知道，作为一名商人，一个生活在科技时代的人，不应当笃信命运这些玄之又玄的事。但人在逆境中，总希望抓住一些什么自我鼓励，自欺欺人地告慰自己“一切总会好起来的”。

我知道，面对逆境，既需要勇气，也需要坚持。自从承接 W 县城镇化项目以来，我拥有了很多债权人，也成了别人的债权人。“债权”二字，让我注定与风浪结缘。尽管大多数债权人能够体谅我的难处，但我知道迟早有一天，我还是会走上法庭，无论是原告还是被告，总之是绕不开的一场劫难。虽然与妻子的这场劫难没有让我走上法庭，但我知道，那一天迟早会到来。

十天后的煤炭酒店之约终于到来了。那个周日的午后，杨副行长如约而至。他的到来，不仅给了我应对龙哥的勇气，也给了我处理债务的信心。但谈判的结果却并不尽如人意。尽管之前我征服了一个又一个的债权人，但龙哥并非一般的债权人，而是职业讨债公司。无论是从人脉还是债务谈判技巧来看，我们都输定了。

杨副行长运用与龙哥打过交道的几分薄面，替我争取了筹集资金的时间，这已实属不易。但杨副行长身份尴尬，不便为我强出头，加上龙哥手下那名律师也是S城数一数二的律师,专攻经济案。可以说一旦这笔债务纠纷上升到法庭层面,我是没有胜利可能性的。在还钱的基础上,还需要赔钱,而龙哥却能全身而退。虽然国家三令五申,不允许高利贷、涉黑行为的民间借贷形式出现,但龙哥的公司也具有金融担保公司的实体。加上债务是由鑫诚公司出面的,即便有朝一日我被告上法庭,也是由鑫诚公司出面,而与龙哥的公司无关。从这一点来看,我们一点把柄也抓不到。这场官司还没开庭,就注定会输了!

"邢总,我可以正式通知你,小贷公司把你告了。"

听到这个消息,我竟没有半点意外,表情平静得令身边人吃惊。

"邢总,你怎么了?"

"我没事,事情我知道了。"

"您怎么还这么平静?"

"该来的,迟早会来。"

"可是咱们拿什么应对?不如把良泉超市的股份……"

"还没到那一步。"

"可是……"

我没有听小张说下去。我了解他的心思,也知道他的做法。但我不会同意,至少现在我还没有打算出让良泉超市的股份。

"邢老板打算应战吗?"

"是的。"

我坚定地回答。龙哥知道鑫诚公司把我告上法庭后,也有些不可思议。按说小贷公司与兰芝的关系,也不能把我告上法庭,可事实就是,他们这样做了!

"明知不可为而为之,邢老板有气魄。"

"哪里,龙哥过誉了,我就是做了该做的事儿。"

"其实你大可以把那点股份转让出去。"

◎ 债权人

“我知道，那是最简单的办法，我还能因此赚上一笔。”

因为当初入股良泉超市时，出资并不多。在良泉超市的资产评估中，超市经过几年的发展，其市值提高了很多，所以现在出手的话，可以卖个不错的价钱。在商言商，这是谁都懂的道理，可偏偏我不想懂。

即使毫无胜算，我也要打这一场注定会输的官司。为了良泉超市信任我的十余个兄弟姐妹，为了证明自己一诺千金，打碎了牙也要往肚子里咽。就目前形势而言，我与小贷公司的这场官司是板上钉钉的事了，但没到最后一刻，我仍然不想放弃！这是我多年从商养成的锲而不舍的习惯。

我又去了小贷公司。一进门，明显感到大家的凝重，心里有一种感觉，今日的谈判可能会比较艰难。董勇依旧不见人影，负责接待我的张经理说他出差在外，赶不回来。实质上，我清楚得很，他是在刻意躲避。

“我们作为当事人，从保护公司、保护你的角度，准备保护你的财产，包括你名下的房子、车，这样子大家才会保护你，也才能让董事会、监事会通过，如果我们这时候不保全你，别人也会采取措施。”

大家你一言我一语，我心里在想，走到今天勿怪别人，只能是怪自己，多年操劳经营不能说不辛苦，但是债务也随着扩大、增加，财务功能也没有用起来，自己忽视加麻木导致今天的债务危机。听完监事的话，自己也想明白了，说“如果是这样，我会积极配合的”。

回来的路上，我漫无目的地走到街上，想打车打不上，租公共自行车也排不上队，真是屋漏偏逢连阴雨。看到街上的大学生好生羡慕，突然回想起自己的青春岁月，不免有一些伤感。这些年，我把精力投入到创业上来，一心搞发展，却忽略了经营过快的问题。在错误的融资思想指导下，一步步把企业经营扩大，同时也带来了风险。

该来的，终于来了！

周二上午 8 点，我和小贷公司约好去区法院开庭，协调借款纠纷一事。

整整15年了，从以前的原告到现在的被告。我做生意这么多年，都是被人欠账，自己去当原告，这次成了被告，是在自己的中年43岁之时，心里不禁几许惆怅感怀！

9点准时开庭，本来想着有多庄重和紧张，不知是不是由于最近事多，压力大，加之诸多委屈心被撑大的原因，进了法院心里没有任何紧张感，坐在庭上的只有3个人，一个女书记员，我、小贷公司的法律顾问代表。

还没有正式开庭，女书记员坐在中间的位置，审判长的位置空着。从我进了法院的大门开始，就感觉到今年是律师、法院最忙的年份，经济形势不好，人心难免浮躁，所以忙于起诉、应诉、打官司的人也越来越多。

在其他人没有来之前，女书记员简单地问了问我。

“你认可这个借款纠纷吗？”

“认。所有的事实我都承认，毕竟我们欠人家钱么。”我坚定地说。

对方小贷公司的人也在，意思是说双方再协调协调，看能否早点出协调书。女书记员不敢相信，又问了一遍。

“不可能吧，刚进来，哪能那么快呢？你们看起来不像是原告和被告啊。”

“是吗？因为我们认识好多年了，邢总也是我们的老客户，今年赶上大形势不好，所以还款受到了影响，所以今天呢，我们过来开庭起诉也是想尽早达成协议，协调好，尽量往下赶吧。”

没想到小贷公司的态度突然180度转弯。兴奋之余，我想到了兰芝，一定是她在幕后帮我斡旋了。

大约过了半个小时，一个年约30多岁的女性进来，坐在审判长的位置上。我定睛一看，这年轻女子有一种不怒自威的气质，短发齐耳，威严、干练。能够当上法官的女人，都不是一般的女人，何况是这么年轻的女性，定然有过人之处。

“原告、被告现在我们正式开庭，请原告陈述你的事实。”

“我们于2012年与被告邢老板签订借款协议200万元，双方约定于3

个月到期还本金，利息按月支付。可是到 3 个月后呢，邢老板由于资金周转困难，我们又续签了 3 个月。3 个月到后呢，第二次还是没还，尽管公司股东和我们关系好，但是必须得对大家有交代了，我们决定先起诉。起诉也是大家达到协调，以保护邢老板。”

原告陈述事实清晰。

“被告你认可事实吗？”

“我认可。我完全尊重，没有任何申诉，希望原告给予我一个时间解决，同时也请求法院给予我们协调，事实我完全认可。”

“利息呢？利息是多少啊？我看你们上面的举证资料说，你是按月息，是一分五，是吧？那把你的打款证明拿上来我看一下。”

“不好意思，我只是写了个证明材料，相关举证东西，这个打款的东西我没准备。因为今天我们以为是协调，走个简易程序。那我赶紧安排人送吧。”

他急匆匆跑出去打了个电话，大约 5 分钟后回来。

“法官你好，大约半个小时后公司把资料送过来。”

然后半个小时后，公司果然把打款证明拿过来，法官一看，一皱眉头，“不对啊，你这不是一分五啊，应该超过一分五了吧。你看这个打款利息减了应该是三分啊。”

小贷公司又为难了。

“这可能是他们搞错了，因为我们有个服务费。”

“是吗？不是国家允许 4 倍么，那你超过 4 倍了吧？”

法官又向我核实情况。

“你认可他这个利息吗？”

“认可，完全认可。”

“但是不行呀，我们作为法官，你们双方这样子我们没法给你写协调书啊！我们需要证据证明这个利息是你真实的利息。那你们公司准备一下，把这个超过倍数的协议拿过来。”

原告小贷公司代表又出去打电话。他出去的同时，我就和法官聊了起来。法官奇怪我为何这般“通情达理”。

“你咋这么好说话呢？双方咋还这么默契，没见过你这么好说话的，人家说多少你都认可啊？”

“哎，都是朋友，我们自己做得不对，该认可就认可。”

“这次举证如果能够拿出有利的证据，或许能给你减轻一点啊，为什么都要认呢？最近我们接收的借款纠纷非常多，有的官司打好了的话，就给自己减少一部分利息，还款的压力就会减少啊。你怎么这么好说话呢，我们第一次见你这样的当事人啊。你是做什么生意的，怎么能借这么多钱出来啊，不简单。”

“谢谢法官，我也是大学毕业生出来的，本应当老师，后来没当，自己出来先打工，后来自己创业直到现在。创业已经 15 年了，搞过贸易，现在做工程了。”

“什么贸易啊？”

“做金融担保的。”

“哦，不错，金融担保是个好行业，行，那我们留个电话，以后我有需要这方面的服务可以找你啊。”

我心里面一想，看来法官也不是那么难说话，而且看起来挺人性化的，心里一下轻松了不少。在我们聊天的时候，原告第二次又进来了，把资料拿过来。法官看后，将资料放在一旁。

“好吧，你们双方把事实陈述清楚，然后所写的利息和本金，双方都要认可，我们才能出具调解函。如果有一方有异议，我们就出不了，你们双方都认可吗？”

原告和被告双方均点头认可。

等到调解书出来时已经是中午了。从法院的大门出来，我心想这就是朋友。如果我想使坏的话,反驳一下,是不是我就能减少几十万的损失呢?但是我不能这样做,我们得认可这个事。看来在法律面前是讲证据的,以后不管做什么事情,一定要把相关的手续做好,这样才不至于被动。如果今天不承认这么多的话,原告就很被动了,也很尴尬,想一想真是出了一头冷汗。如果自己是原告起诉别人的话,缺这少那的,是不是也很难胜诉,还在模棱两可呢?我心里还是更重视友情,谁让我们是朋友呢。

第三十八章
情债难偿

钱债好借，情债难还，这是我多年行商的深切体悟。钱债向来好借，亦好还，只要立字为据便可借到，设时为限，只管筹措资金便可。虽然拖延还债或死账、呆账的情况也时有发生，但多是因为经营不善或周转不灵所致。纵使出现意外，也可预知、预判。我做金融担保、众筹时，都是白纸黑字写清借额贷期的，期限一到，欠债还钱，天经地义，没什么好商量。

然而情债就复杂得多了。情债好借，亦不好借。走人情、帮小忙容易，好借也好还，都是朋友、熟人之间的举手之劳或顺势而为。还有一种情债，如同零存整取。平日里赊着、欠着，到了关键时刻再来索还。俗话说“吃人嘴短、拿人手短”便是这个道理了。当然，能被人这样套住也说明了自身的价值。有些人是欣欣然沉迷于此道，在被人利用的同时还有一点孤芳自赏的骄傲。我在经商过程中遇到的很多官员、国企干部，乃至外企、私企的大小头目，也都沉迷其中，所以才有了那么多钻空子的事，才有了那么多的“便利”。

不过绝大多数人情既不好借，亦不好还。一来彼此之间的瓜葛太多，交集太深，甚至算不清谁欠了谁，也就撇不清关系了。但这种情债可遇而不可求，多是朋友、知己所为，交上这样的朋友，一生便“夫复何求”了。二来这种情债往往发生在相交至深的两人之间，往大处说，有生死之谊；往小处说，也有共命之交。虽然也脱不了相互利用之嫌，但终究还是有一份深深的情谊含在其中。这种情债不是不想还，而是还不清。因为无论怎么还，都会觉得亏欠对方，而对方也总是觉得回报远不及自己的付出。

当然，还有一种极特别的情债，像我和兰芝这一种。彼此无须太多言语，已经了解对方的心意，我想，这就是心有灵犀吧！我们会默默地为对方付出，却从来不求回报。看到对方开心，自己也会莫名地高兴起来，会把对方的困难当成自己面前的丘壑，看到对方难过，内心会真真切切地感到揪痛。而这种痛，已超出了一般的男女之情，超越了时间和空间的阻隔。

拿此次法庭诉讼事件来说，我一直没有向兰芝提起过小贷公司的所作所为。一是怕她觉得过意不去，毕竟这家小贷公司是她推荐的，并且与她们公司有一些渊源；二是怕她会为了帮我，又欠了别人的人情。可是从今天法庭上小贷公司代表前后判若两人的态度来看，必定有人在幕后帮我斡旋过。

两位原告当事人龙哥和董勇均未到场，那位代表也是全程极少发言，似乎更多地在配合我的想法。龙哥一方有可能是受到杨副行长的影响，但董勇一方绝对是兰芝的影响力在发挥作用。而且更令我惊讶的消息还在后面！

早在开庭前几日，我料定自己会输掉这场官司，便提前做好打算，把自己名下的资产一一清算核实。关于房产和车子做了资产评估，并叮嘱小张抓紧时间变现，以便清还拖欠农民工的工钱。通过这段时间与农民工家属的接触，我更加深入地了解了农民工生活的艰辛，也深切体会到了金钱对于在温饱线上挣扎的人有多么重要。实际上，自从那名农民工意外坠楼时，我就打定主意，一定要想方设法把拖欠农民工的工钱还上。这是作为一个企业负责人应有的职业良知。但钱从何来？于是，我想到了自己的资产！

“邢总，这怎么行？公司的欠款是公司的事，怎么能用您个人的钱去还债呢？”

“公司法人代表还不就是我么，公司的债就是我的债。你去办吧！”

“咱们公司的状况大家都知道，农民工的钱也不能拖，这事大家也都知道。可是，您没必要把自己的身家都押上啊！”

“公司没了，我还有什么身家？”

“说句泄气的话，留下这些资产，至少以后您还能东山再起。总得给自己留条后路吧？”

我凝视小张，良久，郑重地说：“自从我创业以来，就从没想到过后路。做W县的项目，我是赌上了全部家当，因为我想做成这件事，就得义无反顾。”

“可是，邢总，至少您出门得有辆车吧？”

“自行车啊！”

“啊？”

小张诧异地望着我：“哪有老板骑自行车出门谈业务的？”

我笑了笑：“小张啊，你忘了，咱们刚刚创业的时候，公司穷，只有一辆面包车，还得拉货用，咱们几个人出门谈业务都是骑自行车去，连地铁钱都不舍得花，不也都挺过来了吗？”

“可是现在情况不同呀。”

“有什么不同？难道就是因为咱们开过汽车，就不能再骑自行车了吗？享得了福，吃不了苦么？”

“可是……”

我了解小张的心思，可是眼下这个时候，只要能变出钱来，能赶在法庭冻结我的资产之前把这些资产变成现金，还能够帮助很多农民工，而我自己也能够轻装上阵。小张拗不过我,也只好照我的意思去办。一周之内,我变卖了房产和车子,拿到了三百余万的现金。

那一晚,我独自坐在办公室,看着桌上那张崭新的银行卡出了神,仿佛把一生走过的路都重新排演了一遍。从当年那个大学毕业初出茅庐的毛头小子,到后来坐拥上千万资产的成功者,现在又回到了两袖清风的那个我,仿佛一切都在梦中。

我让小张把银行卡交到财务主管小田手上,小田吃了一惊,忙问钱从何而来。小张在我再三叮嘱下,始终守口如瓶。小田只得直接来问我。

“邢总,这三百多万元现金用的是您个人账户,我想问一问,工程结款怎么会打入个人账户呢?”

我沉默了一下。小田见我面露难色,又赶忙解释。

“会计法有一些规定,邢总要是为难就算了,我当成应收款先入账吧!”

“好。”

“不过这三百多万现金怎么分配,不知道邢总有什么打算?”

“给工地上的民工发工资吧,我知道还差一些,再从公司账上想办法挤出来。现在工程竣工在即,得给大家鼓点劲才行。再说,工钱的事是我早就承诺过的,眼看快到期了,不能失信。这些民工不能再受骗了,我不是那个苏大壮,我说过的话,算数!”

“好的,我马上去办。”

小田和小张都深深了解我的心意,也知道农民工的工钱耽误不得,把它当成公司的头等大事来办。不仅如此,对于那位意外坠楼的农民工,除医疗费外,其养伤期间的生活费也是由我们公司负担的。虽然从法律角度来看,整件事与我无关,我也无须承担任何责任;但从道义来讲,我却不能放任这一家人不管,至少这位民工曾为我工作过。无论是为了现在正在为我工作的人,还是为了曾经为我工作的人,我都不该放弃他们一家。

做完这一切，却让我内心不安起来。因为与妻子正在冷战，我虽然没有答应妻子的分手要求，但也深知这样拖下去，对双方都没有意义。不如放了她，或许还能在她心目中留下一个好一些的形象。可是现在放手，我又拿什么给她呢？现在的我，已是身无分文。

曾几何时，我虽然对她关心不够，也没有尽到一个丈夫的责任，但至少我还有一定的经济基础，可以让她在离开我以后仍然过着衣食无忧的生活。可是现在的我自顾不暇了，还有什么能给她的呢？我迟迟没有同意妻子的要求，不仅仅是因为舍不得多年的感情，还有这一层考虑。

这些年，我虽然在外创业，看上去风光无限，家里的物质生活水平显著提高，但对于她的关心却越来越少。我曾经错误地以为，给她好的物质生活，她就没有忧虑了。然而这样的想法却过于单纯，我忽略了“关心”，也忽略了我们应该共同经历的生活。到现在，想要补偿，已经来不及了。

关于法庭诉讼的事，我没有告诉妻子。事实上，现在的我们已经许久没有联系了。但她还是从其他渠道了解到我的信息，并通过小张询问我和公司的情况。

“她怎么不直接给我打电话？”

“邢总，您最近太忙了，也许嫂子打过电话，您没接到呢。”

“算了。”

我没有再提，因为我早把她的来电铃声设成一首与众不同的曲子，是我们两个人一起录过的一首歌，那是全世界独一无二的铃声。自从与妻子分手后，好几次我拨通了妻子的电话，又立刻挂掉了。因为害怕妻子一旦接通电话，不知道该说些什么。所以今天，当小张告诉我妻子打电话来询问我的近况时，我内心充满了兴奋与纠结。怪她没有直接给我打电话，也怪她为何到现在还关心着我，让我不舍得放手。

欠妻子的这份情债，只怕是今生都还不清了！而另一份情债，我似乎也还不上了。

◎ 债权人

令我有一点奇怪的是，法院开庭这样的大事，兰芝居然没有到场。她事先只是草草给我打过一通电话，只说是她当天有一单大生意要谈，实在去不了。当时我并没有什么感觉，但走出法院门口时，少了她的身影，我内心还是有一丝失落。

“喂，你还在首都吗？”

“是呀，开庭结束了？”

“结束了。”

我沮丧地回应了一句，其实内心是渴望温暖和支持的。

“结果如何？”

“输了，意料之中。”

“你早就想好了吧？”

“结局是必然的，我欠的债，我来还，天经地义，其实也没什么好拿到法庭上去说的，欠债还钱便是了。”

我虽然嘴上不说，但心里还是佩服兰芝的观察力，有一线温暖沁入心田。

那天之后，转眼就到了月底，距离与小贷公司商定的还款时间已是最后一日，而那一天也是我答应给供货商和内部员工发放工资和工程款的日子。因为当时做了承诺，这次一定要给大家兑现。

一大早，我就赶去小贷公司，看看钱是不是能到位。因为前几天和小贷公司说好要临时用一笔钱应急，但是条件是这笔款专款专用，等工程款下来优先支付这笔借款。如果今天钱能够到位的话，公司又躲过一劫。这一次，我想给公司员工也发一些奖金，虽然距离承诺的奖金还差很远，但至少是一份心意，也不至于让大家跟着我寒了心。

我一进小贷公司，气氛虽然与往日不同，但大家对我的态度却发生了转变。小贷公司总经理对我也殷切许多。

“邢总，你上次抵卖的房产和车子都保全了。”

“什么？我的房子被保全了，不是你们保全过户的吗？”

“没有啊，我们在交款的当天下午就被王总保全了。”

“王总？哪一位王总？”

“就是首都那位王总，女的……”

我马上意识到是兰芝。难怪她最近一段时间都很忙，有好几次我约她都被拒绝了。我还就此事向她秘书打听过行程，可据她秘书所说，她的行程没有那么紧迫，当时我便心生疑惑，今天细细想来，时间也正好对得上。

“这么巧，不会吧，咋回事呢？”

“可能我们内部透露了消息，你的房子我们交了钱进去，第一时间被别人保全了。”

我把剩下的事交给小张去办，自己则立刻驱车赶去首都了，一路狂奔，没作片刻停留。赶到望京区大厦时，正是正午。这天恰巧没有培训活动，会所里人不多，兰芝正在办公室里忙碌，我站在门口，静静地看着她。过了很久，她才意识到我站在门口，一脸惊讶地看着我。

“你什么时候来的？”

“刚到。”

我微笑着走进去，坐在她办公桌前。

“我有什么不对劲吗？”

见我一直盯着她看，兰芝不由自主地拿出化妆镜来照。我拿过化妆镜，朝她笑了笑。

“你很好，哪里都好，一直都好……”

“你今天是怎么了？”

兰芝一脸惊讶，眼睛里充满了疑惑。她平素的机敏灵巧着实让我着迷。我拉过她的手，按捺了内心的澎湃和冲动。

“没什么，只是突然想你了，想来看看你。”

“我们不是前天才见过吗？”

“是呀,可是今天突然想你了。”

兰芝看着我,此时惊讶的表情又多了几分调皮。

“你该不会是从 S 城一路开车过来的吧?”

“是呀。”

“这完全不像你的风格。”

“那我该是什么风格?”

兰芝笑了。因为秘书去吃饭了,她亲自去沏茶,我则坐在沙发上,望着她泡茶的身影,突然发现一个女强人也有温柔贤惠的一面。她和妻子是完全不同的两种人。我不知道她会不会在午夜独自靠在沙发上等我回家,也不知道她会不会在我熬夜苦战后的清晨,为我煮一餐可口的早饭。但我妻子可以。

我接过兰芝递来的茶,咂了一口,确实是好茶,沏茶的方法也地道。

“好茶,沏得更好。”

兰芝会心地笑了。

“邢哥,你今天到底怎么了?举止有些反常啊!”

“我没事,只是太开心了。”

“开心,为什么事?我记得这几天听你在电话里的声音都有几分颓废,今天怎么……”

我怔怔地凝望着兰芝。

“为什么不告诉我?”

“什么?”

“你知道的。”

“到底是什么?”

兰芝一脸懵懂。

“你帮我保全了房子和车子,为什么不告诉我呢?”

兰芝喝了口茶,淡淡地笑了,笑容中闪过一丝落寞。最近这半年多,每当我们单独在一起时，她的眼神里总是能够闪过这样一丝落寞。虽然有时候她掩饰得很好，但却逃不过我的眼睛。

"原来是为了这事儿呀，没什么，你别放在心上。房子和车子你继续用，就当是我借你的款，什么时候手头宽裕了再还我就是。"

三百多万可不是小数目，虽然对于兰芝来讲，也并非是支付不起的，但换作其他朋友，却未必能像她这样一而再、再而三地帮我，毫无条件地付出。我知道她的心思，但现在的我正处于一团乱麻之中，也不知道该如何抽身，更不想把她也拉进去，所以只能小心翼翼地保持一个安全的距离。

这一点，兰芝也非常清楚。所以，直到现在，我们仍然保持着"发乎情、止乎礼"的纯净关系。

第三十九章
政府协调

后台，似乎是我国社会的一个专有名词，专指躲在幕后的推手。在社会上行走，要想出人头地，缺少后台的支援是万万不可的。实际上，从某个角度来看，后台也是一种组织。在我看来，后台不一定要有多么至高无上的权力，更为重要的是能否成为你的智囊。我的后台就是兰芝和王老师，尤其是王老师，总能在关键时刻为我出谋划策，定鼎乾坤。

王老师对于我此番的工程危机提出了很多建设性意见，不仅恳切，而且中用，可以说条条都是锦囊妙计，其中最为重要的一条建议就是依靠政府的平台力量。虽然 W 县城镇化项目的甲方是政府，但仍然可以巧妙地运用政府部门的力量去要款。而回款是当前经济下行的大环境下，几乎所有工程项目都会遇到的难题。通常政府的拨款会分配使用，虽然国家财政对专款专用有明文规定，但很多乡镇、特别是贫困地区，需要用钱的地方太多，很难做到专款专用。王老师的建议是发挥政府的力量，寻求政策倾斜，找机会多要钱，早回款。

这就是我的后台，最坚实的后台。

上周我带着团队成员一行去项目所在地的 W 县政府各个主要部门进行拜访，在工程验收和回款上确实收到了一定的成效。与其说是拜访，不如说是催款。这次要款的力度空前，无论从人员还是各方运作来说，都超乎了我以往的作风。不是我想这样做，实在是形势所迫。对于内外交迫的公司来讲，收回工程款是唯一的出路，也是唯一能让公司渡过难关的捷径。

后来，我在几个大债权人的帮助下，咨询了政府相关人员，全力写了一份措辞严密、后果严重的紧急报告。并按照王老师的建议，以 W 县政府的名义为开篇，写给 SY 市政府和工程局，一方面说明项目进度情况，尤其对已竣工验收的项目进行特别说明，以便向政府申请要款；另一方面说明企业的现状，面临的资金危机以及欠款的后果，甚至将民工意外坠楼、供应商围堵工地这些真实发生过的事件也一并写进报告，为的是让政府了解我们公司在整个项目的开发运作上顶了多大的压力，为政府排了多少忧、解了多少难。

报告递呈政府诸多部门及相关人员，从局长、县长到副县长，一时之间引起了轰动，反响强烈。一直以来，我们公司都给人以负责任、做事果敢的企业形象。平心而论，与政府部门打交道也不是一朝一夕了，我始终保持优雅的风度。因为在我看来，无论是政府、企业还是个人，只要能把事做好、做到位，才有和对方谈判的话语权。

但是这几个月下来，我已经感到力不从心，我的处事原则开始动摇了，毕竟钱是硬东西。对每个人来说，不是你的言语和你的承诺就可以打消别人的顾虑。尤其是当内行碰上了外行，又必须让外行理解自己时，是非常困难的。所以斟酌再三，我还是听从了部分债权人的建议，写下了这份紧急汇报。

另外，在上次拜访政府相关部门的过程中我也发现，团队中很多成员在与政府工作人员沟通时，表现得情绪激扬、声音铿锵有力，但不像是陈述事情该有的情绪，而更像是一种声讨。有一次，我的财务经理和债权人代表连番向政府机关一位局长申诉，情绪激动，弄得场面非常尴尬。虽然我理解他们是为了公司好，为了能尽早拿到回款，但不得不承认这种方法的实际效果并不理想，甚至会弄巧成拙，把事情搞砸了。

我组建这个团队的初衷是出于加快项目回款，希望债权人代表能看到项目开发中的困难、理解公司的难处，但事与愿违，这种现身说法的模式，虽然减少了一些沟通成本，但从沟通效果来看，并不尽如人意。

递交报告以来的一周时间里，我几乎都在焦虑中度过。第一次感到时间是如此漫长，几乎快把我盼老了。可是我转念一想，仅用一周的时间让政府相关人员了解这个项目的内情，也并不容易。很多人对于这个项目是第一次听说，接触起来总需要一个过程。况且作为一个普通的开发商，向政府讨要说法，也并不容易，甚至在我的记忆里还从未有过成功的案例。这一次，如果不是王老师大力支持、各位债权人鼎力相助，恐怕我是不会提出这份报告的。

工地竣工在即。这两天民工们的心思又见浮躁，有些民工开始故意放慢工作效率，有些民工借机请假，还有些民工干脆提出了辞职的要求。要抑制工地上的人心浮动，把握民工的思想动态，让他们安心工作，最好也是最有效果的办法就是“钱”。

果不其然，我很快接到了项目公司一位经理的电话。

“邢总，明天县里面要开一场城建协调会，邀请你必须出席参加，重点就是我们的项目和县里面其他项目推进协调，相关人员都参加，县里点名要您过来，而且是陈县长亲自点名的。”

“县里面啥态度，没说吗？”

“没说，但是从昨天晚上到今天白天，他们已经加了一晚上和一白天的班。”

“为什么呢？”

据我所知，W 县少有这样大范围的城建协调会。所以，听到这个消息，我的第一直觉就是那份报告。因为这份报告也给了陈县长一份，虽然与陈县长关系紧密，而他对我们公司的情况也十分了解，但例行公事，我还是照样抄送给他一份，并让小张带去亲手交给他。

前天刚刚给了陈县长这份报告，昨天 W 县财政部门就连夜安排对账，事情似乎过于凑巧，我脑子闪过很多念头和猜测。

“可能是县里面看见你打的这个紧急报告金额比较大，而且写的后果也比较严重，县里面让我们和经理代表进行核对，以便在明天开会的时候进行陈述。”

“那你们一定要把这次对账的账目核对扎实，如果数字能对上，超过我们报告上提的数字，下次我们要款就好说多了，如果低于这个数字后果会很被动，你也能猜出来。所以你要和我们相关的人员配合好政府财政部门，争取政府对我们的理解和支持，会上我也好说。”

“好，我一定做到。”

这位李经理自我开工以来一直鞍前马后，任劳任怨，口才好，人也能干，是一位得力干将，而且是一位十足的女汉子。经过一段时间的历练，我也非常欣赏这位干将，希望她能在这种恶劣的环境中得以成长，一步一个台阶，真正成为独当一面的人才。

我和政府财务部门的相关人员沟通了一下，定好参与账目核对的人员，我们公司的财务人员、债权人代表，共计 4 个人。

这天早上 5 点半，我早早起床简单地吃完早餐，就带着司机和几个随行人员向 W 县出发了。一路上，大家聊起了公司现状和今年的经济形势，既有无奈也提出了一些对策。特别是债权人代表，认真负责，切实把公司的情况当成了自己的事一样上心。这一点令我非常感动。

今天明显感到气温下降了很多，寒风袭来，阵阵冷意。我只穿了一件单薄的线衣，坐在车上感觉到比较冷。

“邢总，你最近累得都顾不上换衣服了吧？不行穿上我们的衣服，披上点，别感冒了，你是我们的顶梁柱啊，不能生病了。”

我婉言谢绝了。对我而言，每个成员都很重要，不能有一个倒下，否则这次至关重要的对账就会出现纰漏。

“没事儿，我尽管最近锻炼的时间比平时少了，但是我通过另一种锻炼方法在延续我的锻炼强度，以保证我每天工作的状态。”

“你都锻炼什么呢？”

“比如早上，我要压压腿、踢踢腿，长期坚持。”

这也是我几年来必做的一个体操，时间短，动作也简单。现在为了节约时间，我把几个动作已经简化许多，而且边做运动边看新闻，一般 15 分钟，足以把一套简单的舒骨拉筋动作做完，身体顿时感到很舒展。因为这两天起得很早，我做运动更加简单了，只是让身体达到舒服的程度就可以了。

大家在车上一路说说笑笑，两个小时后到达了 W 县县政府。政府后院是一个三层楼的政府办公场所，楼前是一个将近十几层的政府办公大楼，进入这个县城看到最好、最高的一个大楼就是县委、县政府的大楼。

后院的这个三层小楼，独具风格。会议室布置简单，是“十八大”以来政府响应国家关于“节约、放权、八项规定”的生动写照。以往茶水服务、纸笔服务，都会早早摆放好，今天我们却看到了不一样的会议接待流程。

会议原定十点召开，但来宾迟迟不齐，且县里的主要领导也未到，所以一拖再拖，十一点钟才召开。因为陈县长和几位分管领导都是从另一个会场匆匆赶来的，所以一落座就先喝了口水。陈县长扫视了一下来宾，便直入主题了。

“让大家久等了，刚刚参加完了一个会议马上赶来。今天的会议主题是我县全镇建设重点项目的推进协调会，昨天在几个工地进行调研和现场办公，发现了一些问题。经过昨天大家的准备，今天邀请到涉及的局、机关、乡镇、村委以及企业，坐在一起进行一次推进沟通协调会，以便使我们的小县城能够实现‘三年新城新面貌、五年大改观’的五年规划的基本目标。”

陈县长看了我一眼，又接着说：“经过昨天的协调办公，发现了好多问题，也是我今天开会的原因。影响施工的一些环节，比如说拆迁，我已经说过不下两次，包括现场办公。但还是有干部逆耳不绝，绝而不断，像二传手，你推给他，他推给另外一个人，最后当官的都不敢做主，干事的又做不了主，退出线下局面。今天会议就是把涉及我县的重点项目的进展和一些问题摆出来进行充分沟通，大家说说，先让城建局长李局长给大家说明一下情况吧。”

这时，李局长翻开他早已准备好的资料和材料念了起来。我心想今天的协调会是专门针对我们这几位开发商的，没想到参与人员这么多，内容这么复杂，涉及面这么广。我也有点着急，因为我们公司承办的项目在县里面的所有大型项目中并不突出，加起来就会抵消了今天的沟通效果和结果。

我有点心烦意乱，心不在焉地听完李局长的陈述。最后关键的几句才让我打起精神来仔细聆听，因为这里面涉及我们公司项目的进展以及款项情况，其中有一些情况正是我报告中的内容。由于事先与李局长沟通过，所以在这次会议上，李局长的发言还是为我们公司争取了很多利益。

最后陈县长做总结发言：

“第一，针对我们项目的拆迁情况，今天我们实行一对一跟踪，每周汇报制，要给分管领导和我进行汇报。你们如果做得不到位，我可以跟书记说明情况，你们一天在机关，一天专门协调项目进度，没有沟通不了的问题和解决不了的问题，一遇到困难就放下、就推，这对政府和自己、老百姓，怎么能交代过去，今天协调会必须落实解决。第二，大家最关心的资金问题。今年遇到财政困难，全市经济下滑的压力，大家众所周知，我们在座的几个企业家，表现出了理解和支持的态度，没有逼我去还钱，但是我内心已经感觉到了大家也扛了很大的压力。保障房的王总这次拆迁的贷款很快到位，我们再筹集 2000 万，给你 1 个亿，把保障房解决好，怎么样？”

对面的王老板，耷拉着的脑袋一下子抬起来，眼中放出亮光。

“真的吗？”

“真的，会的，这次一定会兑现的。”

王总高兴得有点手舞足蹈。因为我最近也听说过有关王总公司的一些状况，尤其从去年过年到现在，也经历了供应商、农民工堵门、上访，王总甚至连工地都不敢去了，可想而知作为老板他面临的压力有多大。想到这些，我心里也不禁释然了，毕竟比我艰难的还大有人在。

接着话锋一转，陈县长开始集中协调我们公司的问题了。

“邢总，你这儿的项目，昨天我现场也看了，今天对着这么多人，政府表态，最多 10 天时间，把你的第一笔资金 500 万给你打来，剩下的半个月后，再给你准备 500 万元，总共 1000 万，让你先动起来。条件是政府这儿把关，钱到位后必须开工，不允许推迟，否则下笔款项不给你们。好不好？请你也理解政府，政府会拿出足够的诚意和行动来帮助你们这些企业家渡过难关。”

“行，有领导这句话我心里就踏实多了。”

在一旁的王副县长对我们公司的情况也有一些了解，又补充两句。

“我知道你们最近比较困难，像你们这么大的公司，能给我们带来这么大的支持，非常感谢，你们再等一等，坚持一下，我们政府的资金给你到位以后，你们就把你们干的事儿做好。”

“同时我也有个建议，希望邢总和在座几位老板理解政府的不容易和难处，你们也提点你们的想法和建议，不要单纯地问政府要款、等待，要不下来和政府打官司，最后弄个两败俱伤。你们可以提出你们的方法和建议，比如说融资啊，多投融资，多条渠道，置换土地，都可以嘛，广开渠道。

包括现在提倡的PPP模式，是不是都可以考虑？”

“这也正是他今天来沟通的目的，之前我们公司一直在搞众筹做这个项目，确实收到了一定的成效，特别是在前段时间资金链断裂的情况下，债权人非常理解我们，给了我们很大支持，让我非常感动。”

会议结束已经过了午餐时间，大家都没有饿意，与县长、副县长及与会政府工作人员边走边聊，直到门口才分开。

“政府也很难啊，真的不容易，能做到这样的效率和效果，已经非常不容易了。以往大家客气说半天话，不作为，但自从新政以来，已经缕缕新风，扑面而来了。”

今天的沟通会，让我看到了要款的希望，也打定主意要加快回款速度。

“大家这几天加加班，辛苦一下，我们趁热打铁，再拿出一份可以让政府批阅的解决方案，好不好？”

“好，只要邢总有信心，我们绝对保证第一时间完成任务。”

第四十章
涅槃重生

没有置之死地的经历,就不会体会涅槃重生的喜悦。走出政府办公大楼的那一瞬间,是我创业以来第一次迈开了轻盈的步伐,连空气也平添了几分清新。午后的阳光照在我身上,我甚至感到浑身充满了力量。

我立刻给王老师和兰芝打了电话,向他们详细讲述了会议情况。王老师异常兴奋,给了我很多鼓励,而兰芝也替我高兴。不过,更令我喜出望外的是,这次政府协调会的作用,远远超出了我的想象。政府出面协调催款,不仅带动了工程监理部门加速验收进程,还在很多方面为公司开启了绿色通道。

在兰芝和杨副行长的极力斡旋下，我同债权人又开了一次特别会议,在会上我提出了一个大胆的建议——以"债转股"成立新的项目投资管理公司,一边做好现有工程,一边开拓新的业务。会上,我提议与我公司发生债权关系的公司以债权转为股权，这样原本的债权关系转变为股东关系,这些公司可直接参与新公司的重大事务决策,只是不参与日常生产经营活动，待公司经济状况好转以后，通过上市、转让或回购形式回收这笔资金。由于有了政府的支持，包括供应商在内的很多家债权公司都纷纷响应。而且原本沉寂的金融业务，在大家的帮助协调下终于涅槃重生了！

我一方面处理自己的债务情况，另一方面在担保业务上也开始初步尝试。原有合作的几家银行，都在小心翼翼地经营，在这次危机中也没有出现大的风险，毕竟体量较小。所以这半年多来，整个业务部几乎是无事可做，银行推荐的一些担保业务也都小心接手。我的团队都比较谨慎，感觉风险较大的就委婉拒绝了，不是不能做，而是面临的一系列问题，金融机构的人事调整和下一步的整体运营以及战略定向，一单业务可能会影响到一年的整体规划。

尤其在新公司刚刚组建的时期，在公司发展上求稳是最为重要的策略，更不能让刚刚对我恢复信心的股东们再次失望。每每想到这里，我就不由自主地感到肩上的担子又沉重了几分，但心情却无比轻盈、坚定。我知道接下来的路该往哪个方面走！

之后的几天里，我带着小张和小田两个得力干将一路走访新客户，为那些身处困境中的中小创业者做金融担保。时隔几年，再次回到我熟悉的工作环境中，虽然还是一如既往地干劲十足、信心百倍，但此时的我内心已不再仅仅关注业务，而是多了一份感恩之心。那些亟待我们公司出面担保的中小创业者不仅仅是我们的客户，我更想同他们分享的是我的人生经历。兰芝是第一个鼓励我把这个故事写下来的人，我接纳了她的建议。

“为什么不把故事写下来呢？那样可以帮助更多人！”

兰芝是新公司的大股东，也是新公司的经营顾问。对于公司的每一项决策、公司的发展方向，她开始参与越来越多的建议。我们似乎找到了彼此更加适合的合作角色。

“说得对，我应该写下来。我这次‘涅槃重生’可着实不容易呀！”

这一句“涅槃重生”，我足足等了一年多！现在 W 县的工程终于要收尾了！我抑制不住内心的兴奋。

在初期，我越是想把工程尽快做完，偏偏工程上越是出了各种各样的事。主要面临的问题是资金链断裂，对于工程来讲，这是致命的打击。二是一些外部因素的干扰，苏大壮携款潜逃、供应商围堵工地，加上民工意外坠楼这些事件，虽然都是计划外事件，却让工地几次停工。所幸后来工地复工，但其中所经历的千辛万苦，也只有我自己最清楚了。若不是王老师在关键时刻的点拨，工地也不会如期完工，若没有兰芝、杨副行长的帮助，我也不会一路走到今天。

早上5:40，在约定好的滨河路上，司机接上我。

“邢总，我们往哪儿走？”

我不假思索地说：“去W县。”

今天是W县项目竣工移交的日子。

上了高速，我心里面想了好多事情，想起这一路走来的种种。就在前几天，我还在与各方开会研究竣工移交的相关事宜。

“今天我过来和大家说件事儿，我昨天刚刚接到县里的指示，让我们一周后移交工程，想听听大家的意见。”

大家互相看了看。

“邢总啊，我们前两天不是刚接到通知，我们要把这些移交出去吗？把我们之前的也进行验收，我们已经做好和对方交接的准备了，不过还有一些工作正在准备，全部移交完毕需要一些时间。”

工程部的王工早已开始准备移交事宜，但工程移交不是小事，涉及方方面面的事宜繁多琐碎，在这么短的时间内移交，确实存在难度。

“是啊，时间是有些紧，我们这个移交出去倒是可以，但是双方工程量的确定和好多衔接工作会有很多麻烦，不好确定，所以他们又碰头商讨，认为还是我们干为好，但是有个前提条件就是给我们付一部分款。”

“好，我把前面的款项付清，你们抓紧时间组织工人赶工。我今天来呢，第一是想听听大家的意见，看看收尾有些什么困难和建议；第二，我要表个态，我会不惜一切代价把收尾做好，因为政府对我们的信任和支持，我们没有理由不把这个做好，大家说是不是？”

大家都点点头。

“还有呢，我希望大家理解我以下一些做法：第一，这笔钱呢，首先我们是解决供应商的问题，而且供应商这点钱全部安顿和部分安顿是远远不够的，我们只能采取轻重缓急，与项目收尾工作业务直接相关的供应商优先安排，其他的根据情况进行酌情处理，明白了吗？”

“明白。”供采人员也都点头同意。

“第二，内部集资问题按以前的退款承诺要退三分之一，很抱歉，这次特殊情况我不能给大家付，如果付了的话，工地照样动不了，我们会有一系列的麻烦。从大局出发，希望原先一些内部员工给予理解，不要有其他偏激的行动和想法，公司在其他方面融资回来会优先考虑先给大家。第三，如果供应商内部、外部一些人对这种行为不理解，采取对工地进行阻拦、阻碍等行为，公司会采取必要的措施，予以扫清这些障碍，为了大局出发，希望大家理解。”

说完这三句话，我很坚定地看着大家。

“我希望在座的各位明白这次的重要性不同以前，在我们项目部人员重新调整完毕后，剩下的你们这些精英，我希望能理解公司的苦衷以及政府的为难之处。我们目前只有大家共同携手，克服困难，把最后的工作做好，才能集中精力解决以后的款项。”

会议结束后，我又去拜访了一下城建局的相关人员，把双方的一些思想和态度明确交流了一下，双方都达成高度一致，在接下来的时间，解决一些困难，一定把收尾工作搞得顺顺利利。

我立刻安排供采部人员配合。“你做好供应商的安抚、安顿工作，款项我们在 3 天内应该很快到账，希望你按照公司的分配原则，做好安抚、安顿工作,不允许出现让工地停顿、停滞的行为,好不好?”

“好,我尽全力。”

当然,还有保安部。“小王,你准备一些人员。”

“邢老板,需要多少人你说。”

这是我准备的一个保安队,也是为了给公司和工地保障安全临时设置的一个机构,因为一些突发事情和一些阻拦工地的事情时有发生。换作平时,我不会这么重视,但在工程收尾的关键时刻,一切不可能发生的事,都有可能发生,我要做的是把潜在的危机消灭在萌芽中,不能让大家的汗水白流,让整个工程功亏一篑。所以,我不允许出现任何差池!此时的工地,太需要这样一道“防火墙”了!

经过周密安排,工地如期移交给W县政府。移交仪式就在工地上举行。由于一些移交工作还在陆续进行,所以移交仪式简朴而郑重。工程局李局长、W县陈县长、杨副行长、兰芝,以及债权人、供应商、员工等各方共同成立的公司代表和公司中层管理人员悉数到场,由李局长和W县陈县长共同剪彩。同时新公司的挂牌也借此契机启动,各界领导、同事纷纷发言祝贺,有些同行甚至发来祝贺短信。

轮到我发言时,心情异常激动。感慨、回忆,一时之间爬上我的心头。在欢迎的掌声中,我向大家深深地鞠了个躬。那一刻,我甚至感到热血在血管里沸腾!从入行到现在,我从没想过自己会受到这么多的社会关注、得到这么多赞许和认可,也从没想过有一天,我会做成这么大的项目。

我对着话筒,居然紧张得说不出话来。一路走来的艰辛、委屈、懊悔都涌了出来。我不住地克制情绪,让自己保持冷静,因为接下来有很多话需要借这个机会表达出来,讲给曾经帮助过我的朋友们、我的对手们听。我稍稍平服了心情,现场也安静下来,在众人的注目下开始了我的演讲:

“前面说了很多感谢的话,虽然今天也有很需要我感谢的人,李局长、杨副行长、陈县长,等等,太多,太多了。感谢的话我暂且留到以后再说,因为我的新公司还需要各位鼎力相助。所以，现在我想说一点体会。一路走到今天，坎坷、绝境、幸福，不瞒大家，自从接手这个项目以来，每天我都在折磨煎熬中度过，我绝望过，走投无路时也想过放弃，让我坚持下来的动力是你们，是你们的不离不弃始终推着我向前走。作为新公司的首任总经理，今天我不做表态发言，只是想说一说心里话。感谢大家支持我、信任我，这份信任是我克服困难的勇气，也是我带好公司的信心。现在工程还有一些收尾工作要做，当然在政府的支持下，我有信心剩余的尾款也会很快结清，公司很快会走上轨道。接下来我们主要目标是开拓新业务，不负股东们的期望，让公司越来越好，实现我们的梦想，谢谢大家！”

走下主席台瞬间，我竟仿佛还在梦中。一路走来，多少艰难险阻，让我刻骨铭心。遇到了一些人，也遇到了一些事，桩桩件件都刻进我心里。那些能够挽回的，不能挽回的，都已成为我人生的里程。到了这个时候，除了感谢，还是感谢。

我从没想过，有一天，我能在众目睽睽下说出这样一番话来，而几度想起的掌声，更令我久久不能忘怀！

带着兴奋回到家中的我，独自坐在餐桌前。餐厅的灯光依旧是妻子喜欢的蛋壳黄。每次看到这灯光，都仿佛妻子还在一般。我想，总有一天妻子还会回到这里，这灯光、桌布、椅子……整个屋子每一处的陈设，始终保持妻子在时的模样。当有一天，妻子打开大门时，这里的一桌一椅都如原样，就好像什么都没有发生过一般。我能为她做的，就是等她回来！

我拿起手机，拨通了那个许久未曾拨通的电话……